60percent

SHIBATA YUKI

柴田祐紀

光文社

第26回 日本ミステリー文学大賞新人賞受賞作品

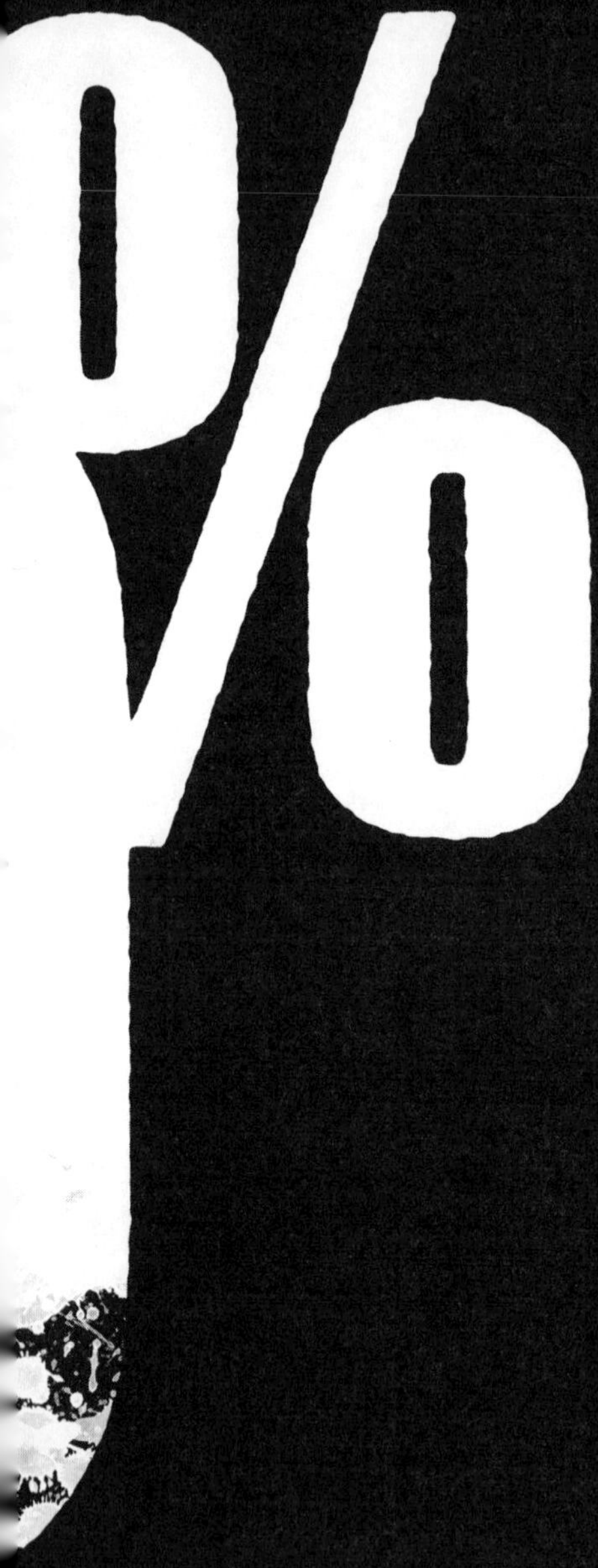

ブックデザイン
坂野公一（welle design）

写真
Adobe Stock

60percent

SHIBATA YUKI

1

「ちょっと……こわい……」

女が耳元でささやく。

繁華街から少し離れたホテルの最上階。

暗闇の中、リモコンを手探り、壁一面を覆う大きな電動カーテンを開いた。

カーテンの奥から、夜明け前の静謐《せいひつ》が差し込んでくる。ふくよかな女の乳房が青く浮かび上がる。

「大丈夫や、シャブとかと違《ちご》うて、こいつにはそんな常習性ないんや」

窓からぼんやりと降り注ぐ青い夜明けが、女の興味深そうな瞳を照らしている。

「大阪の人……？　お店では標準語だったけど……」

「ああ、興奮すると出るんや、そやけど関西やない。もうちっと西のほうや」

男の手が女の茂みの奥をそっと刺激する。すでに温かく湿った粘液が男の指に絡みついた。

「……粕谷《かすや》さんなら、つけなくてもＯＫだよ。だから、さ、クスリはまた今度でよくない？」

おれはこの女に名前を教えただろうかと、粕谷一郎《いちろう》はふと疑問に思ったが、すぐにどうでもよくなった。

1

「おまえ、一回のセックスで十回イッたことないやろ？　これ――」

粕谷はベッドの下に放り投げた財布から錠剤を取り出して、女に見せた。

「これキメると、ハンパない感じ方しよるで。むっちゃ気持ちええ。な？　一回だけ試してみい？」

女は興味深げに白い錠剤を見つめている。

夜の女はどの女も同じだ。最初はちょっと恐がり、やがて興味を持ち始め、最後には一度くらいなら試してみてもいいかも――という結論に達する。

粕谷にはその感情の流れが手に取るように分かる。やがてどの女も十中八九、手を染める。恥じらいよりも性本能と好奇心が勝ったその瞬間こそ、粕谷が求めるものだった。

粕谷はなおも愛撫する。ゆっくりと焦《じ》らしながら。

「あん。……ね、お願い、もう我慢できないよ……」

「だめだ。これ、飲んでからや」

男の目がギラリと輝き、頬が裂けるような笑顔をして見せた。よく人から狼のようだと揶揄《やゆ》されるその剝《む》き出しの歯に、直径一センチ程度の錠剤をくわえる。

「ええか、口を開けて」

女に口づけ、含んでいた錠剤を舌で押し込んだ。

「嚙《か》まんで飲め」

女の喉がゴクリと鳴る。

「……やば……ホントに飲んじゃった……」

「……よっしゃ。あとはくるまで、窓、見てよか」

「窓？　なんで？」

「見てりゃわかる」

自分も飲み、煙草《たばこ》に火をつける。女はうつ伏せになって枕に顎《あご》を乗せ、訝《いぶか》しがりながらも粕谷に言われた通りに窓の外を眺めている。シーツから覗く華奢《きやしや》な背中が粕谷の好みだった。

「……あれ？」

女は、枕から顎を離した。

窓から差し込む淡い夜明けが、きらびやかに発光し始める。今なお点灯している街の灯が、ろうそくの最後の瞬間のように燃え始め、ビル群のひとつひとつが細部まではっきりと視認できるようになる。はるか窓の下を走る車――運転手の眠そうな表情――果てははるか遠くの自動販売機に並ぶドリンクの銘柄まで――。夜明けの淡い青は濃紺の宇宙となり、街の灯りは瞬く星となり、窓の外は今……

大銀河となった。

粕谷は、もう一粒手の中に隠しておいた錠剤をこっそりと指で砕き、その粉塗《まみ》れになった人差し指で女の陰部を弄《もてあそ》んだ。

「あ！　あ！　あ！」

尋常ではありえないほど激しく濡れ始める陰部。女の身体がビクンと躍動し、その瞳から光を調整する機能が失われてゆく。

「お願い！　早く入れて！　お願いだから！」

1

粕谷はわざと、ゆっくりと女にキスをする。すると、顔中を舐め回すキスの嵐が返ってきた。さかりのついた雌の瞳孔は開きっぱなしで、まるでうさぎだ。

エアコンの作動音すら官能を帯びた甘い調べへと変わり、静謐だったはずの夜明けの世界は、いまや光り輝く幾千の粒子に包まれていた。

粕谷の狼のように裂けた口から、獰猛《どうもう》な笑い声がもれる。

*

AM6：58。

粕谷一郎はホテルをチェックアウトし、仙台市国分町《こくぶんちょう》の繁華街から少し離れた裏通りを歩いている。

ふと見上げてみれば、墨汁を水に溶かしたような鉛色の空――。ゴミだらけで色気の欠片《かけら》もない日曜早朝の裏通り。

いまだ漂う悪臭。

落書きだらけの灰色の壁。

倒れた自転車。路上の嘔吐《おうと》跡。

五感に訴える雑踏の佇《たたず》まいが粕谷の頭痛を増幅させている。昨夜の快感が今日の頭痛と倦怠感になる。六月早朝の空気はマジで腐っている。

ほんの数時間前まで、この裏通りに潜んでいたはずの女たちは、空き瓶やペットボトル、口紅のついた吸殻、薬の殻、使用済みのコンドーム、その他なんなのか分からないゴミをばらまいて、その気配だけを残して消えている。

この辺りは東南アジア系が多い通りだ。当然その背後にはそのスジの男達がいて、そしてそのスジの男達の背後にも、正体不明の何者かがいる。毟《むし》り取られる連鎖がどこまでも続いている。

粕谷は、閑散とした路地をひとりで歩いている。

――頭が痛い。

それに恐ろしく眠い。組の定期報告の日だということをすっかりと忘れていた代償がこのざまだ。

どんよりと重い瞼《まぶた》をこじあけて、ふと辺りを見回す。

風俗の看板にもたれ、ピクリともせずに蹲《うずくま》っているホームレス。

夜通し遊びまくり、始発を待っていると思わしきサラリーマン。

どう見ても未成年にしか見えない金髪少女――が、なぜかこちらに冷めた一瞥《いちべつ》をくれている。

普段の粕谷ならば、睨《にら》み返さずにはいられない少女の一瞥を今日はやり過ごし、またいつもだったら、あのピクリとも動かないホームレスを相手に、《おい、生きているか》などと声を掛けてやったかもしれない。が、今はそんな気にはなれない。キメたあとにやってくる倦怠感と頭痛は、シャブほどではないにせよ、かなりきつい。

スーツから煙草を取り出し、まだ目覚めていない脳に煙草の煙を沁《し》み渡らせる。

粕谷は、表通りに出たところで立ち止まった。昨夜、適当に乗り捨てた自分の愛車、ヤマハＸＪＲ１３００の姿を探す。

1

たしかこの辺じゃなかったか？　昨夜、クラブで拾った名も知らぬ女を乗せてきたバイクは――。

あった。

乱雑に乗り捨てられた大量の放置自転車の中に、ひときわ大きな黒光りするタンクが見える。

粕谷は、おもわず舌打ちした。

愛車の前に、ガキどもがたむろしていた。デブがひとりに、ちっこいのがふたり。計三人。

粕谷は、もうピンときている。ガキの頃、自分にも覚えがあるからだ。しかしそれは考えてみるともう二十年近く前の話で、自分ももうオヤジなのだと自虐的に頬を緩めたとき、稲妻のような頭痛が走った。

「おっ持ち主じゃね？」

チビのほうのガキが粕谷に気づいた。驚いた様子もなければ悪びれた様子もない。

茶髪、無数のピアス、黒一色のスエット上下、最近この界隈《かいわい》でよく見かける半グレ気取りの小僧ども。

顔まで承知しているわけではないが、似たようなガキどもが増えてきている昨今、どいつもこいつも同じクズに違いないと粕谷は考えている。

三人ともまるでユニホームのように似たような恰好《かっこう》をしている。この時点でもう興味はない。本部からは《若手のリクルートを》などといっぱしの企業を気取ったようなお達しが届いていたが、知ったことではない。こいつらがバイクをパクろうとしていたのは明白で、この手のガキどもに粕谷は心底うんざりしている。

たしかに一昔前ならば、なにかと使いようのあった時代もあった。が、その時代はもはや去り、今もこの先もこいつらに未来はない。

粕谷は、ゆっくりとガキどもに近づいていく。

「なあ、リーマンのおっさん、ガチでいいバイクっすよね、これ。ちょいと乗らしてくんね？　すぐ返すからさ」

ほう。この姿を見て、恐喝でもイケると思ったか。

「悪いが駄目だな。急いでるんでね。すまないがそこをどいてくれないかな」

するとガキのひとりが、愛車のミラーに掛けていたメットを素早くうしろ手に隠して、鼻で笑いかけてきた。昔より忍耐が身についたはずだったし、今も精一杯優しく言ったつもりだったのに、早くも沸点に達した。やはりクスリのせいだと粕谷は思った。当然だ。キメたあとに忍耐だと？　ふざけるな。

じくじくと熱く疼《うず》く頭とは裏腹に、胆《きも》は極道ならではの急速冷凍を開始している。血が冷え、心が乾いていく。

「なあ、おっさんよう、ここ駐禁っしょ？　こんなとこに停めちゃあ悪《わり》い奴らに盗まれるっしょ？　おれら、そうなんねえように見張っててやったんすよ？　貸せねえっつうんならさ、見張り料、くんないかなあ。ちょっとでいいからさ」

粕谷の脳内で何かが切れそうになったとき、ハッと気づいた。

——そうだった。クスリの余りが財布に入ったままだった……。

思い出した途端、粕谷の頬が無意識に裂けた。例の狼と揶揄される顔になる。

1

おのれの馬鹿さ加減に呆れるほかない。クスリの副作用が脳を溶かしているに違いない。キメているときは天国だが、その後にやってくる後遺症は確実に思考回路も狂わせる。

「なに不気味に笑ってんだよ？　おっさん、キモイんだよ」

粋がる茶髪を無視し、粕谷は再度辺りを窺《うかが》ってみた。

閑散とした日曜早朝の饐《す》えた裏通り。この場を覗いているやつはいないか。何かのトラブルだと警察に通報しようとしている馬鹿はいないか。あるいは窓から携帯かざして撮影しようとしている阿呆はいないか——。

問題はなさそうだ。粕谷は逡巡する。ならかまわないか？　若頭《わかがしら》には黙ってりゃいい。いや、やはり駄目だ。クスリを持っているときのトラブルは厳禁。それが山戸会《やまとかい》系田臥組《たぶせぐみ》若頭——柴崎《しばさき》純也《じゅんや》の厳達命令だ。しかも、持っているのは売人に卸すクスリではなく、自分用のMDMAだ。まずい。実にまずい。

そう思っていたときだ。

なんとひとりのガキが、粕谷の太ももに蹴りを入れてきた。軽い蹴りだが強弱の問題ではない。地味だが実はBRIONI《ブリオーニ》のパンツに泥がついた。

粕谷は泥のついたパンツから視線を戻し、首だけをゆっくりと動かして、あらためてガキを直視した。あまりの怒りに、血の気が引いている自分の顔が想像できる。

「ちっと待っとれや」

携帯を取り出して、掛けなれた番号をタップする。

「——おれや、今から言う場所へ速攻こい。近くや、十分もあれば来れるやろ」

最後に場所を伝えて速攻携帯を切った。

「……おっさん、つうかあんた、本当にリーマンか？」

「サラリーマンだと言った覚えはないで？」

おまえらが勝手に勘違いしただけだろう。

今逃げられたら怒りの矛先を失う。粕谷は、精一杯怒りを抑えた。

「確かにサラリーマンではないけど、それはまあいい。今、持ち合わせが無くてね。だから友達に連絡して金を持ってきてもらうように言ったんだよ。というわけでメットを返してくれないかな。おれのバイクの見張り料、いくらだい？」

ガキどもは顔を見合わせている。どの顔も訝しげで相手が何者なのか測りかねている様子だ。相手の素性が把握できていない場合は、仕切り直すべき。そんなことは基本中の基本だ。が、この頭の足りないガキどもは、今の今、金をいただける可能性を捨て切れず、せっかく働いている本能や直感を脇に置いてしまっている。見ろ、こんな馬鹿をリクルートしたところでかえって邪魔になるだけだ。違うか。

粕谷は腕時計を覗いた。

――鴫原《しぎはら》はまだか。

そう思った矢先、マセラティ・ギブリ、その銀色のボディが悪臭と濁った空気を切り裂いて爆音とともに疾走してきた。狭い裏通りに派手なブレーキ音を轟かせ、粕谷とガキどもの前に急停止する。

閑散とした日曜早朝の空気が凍りつき、代わりに紛れもない暴力の気配が漂った。

1

今頃になってようやく逃げ出そうとしたガキどもに、粕谷は鋭い一喝を放つ。

「動くなぁ！」

同時に目でも縛る。堅気《かたぎ》では到底あらがえない極道の視線がガキどもを凍りつかせる。普段なら、ガキ相手に大人気ない——などと自重するかもしれない。が、クスリの副作用があるときは別だ。

マセラティ・ギブリの銀色のボディから、鳴原健都《けんと》が飛び出してくる。

若頭——柴崎純也の影響を受けて購入したマセラティ。まだ初回車検にも到達していない。たしか中古でも六百万円以上はするはずだ。鳴原なんぞには過ぎた車だった。

「粕谷さん、お待たせしました！　つうか、なんすか？　このガキどもは」

鳴原健都は、粕谷の視線から逃れるようにガキどもを睨みつける。長髪にマッチョな身体、どぎつい派手なアクセサリー。どれもハッタリ。が、ガキどもには有効。案の定、ガキどもは恐怖に慄《おのの》いている。

この鳴原はいくら言っても時勢を悟れない愚か者だ。

しかし——と、粕谷は考える。

ガキどもは粕谷のことをリーマンなどと呼んだが、もしもはじめに現れたのが鳴原だったなら、このガキどももくだらぬちょっかいを出さずに済んだに違いない。

改定後の暴対法、暴排条例の弊害だと粕谷は思っている。正だろうが準だろうが、暴力団構成員という存在は徹底的に姿形を隠して地下に潜らねば、いまやシノギどころか生きていくこともままならない。代紋ひけらかして商売ができたのは白亜紀の頃だ。恐竜のごとき風貌を晒《さら》しているこの鴫原は、いずれ喰われる絶滅危惧種だということだ。

とはいえ、今の粕谷も似たようなものだった。クスリを持ったままくだらぬトラブルを巻き起こし、ガキ相手にキレている愚か者。その事実がよけい粕谷を苛立《いらだ》たせる。

ともかくはそんな暴対法のおかげで、昔では到底考えられないような事態も起こるようになった。半グレのガキどもや、堅気の粋がった酔っ払いなどが、鴫原ら下っ端を通り越し、そうとは知らずにいきなり暴力団幹部に喧嘩を吹っ掛けてしまう。しかもこれがときに洒落にならず、堅気に袋叩きに遭う幹部が出る始末だ。

「鴫原、これ持って消えろ」

粕谷は、クスリの入った財布ごと鴫原に押しつけた。

「はい——え？　なんすか？　粕谷さん、おれ、もう帰っていいんすか？」

その鴫原のおどおどした仕草に、またキレそうになる。

「ええから、はよ消えんかい」

鴫原は瞬時に直立不動となり、慌てて頭を下げた。黒髪を短く刈り上げ、地味なスーツを着込み、どう見てもただのサラリーマンにしか見えない粕谷に対し、恐竜のごときマッチョな男がびびっている。

この頭の足りないガキどもからすれば、いったい何が起こっているのか理解できないに違いない。

ともかく、これでクスリは手元から離れた——。

鴫原自慢のマセラティ・ギブリが唸《うな》りを上げて走り去った瞬間、粕谷は、振り返りざまに渾身

1

の力で茶髪のガキの腹に拳をめり込ませた。鳴原なんぞに任せる気はない。自分でケジメをつけねば気が済まなかった。

げふっと体内の空気を吐き出し、身体をくの字に曲げてたまらず嘔吐した茶髪に目もくれず、今度は地べたにしゃがみ込んでいるデブに向けて瞬速の蹴りを放った。薙《な》ぎ倒されてゆく自転車のドミノが静まり返った早朝の空気を切り裂き、すでに戦意喪失しているもうひとりのガキを放置したまま、地に崩れ落ちた茶髪とデブを交互に、徹底的に蹴りまくる。怒り心頭に発した力を爪先に込めつつ、しかし巧みに急所は避け、なおも執拗《しつよう》に蹴り上げる。自転車のスポークに頭をめり込ませ、鼻血を撒き散らし、言葉にならない呻《うめ》き声を発しながら、されるがままにイタリア製ローファーを受けているクソガキども。一銭にもならないただの暴力。だがやめられない。

白目を剝いて路上に転がっているガキどもに唾を吐き、粕谷はようやく怒りを収めた。

凍結しているもう一人のガキの髪を鷲摑《わしづか》みにし、鼻先まで引き寄せた。

「……金あるか?」

ぶるぶると何度も首を振るガキ。まだ子供だった。

「違う。おれがカツアゲなんかすると思うか?　医者に連れていく金、持っとるかと聞いとるんや。おれはさっき、財布を預けちまった。ないなら、ちょっとそこまで寄れ。病院代ぐらい渡してやる」

「……本当か?」

「あります!　あります!　責任もって医者に連れていきますから、大丈夫です!」

「はい!」

粕谷は足下に視線を落とした。ガキが血の泡を吹いている。

「約束や。こいつら、ちゃんと医者に連れてけ。約束やぞ」

涙目のガキを尻目に、粕谷は自身の愛車、ヤマハＸＪＲ１３００に跨《また》がり、しっかりとヘルメットを被《かぶ》った。念のためにキズを付けられたりしていないか確認する。

エンジンを始動させる。たとえ地味でも常に高級スーツを纏《まと》い、この大型バイクに跨るのが、粕谷のスタンダードだ。

報告を終えたら、もう一度あの女を呼び戻してキメるか――。

そうすればこの憂鬱《ゆううつ》な鉛色の空も、すぐに神々しい虹色の空へと変わるだろう。

粕谷は、鴫原のマセラティに負けない爆音を爆《は》ぜさせながら、その場を走り去った。

＊

ＡＭ８：04。

繁華街中心部から約一キロ、景観の美しい緑に囲まれ、天を突き抜けるようなガラス張りの高級タワーマンション。

その専用駐車場には、鴫原のマセラティのほか、若頭の柴崎純也のマセラティも停まっている。となりはベンツ、ＢＭＷ、ベントレーまである。いつ見ても高級外車のショールームだ。

専用の駐輪スペースに愛車を停め、粕谷はマンションの入口へと向かう。

押しなれた部屋番号を入力する。

1

「おれだ」

すぐに応答があり、自動ドアが音もなく滑る。

ブラウンとホワイトを基調とした上質なエントランスが視界に広がる。

粕谷は、パンツに付着した泥を払いながら先へと急ぐ。

十人は余裕で乗れる広いエレベーターにひとり乗り込み、動き出すと同時に、エレベーターの背後に備えられた大型の鏡で身嗜《みだしな》みをチェックする。ネクタイを締め直し、ヘルメットで潰されたヘアスタイルを軽く手櫛《てぐし》で整え、最後に口臭止めをひと飲みした。

やがてエレベーターが停止する。

意識して背筋を伸ばしつつ、足を踏み出す。そうしてエレベーターからもっとも近い《1801号室》の扉を開ける。

八畳ほどの広い玄関。靴は綺麗に整頓されてある。顔が映るほど磨かれたフローリング。その上にある観葉植物には埃《ほこり》ひとつ積もってない。

出迎えに走ってきた若衆《わかしゅう》の鳴原が、デカい身体を丸めて預けた財布をおどおどと差し出してくる。粕谷はそれをひったくるように奪い取る。どこか浮かない顔をしている鳴原。

嫌な予感。

さてはこのガキ、また何かやらかしたか。

「なにや？　その顔は」

目で威嚇しつつ、ローファーを脱いで部屋に入ろうとしたとき、鳴原がそっと耳打ちしてきた。

「……今、あれっす。柴崎さん、あれっす」

「え？」

一瞬で寒くなった。ざわざわと毛穴が開くような感覚を覚える。

「こんな朝っぱらからか？　おれ……今でかい声出さなかったよな？」

「……わかんないす」

柴崎純也――。この若頭は無類の映画好きで、この田臥組事務所兼住居の5LDKマンションの寝室の壁をぶち抜き、大枚をはたいて大規模な改築を施し、まるで映画館のようなシアタールームを造ってしまったのだ。

スクリーンだけで一千万円は下らない。そしてそこには当然超がつくほどの最新の防音設備が整っているはずなのに、いったいあの若頭はどういう耳をしているのか、ちょっとしたシアタールーム外の話し声や物音に怒り狂うのだ。

そのため若頭の映画鑑賞中の騒音や大声は組の御法度で、食器など落とそうものなら、この鴫原など冗談抜きで、裸足で逃げ出す始末だ。

いつだったか柴崎の映画鑑賞中に、しこたま酔って帰ってきた鴫原が知らず知らずに大声となって歌っていたことがあった。すると、奥からまるで幽霊のようにスウッと姿を現した柴崎が、機嫌良く鼻歌を歌っている鴫原をいきなり椅子から蹴落とし、酔って受け身の取れないその身体がフローリングに転げ落ちると同時に素早く椅子を持ち上げ、何度も、何度も鴫原の上に椅子を叩き落とした。その間延々と十五分あまり。

そうして血達磨《だるま》になった鴫原に、柴崎は持ち前の美しい微笑みを浮かべてこう言った。《映画鑑賞中はお静かに》。恐怖に駆られながらも、そのときの返り血を浴びた柴崎の顔が妙に冷淡で

1

美しく、まるでギリシャ彫刻のようだと思ったのを今でも覚えている。頭を十二針も縫う羽目となった鴫原は、いまだその傷痕を残し、長髪にしているのもそのハゲを隠すためだ。

その若頭——柴崎純也が今、映画を見ている。

粕谷は脳裏に思い浮かべている。軽くパーマのかかった艶やかな黒い髪、澄んだブラウンの瞳、ギリシャ彫刻のように彫りの深い顔、洒落た顎髭《あごひげ》、その美貌の横顔が、冷たい夜叉に変わる様を。

「……鴫原、おれは集金に行ってくるぞ」

踵《きびす》を返し、呆気にとられている鴫原に背を向ける。

「ちょ、ちょっと粕谷さん、たのんますよ、集金ってなんすか？　そんな予定ないでしょうが。おれをひとりにしないでくださいよ」

「やかましいわ。ほれ、帳簿と今週の報告書だ」

触らぬ神に祟《たた》りなし。柴崎への週末報告は鴫原に託す。ましてやこんなときに、ガキ相手にモメてきたことがバレた日には目も当てられない。

泣き言をほざく鴫原に書類を押しつけ、粕谷は、足早にエレベーターホールへと向かった。扉が閉まる瞬間、背後から鴫原の大袈裟な溜息が聞こえ、笑い出しそうになったが慌てて堪《こら》えた。

2

地方検察庁六階にある検事室の壁を見ていた。

灰色の無機質な壁に窓はなかった。朝から降り続いていた雨はもう止んだのだろうか――。後《ご》藤《とう》喜《き》一《いち》はふとそう思ったが、この部屋からだとそれを量る術《すべ》はない。雨音どころか一切の音という音が、背後の扉が閉まった瞬間に遮断される。きっと検事室というものは、どこもこういうものなのだろう。

先々月の出勤途中だった。

後藤喜一は、自家用車で国道四十八号線を走行中、トンネル内で渋滞していた最後尾に追突するという交通事故を起こした。幸い相手側は軽傷で済んだが、やがて到着した警察官に念のためにと飲酒チェックをさせられ、結果、陽性。後藤は酒気帯び運転の現行犯で逮捕された。前日に取引先の付き合いで飲んだアルコールが、酒気帯びの基準値であるぎりぎりの〇・一五ミリグラムに達していたためだった。

後藤はそのとき、まさかと思ったが、考えてみれば昔からいつまで経《た》ってもアルコールが抜けない体質だったと思い直していた。その晩は、深夜一時ぐらいまで飲んでいたはずだと考え、逆算してみると軽く六時間以上前のアルコールが検出された形となる。

2

「後藤喜一さん、後悔しておられますか」

目の前に座る、息子ほど若い検事がそう尋ねてきた。

「いえ、後悔はしておりません」

「はい？」

検事ははじめてＰＣから目を上げ、真っ直ぐに後藤の顔を覗いてきた。まるで珍しい生き物でも見たという顔をしている。

「後悔していなければ、また繰り返すのではありませんか？」

「いえ、それはありません。もはや二度と運転はしないと思っておりますので」

「ではなぜ」

後藤は答えた。

「私は仕事柄、市役所や法務局などにもよく足を運んでおりました。そこでよく目にするものがありました。飲酒運転は人生を棒に振る、あるいは人生を駄目にする……いや、破滅するだったでしょうか？　ともかくそういった類《たぐい》の、飲酒運転撲滅ポスターのことです。今、私自身が実際にこういう立場となって、ようやくあのポスターを正しく理解した思いです。あのポスターはけっして比喩的表現を記しているのではなくて、ただ事実を記しているに過ぎないのだ、と。大袈裟でもなんでもないのだ、と。今更ながらようやくそれが分かったのです。つまり私のような愚か者は、実際に事が起こってみなければ何も想像力が働かないのです。きっとこんなことがなければ、大袈裟なポスターだな、などといつまでも思っていたことでしょう」

若い検事は顎の下で手を組み、じっとこちらを見つめている。

後藤は話を続ける。

「私は調書に記した通り、地方銀行に三十年余り勤めて参りましたが、ご存じのように昨今、飲酒運転を犯した者への風当たりは強く、さらには人様の預金をお預かりする立場ゆえ、私に酌量の余地はなく、懲戒免職となりました。同時に妻から別れを切り出されて今や一人身です。先にお話しした通り、文字通り私は人生のすべてを失ったわけです。しかしそれでも、これが例えば人様の命を奪う結果や、もしくは極めて重い障害を負わせるような大怪我、大事故に至らず、本当によかったとも思っているのです。相手方には無論、お詫びに伺いましたが、大変温情のある方で《大した怪我を負っていないからそんなに気に掛けることはない、それよりも貴方のほうが大変でしょう》と、逆にご心配いただく始末です。つまりこんな私には、今回よりももっと大きな事故を引き起こす可能性もあったわけで、二度と運転はしないと誓った以上、それが永遠になくなったという安堵も少なからずあるのです。後悔がないというのは、つまりはそういうことなのです。しかし……」

後藤は俯《うつむ》き、目を閉じた。

「しかし？」

「……日本の刑法は、他国に比べて甘いと言われておりますが、たしかにその通りだと思います。しかし司直とは別次元で、この日本社会における道徳、倫理というべきものは、たとえ法による禊《みそぎ》を終えても、前科者の社会復帰に対する感覚……身勝手な表現で誠に恐縮ですが、寛容さについては、ひょっとしたら世界一厳しい国なのではないかと思うのです。無論それが悪いというわけではない。むしろそれは日本国民の遵法意識が極めて高いという証左であり、それ自体素晴

2

らしいことだとも思っています。ただ、それゆえにひょっとして私は、もはやいつまで経っても、社会という輪の中に戻ることができないのではないか……と、恐れているのです。つまり、やがて罰金を納付し、法が私を免罪する日がきても、社会は永く私を許さない……と。それが少し、いや、とても恐いのです」

そこまで述べ、後藤はあらためて検事の目を覗き込み、例の質問をしてみようかと束の間逡巡した。それはあの日——釈放されてから、おさえようもなく胸の内に勝手に湧き上がってくる、妄想だった。

「検事さん、つまらぬことを伺っても良いですか？」

「どうぞ遠慮なく。ちなみに僕の名は軽部《かるべ》と言います。最初にも言いましたけど」

「失礼、軽部検事。貴方は私のような愚かな者を、つまり飲酒運転で逮捕された者を、何人も見てきたはずですね？　その人の……その後の人生……つまり、なんというか、どうやって私のような者はまた新たなる人生を送るのでしょうね。いや、大変言いづらいことですが、私はけっして悪意を持って罪を犯したわけではない。しかし、運転免許も失い、社会から完全に疎外され、家族は去り、文字通り人生を棒に振りました。分かっています。そんな目で見なくとも、もちろん分かっています。無論自業自得です。何を甘いことを言っているのだと思われていることも重々承知しております。しかしそれでもやはり私は生きていかなければならない。それゆえ……結果……今度は自ら悪意を持って、生きるために犯罪へ走る者も少なくないのではないでしょうか。巧く言えませんが……」

後藤は、検事の好奇心に満ちた真っ直ぐな眼光から、目を逸らした。

失職した翌日からハローワークに並び、老年と言うべき五十六歳の失職者が生きることの難しさを、飲酒運転という罪を犯した者の再就職の難しさを、まざまざと思い知らされた。それは到底一言では語れない、いわばこの国の制度であり、恐ろしいほど冷徹な人の仕分けであり、社会という厳格な枠組みだった。こうして自分が確実に社会から弾かれたのだと理解したとき、ふっと、これからは非社会という闇の中で生きざるを得ないのではないか――などというとんでもない妄想が頭に過《よぎ》り、自分は何を考えているのかと、ひとりぞっとしたものだった。

「後藤さん、まずは貴方が冒頭でおっしゃった通り、日本の刑法は他国に比べて甘いと僕も思います。そのため一般刑法犯の再犯率は高く、昨年度はついに40％を超えました。ただしこの数値は交通事故を除いており、主に性犯罪の再犯率が極めて高く、また最近の傾向としては高齢者の再犯率が非常に高い……。いや失礼、今は飲酒運転の話でしたね。話は逸れましたが、つまりはそんな中、貴方がおっしゃったように飲酒運転を皮切りとして、その後社会に順応できなくなった結果、要は犯罪常習者になる者がどれほどいるのか……ということですね？　なるほど興味深い意見です。アハハ、そんなことを訊《き》かれたのははじめてですね。しかし勉強不足で大変恐縮ですが、あいにく正確なその数値を僕は把握しておりません。そのためあくまで僕の推測になりますが、よろしいですか？」

後藤は頷《うなず》いた。

「わりと少なくないのではないか――。それが僕の推測です。後藤さん、飲酒運転は確かに重罪だが刑法上、他の犯罪行為に比べると罰則が軽いと言わざるを得ない。しかしこの国の刑法がたとえそうだとしても、貴方のおっしゃるように、この国の住人がそれを許さない。そのため社会

2

から弾かれ、社会不適格の烙印を押され、再就職を含む様々な社会復帰を図ることが極めて難しいのが現状だと僕も思います。後藤さん、先程の貴方の質問は、そんな貴方の思いから発せられた質問ですよね。ね？　でしょ？　しかしですね、それを含めてやはり罪、罰なのだと、我々としてはそう答えざるを得ない。一部の方々には、飲酒運転者など即収監すべきだという過激な意見すら少なからずある時代です。さらには、《永遠に出すな》などとのたまう大馬鹿者もいる。だけど後藤さん、つまりそれだけ悲惨な事故も数多く、それゆえ国民の意識も高いというわけですよ。まあ、もちろんマスコミの過剰報道のせいもありますがね。いずれにせよ裏を返せば、それだけ刑法のみならず、社会の隅々にまで社会罰が浸透しているのが、飲酒運転という罪だと言い換えられてしまうのです。そうして加害者は、社会に行き場所を失ってしまうということですね。後藤さん？　大丈夫ですか？　まあ、私はさっき、犯罪常習者のきっかけになった者はわりと多いとは言いましたけど、でもこう言ってはナンですけど、それでも多くの方がしっかりと社会復帰を果たしていると思いますよ。多分」

意図的にか、あるいは自分では気づいていないのか、目の前の検事はそんな矛盾したことを語り、挙げ句、アハハハハハ！　と楽しそうに笑った。まるで中学生のような笑顔だと後藤は思った。

「だってそうでなければ、この日本という国の社会はとっくに転覆していますよ。後藤さん、分かりますか？　それほどまでに数が多いんですよ、飲酒運転というやつは」

＊

その後軽部検事からは、おざなりな慰めの言葉と、定規で引いたような社会復帰を願う趣旨の言葉をありがたく頂いた。その言葉はすでに彼――軽部検事と自分とが、あまりに遠い世界へと分け隔てられたことを意味していた。如何なる慰めの言葉や罵倒の言葉より、むしろその事実こそが後藤の胸を深く抉《えぐ》り、溢れた血が瞬時に乾いていくような虚無感に襲われることになった。

――後悔はない、などとよく言ったものだな……私は。

後藤は、あの日から再三囚われてきた贖罪《しょくざい》の渦に、また呑み込まれ始めた。自分はなんという愚かな罪を犯したのだと、言ったそばから悔い、すぐに今更どうしようもないと考え直し、いや、先方に大した怪我がなくてよかったと前向きに考え、そしてまたすぐに冷え冷えとした暗い悔恨の海に放り投げられる。その連鎖が果てしなく続いていくような気がして、後藤は知らず知らず身震いをするようになった。

検事に言って聞かせた《後悔はない》という言葉。それはある意味偽りではない。馬鹿なやつほど実際に経験してみなければ分からないということは確かで、その経験が人様を死に追い込むものや、重い障害、もしくは大怪我に至らしめるものでなかったことが本当に救いだったと今でも心から思っている。しかし、それはその後も自分の人生が続いてゆくという前提の上で成り立っている台詞《せりふ》であったのかも知れないと、後藤は今更ながらに考えている。いわば本当の反省からはほど遠い、醜悪で自分勝手な自己欺瞞《ぎまん》ではなかったのか、と。

2

ふと気がつけば、地下鉄を降りていた。どこをどう通ってここまで歩いてきたのか、後藤は分からなくなっていた。辺りは夕焼けに染まり、しっかりとネクタイを締めた社会人達が影を交差させている。

今から同僚達と一杯引っかけに行くのだろうか。遠く、黒く染まりゆく高層ビルの奥に滲《にじ》んだ夕日がある。かつては自分も同じくネクタイをぶら下げて歩いていたはずなのに、今、自分の目の前を過ぎてゆくサラリーマン達の姿はあまりに遠く、はるか対岸の異国の人々に思えてならなかった。

長袖のポロシャツにスラックスという恰好で、長くなった影を引き摺り、おそらくは夢遊病者のような足取りで歩いている自分。バス停を目指しながら、考えないように、考えないように、と考えながら歩き、気がつけばまた、出口なき問答の渦に放り投げられている自分。

後藤の煩悶《はんもん》は続く。

やはり……その代償はあまりに大き過ぎた。三十年余り勤めた職場からの退職金は無論ない。最終出勤日、同僚や部下達の眼差しはまさしく針だった。妻の瞳に盛り上がった涙と、ためらい傷のような筆跡で書かれた離婚届。子供達はすでに独立しているものの、なんの連絡もない。親父の醜態は妻から聞いているはずだとは思うが、こちらから連絡する度胸もない。僅《わず》かな貯蓄と、幸いローンを終えたばかりのマンションは慰謝料代わりに妻へ。何も残ってはいなかった。何もないただの空白だった。本当に何も。

……バス停の場所が分からない。

六月上旬のこの季節、日没はわりと早い。辺りはすでに宵闇が迫り、暫《しば》し後藤は呆然とする。

ここはどこだ。

不意に凄まじい寒気がして背後を振り向く。学生と思わしき集団が談笑しながら歩いているはずだが、その声が聞こえない。彼らが自分を見ている。その目が侮蔑《ぶべつ》している。いや、そんなはずはない。

ふと視界が暗くなる。ここはどこだ。闇がどんどん深くなる。気がつけばすべてが暗闇だ。ここはどこだ。後藤は混乱している。自分はそもそもどこへ向かっていたのか。そしてここはいったいどこなのだ？

嫌な汗が全身から噴き出し、心臓の鼓動が速くなる。何よりもあまりにも周囲が暗すぎる。目がおかしくなったのか。なぜこんなにも暗いのか――。

そのとき、目の前の漆黒が不意にメキメキと裂け、さらにより深い暗黒の樹海が出現した。後藤は、助けを呼ぼうとしたがなぜか声も出ず、そのまま暗い樹海へと引き摺り込まれていった。足も動かない。手も動かない。さらにどんどん奥へと引き摺り込まれてゆく。黒い樹木が未知なるなんらかの引力を持って自分を呑み込もうとしている。助けてくれ。そう叫んだつもりなのに、やはり声が出ない。呼吸が苦しい。息ができない。誰か、誰か、助けてくれ、助けてくれ――。

「おい、大丈夫か？」

その声と同時に街の喧騒が一気に蘇《よみがえ》った。

車道を走り去る車の騒音。

雑踏のざわめき。

2

学生達の甲高い笑い声。

そして乾いた喉から掠《かす》れ響く笛のような呼吸音。ネオンの原色がぐるぐると回転しながら落ちてくる。

「おい、しっかりしろっ」

その声は頭上から降ってきた。いつの間にか自分は路上に倒れていたらしい。

声をかけてくれた男が、路上にだらしなく尻をつけている自分に手を差し伸べてくれた。ごつく硬い、大きな手だった。

「……すみません、ありがとうございます」

男の手を握り返すと、驚くべき力で引き起こされた。

「あんた、見たことあるな……」

えっと思い、後藤は男の顔をあらためて見直してみた。宵闇に車道を疾走する幾多のヘッドライトが、一瞬男の顔を陰影深く照らしては過ぎてゆく。

少し白髪が交じった短髪。頬骨の張った四角い顔。不精髭。首がずいぶんと太い。耳が少し潰れている。柔道の経験者か。いずれにせよまったく見たことのない顔だった。

「ははあ、わかったぞ。……あんた、二ヶ月くらい前に事故ったやつだなぁ……」

低く、よく通るバリトンの声だった。そしてその台詞を聞いたとき、後藤の謎はすっと氷解した。相手が事故を起こしたことを承知しており、かつ自分側に面識がないのに相手側が自分の顔を承知しているとするならば、警察の人間でしか有り得ない。警察官という職種の一部の者は、本当かどうか知らないけれども、一度見た顔は絶対に忘れないのだと聞いたことがある。

後藤は酒気帯び運転発覚時、言うまでもなく最寄りの管轄警察署に連行されている。

「警察の方ですか……？　この度は、大変なご迷惑をお掛けいたしました」

「おい、やめてくれよ。おれは交通課じゃねえから迷惑掛けられた覚えなんてねえよ。ただ、たまたま、そんとき通り掛かっただけさ。ハコ部屋が被ったんでな……。まあいいや、ところであんた、こんなところで何してんだ？　持病持ちなのか？」

そう訊かれて後藤は答えに窮した。

そうだ、自分はいったいどうしたのだったか。突然一切の音という音が消えて辺りが暗くなり、あらゆる光をすべて吸収する黒い森のようなものが視界を覆い、気がつけばそれから逃げるように地を這っていた。今でも汗がべっとりとポロシャツに張りついている。自分でも何が何だか分からない。

そうしてただ茫然《ぼうぜん》と説明できずにいると、目の前の男の目が後藤を見透かすように細められ、そして気のせいかも知れないが、その瞳の奥に何か邪悪な光が宿ったような気がした。交通課ではないと男は言ったが、ならばひょっとして刑事課なのだろうか。刑事とは、ときにこういう眼差しをするものなのだろうか……。

「あんた、飯食ったかい？」

「は？」

突然の脈略のない質問に、後藤は一瞬戸惑った。

「いえ、まだですが……」

「なら、ちょいと付き合いなよ、飯、腹に詰めといたほうがいい。ひでえ顔しているぜ、あんた」

男はそう言い、断る間もなくひとりで夜のネオンへ歩き始めてしまった。助けてもらった手前もあり、後藤は、わけもわからぬまま仕方がなくその背中を追った。

そうしてあらためて男のうしろ姿に目をやると、凄まじく筋肉の発達した分厚い背中だった。潰れた耳といい、格闘家と言ってもおかしくないほどだ。相当な柔道高段者なのかもしれない。

後藤は急ぎ、肩を並べたところで尋ねてみた。

「あの、お名前を伺ってもいいですか？　刑事さん……なのですか？」

少し振り返りながら、男はニヤリと笑った。若干前に突き出た歯が印象的だった。

「暴力団対策課の高峰岳《たかみねがく》だ。まあ一応刑事さ。一応な」

2

3

地下鉄北四番丁駅から徒歩三分の好立地。ガラス張りのタワーマンション。分譲時も、そして現在も、億を下ることはない市内有数の超高級マンションだ。

ここを訪れる度に高峰岳はいつも思う。どれだけあくどいことをすればこんなマンションに住めるのだ、と。

一地方公務員や普通のサラリーマンでは到底手が出せない分譲物件。モーターショーよろしく並んでいるのは、子供でも名前を知っている高級外車の列。おまけにそれらはいつ来てもピカピカに磨かれていて、いったいいつ動いているのだと高峰は思う。

あいつ――柴崎純也のマセラティもある。

高峰岳はひとり、ニヤリと笑う。

この億ションに生息する、このマセラティの持ち主。少なくとも自分は、そいつの悪事を承知している。

ＰＭ11：15。

六月深夜の空気は湿り気を帯び、少し肌寒いはずなのに高峰はまったく気にならない。

入口のテンキーを押す。

3

「はい！」

異常なほど応答が速い。躾《しつけ》の行き届いている組の特徴だ。

「いるか」

「あっ、高峰さん、お疲れさまっす。どうぞ上がってきてください！　今開けます！」

防犯カメラが三つもぶら下がっている。防犯意識が高過ぎるだろうと思うが、最近はどこもこんなものだろう。マンションの住民の中にやくざが交じっているなんて、ここの住民達は夢にも思わないのだろうか。

やがて入口の自動ドアが滑らかに開く。

琥珀《こはく》色で、まるで豪華客船のようなエントランスが目の前に広がった。丁寧に磨かれたアーチ型の天井を見上げつつ、高峰はエレベーターに乗り込む。音もなく扉が閉まり、その背後に備えつけられた鏡をひとり睨みつけてみる。

目の下に隈《くま》ができている。頬が削げたせいで、頬骨がよけいに目立つ。出っ歯は昔からでどうしようもない。

別れた女房は感情をあまり表に出さない女だった。今の自分を見たら、元女房はどう思うか。同情してくれるか？　ざまあみろと内心で嘲笑《あざわら》うか？　たぶん後者だろう。

エレベーターが停止し、高峰は、エレベーターから一番近い《１８０１号室》のインターホンを押す。

「ども！　お疲れ様です！　柴崎さんは奥っす。さあどうぞ！」

出迎えに現れた鴫原なんとかやら。下の名前は覚えていない。この時点で暴対課職員失格だが、どうせ本名であるはずもない。最近のやくざは売買戸籍を利用して、素性を隠すことにも長《た》けている。無論会社が本気で調べれば、隠し通せるものではないが、こんな下っ端やくざなんぞにその手間を割く必要はないと高峰は考えている。要するにどうでもいい存在だった。

高峰は、鳴原に形ばかりの目礼を返し、靴を脱いで勝手知ったるフローリングをひとりで進んでゆく。

そうして本来は寝室なのだろうと思われる部屋の、異様なまでに重厚な扉の前で、いったん立ち止まる。立ち止まったのは、一応ノックぐらいはしてやろうかという気になったからだ。

カチリと音がした。扉が開錠されたのだろう。勝手に入ってこいという意味だと解釈する。

高峰は、扉を開けて足を踏み入れる。

室内は薄暗く、真正面で発光している巨大なスクリーンからエンドロールが流れている。

流れる文字は、なんとヒンディー語。

おもわず高峰は苦笑した。柴崎はついに邦画やハリウッド、ヨーロッパ系の映画じゃ飽き足らず、インド、あるいは中東かどこかの映画にまで手を伸ばし始めたのか。

「待ってくれ、今点ける」

どこからともなくそう響いてきた。音響機器も最新のものを投入すると、ただの話し声までどこか反響して響いてくるものらしい。

やがて灯りが点いた。

眩《まばゆ》い明かりに少しばかり目を細め、その視線の先に、優雅に佇む柴崎純也の姿があった。

「パーマ、かけたのか？」

3

長くパーマのかかった黒髪が耳まで覆い、顎にはうっすらと髭が生えている。やや彫りの深い顔立ちに、鳶《とび》色の瞳。まるで男性ファッション誌から抜け出てきたような顔がそこにある。対して自分は——などと考えれば、ムカついてしょうがないのであえて考えないようにした。齢もあまり変わらないことに余計腹が立つ。たぶん誰に訊こうと、同世代のふたりだとは思われないに決まっている。

「変、か？」

「いや、おまえさんはモヒカンにしたって似合うよ」

「妬《や》くなよ」

柴崎はニッと白い歯を覗かせ、まるで少年のような破顔をしてみせた。

高峰は部屋の中央まで進み、スクリーンのど真ん前に設置されている、いかにも高級そうなソファーに腰を下ろした。

——たしかにここから眺める映画は気分が良さそうだ……。

ウッド調のサイドテーブルには、十二年物のモルトウイスキーのボトル、それにたぶんこれも高級品と思わしき、細かいカットが入ったロックグラス。とても公務員の給料では賄《まかな》えないワンセットに違いない。

妬《ねた》み半分。羨《うらや》ましさ半分。高峰は、懐から煙草を取り出して火を点ける。

「柴崎ぃ、あの例の後藤喜一、さっき一緒に飯食ってきたぞ」

「ほう。で、どうだった？」

「どうかね……まあ、まるで脈がないってわけじゃない」

柴崎の瞳が宙をさまよい始めた。思考を巡らすときのこの男の癖だ。

暴力団という組織に衰退が見られ始めた頃、まるで新法に適応するように、様々な新種のやくざが現れた。しかしその新種の中でも消える者はやはり消え、ある者は進化をさらに促進させ、またある者は突然変異し、淘汰されながらも生き残る者はたしかに生き残っていった。

はっきり言って昔気質《かたぎ》のやくざはもう終わりだった。暴対法、暴排条例と雁字《がんじ》搦《がら》めに締めつけられ、もはや手も足も出ないに等しく、実際に組織が瓦解《がかい》した揚げ句、にっちもさっちもいかなくなった昔気質の組員が多数足を洗い始めている。

だが、違法な商品や行為を求めているのは、いつの時代も常に堅気であることに間違いはない。違法なドラッグを希求している者は今なおあとを絶たず、むしろ増えてきていると言っても過言ではない。また、法の枠組みに嵌《は》められてつまらなくなった風俗では飽き足らず、より刺激的な夜を求めて、違法な闇風俗に足を運ぶやつらも然《しか》りだった。いまやこの自分もそのひとりだ。

つまりやくざは、市民に必要とされていると言い換えられなくもないわけで、それを国を挙げて叩き潰そうとしているものだから、柴崎のような新種のやくざが生まれるのも自然の摂理なのかもしれない。もはや経済やくざとも違う、日の当たらぬ地下で密かに生息する、名もなき男達。

この柴崎という男が署のデータベースに載ったのは、ここ最近といっていいほどの近年だ。

この男がいったいどういう経路で、どういう人脈を駆使し、突如この街に現れたのかは、今なおお定かではない。戸籍はあるが真っ白で前科もない。上部団体などで修業や下積みをしていた記録もない。そして今の時代は、地域課連中の巡回記録もたいして役には立たない。このように何

3

もなければ、調べる伝手《つて》もさすがに限られてくる。

柴崎は以前、高峰にこう話している。

《麻薬取引で得た金——。そこで生み出された膨大な収益を、いったん海外へ送金し、そこからまた日本へと逆輸入する。でもそれだけじゃつまらんだろ？　そこから金はまた海外に渡って、向こうのベンチャー企業に投資する。海外ベンチャーのやつらは日本のやつらと違って、多少金の出処が胡散臭くても躊躇《ちゅうちょ》しないからな。分かるか、高峰さん。国境という壁はな、表社会よりもまず裏、地下社会から越えていくんだ——》

そこで柴崎は、当局のブラックリストに載っていない、自分らとも縁もゆかりもない、本当に真っ白な堅気の金融マンを求めた。それでいてフロント連中のように金のみで繋がっているやつらともちょっと違う、いわば愛情や友情で繋がるような、真っ当過ぎるほど真っ白な男が欲しい——と。

高峰は当初、そんな真っ当な男がやくざなんかと関わるはずがないだろうと呆れ、柴崎にそう告げてみた。しかし、柴崎の答えはまた違うものだった。

《高峰さん、じゃあなんでいまだに共産主義者がいると思う。ソ連もとっくに崩壊して、北朝鮮をはじめ、世界中のどこにも理想的な共産主義国家などないにもかかわらずに、だ。なあ……高峰さん、きっとそいつらはな、今ある既存の資本主義社会を受け入れられず、在りもしない願望、妄想を抱き、金や階級で繋がる表向きの人間関係を否定して、ただ同じ志を持って、理想を語り合える仲間が欲しいだけなのさ。わかるか？　金じゃあない。会社組織や経済、いわば金で左右されない本当の繋がり、心の友が欲しいとね。別に格別ご立派な共産論や平等論なんかを持って

いるわけじゃないさ。ただ、現状が生きづらいだけなのさ。そんなやつらはゴマンといる……》

柴崎が何を言っているのか、そのときはよく分からなかった。共産主義者がどうした？　どうしてそれが真っ当な男とやくざとの親密な関係に繫がるというのだ？——と。

だが、その後も柴崎と語らいながら飲んでいるうち、なんとなくだが分かってきた。

共産主義的な理想を掲げる者や、この金満世界になじめない者達の中には、金に転ばずして、ひっそりと社会を憎んでいる者がたしかにいる。反社会的な人間とまでは言えない、こういった者達を取り込むことは、この頭の切れるやくざ、柴崎純也ならば案外容易なのかもしれない。

とはいえ柴崎はあくまで一例を示したにすぎず、高峰には依然として雲を摑むような話だった。

金で転ばず、少しだけ社会を憎み、あるいは少しだけ社会に失望している者——。それでいながら多少なりとも金融工学の知識を身につけている者。さて、そんなやつをどうやって見つけようか……。

高峰が後藤喜一を知ったのは、何人もの人間を覗き続け、そろそろ飽きてきた頃だった。

高峰は、おのれの立場を利用し、たとえば軽い痴漢行為、もしくは飲酒の果ての喧嘩や道交法違反、あるいは軽微な過失傷害、こういったいわば収監まではまずいかない軽微な犯罪者に目をつけ、覗いてきた。つまり刑としては比較的軽いのに、社会的には重いダメージを食らう罪を犯した者。

社会に居場所をなくす罪。ＳＮＳが発達したことによって、これらの罪は簡単に暴かれ、それゆえ社会から孤立してゆく者達。同時に自ら社会から距離を置こうとする者達。

高峰は、そういった者達を何人も覗いてきた。その都度、まさに監視社会といっても過言ではない時代なのだと、背筋が寒くなったものだった。

飲酒の果ての交通事故で署に連行されてきた後藤喜一の弁解録取書、供述調書を高峰はこっそりと盗み見た。さらにその後の調査で家庭が崩壊していることも明らかになった。SNSによる誹謗中傷も確認済み。地元地方銀行で勤続三十年余り、所属は融資課、役職は課長代理。もちろん共産主義云々《うんぬん》の者ではないにせよ、ひょっとしたら使えるかもしれないと高峰は思った。

ようやく現れたこの初老の男の存在を柴崎に伝えると、柴崎は乗り気になったのだ。

3

「飲むか？」

マンションの一室とは思えない、この上質な空間で、柴崎純也は当たり前のようにモルトウイスキーを差し出してくる。

「ああ」

高峰も当たり前のように受け取る。

やくざと警察。この柴崎との付き合いは、月日という意味ではまだ浅い。しかし、その浅い月日の間に起こった出来事は驚くほど濃い。

始まりは——何だったっけ？　もう忘れちまった。いや、そうだ、闇カジノが発端だ。

警察という組織に飽き、同時に人生にも見切りをつけた男の行く末がギャンブルで、よくある話と言えばよくある話なのだろう。そして今思えば、おそらくは柴崎の思惑通りに闇カジノに嵌《は》まった自分は、やがて当然の如く金策に尽き、その後もよくある話で、柴崎から金で仕事を請け負うようになる。すべてはよくある話だ。そしてその仕事も警察組織に属していれば、どれも箇単で単純なものばかりだ。まあ今回ばかりは多少骨が折れたが——。

高峰は、シングルモルトを一気に呷《あお》る。

このときが実に楽しいと高峰は思う。

女もギャンブルも無論楽しいが、今はなによりもこの男と飲む酒が一番楽しい。

柴崎という男は、こちらの痒《かゆ》いところに手が伸ばせるような男で、またときに、ふたりだけが知っている罪を共有しているような奇妙な親近感を抱かせるときもある。

柴崎は、暴力団対策課の刑事という立場の高峰に対し、ありえないような本音を吐くときもある。それはたとえば学生のとき、親や教師に隠れてこっそりと酒を酌《く》み交わし、互いの好きな女を打ち明けるような感覚に近い。男同士の酒。友情の酒。ときどき柴崎の驚異的な才覚を妬ましく思うこともあったが、そんなとき柴崎は即座に高峰の胸中を見抜くのだった。

《妬くなよ。あんたとおれは一心同体だ。いずれおれの金があんたの金になるときがくるさ》

そして無言でニヤリ。悪魔のような笑顔。それでいて憎めない笑顔。こんな男が友なのだという優越感。たんに惹かれている、という一言では言い表せないこの感覚——。

「柴崎、今日はとことん飲むぞ」

「ＯＫ」

ニヤリと笑い、柴崎はどういうわけか立ち上がって、シングルモルトを一気に飲み干した。背筋を伸ばし、天にグラスを掲げる柴崎の姿に、高峰は《桃園《とうえん》の誓い》をふと思い出す。別名桃園結義とも呼ばれる『三国志演義』序盤の代表的なシーンにはひとり足りないが、むしろこのままふたりっきりでいいと高峰は思った。いつにも増して魅力的な良い飲みっぷりで、透き通った瞳

3

が優しく細められ、一瞬この男なら抱かれてもいいとさえ思ってしまう。

「ところで高峰さん、後藤──後藤喜一は、飲酒運転で捕まった、で間違いないか」

「そうだよ」

手にしたグラスがいつの間にか空になっていて、高峰は自ら注ぎ足した。そして一気に呷る。シングルモルトの心地好い風味が鼻を抜けて喉に落ちてゆく。相変わらずまろやかな酒だった。

「柴崎、なんか問題あんのか？」

柴崎は、宙に浮かぶ何かを注視している。思考を巡らすときの癖だ。

他の犯罪で捕まったのならその時点でアウト。飲酒運転ならぎりぎりセーフ。うってつけ──のはずだ。何か問題があるのか。柴崎はなおも宙を凝視している。

「柴崎、どうした、ヤバいところでもあんのか」

「戸籍は洗ったのか？」

「もちろん。きれいなモンだった。それが？」

「──いや、いい。けど、もしもうまく取り込めたら、扱いはうちの粕谷に任せようと思う」

「粕谷？　粕谷ってあの、ときどき関西弁になる薬屋か？」

「ああ」

粕谷……たしか下の名前は一郎だ。一応は田臥組幹部の舎弟頭《しやていがしら》。

粕谷とは何度か顔を合わせたことがある。髪を短く刈り上げ、どこかお堅い企業のサラリーマンのような風貌をした男だ。たしか齢も自分達とほぼ変わりはないはずだ。そのくせ馬鹿でかい単車に跨り、どういうわけか随分と女にモテるらしい。

粕谷という男が麻薬がらみの仕事を請け負っている以上、残忍で有名な台湾系、国家ともつるんでいる半島系、そしてこれまた残忍な、中国大陸系の黒社会連中とも付き合いがあるはずで、そういった組織を相手に麻薬取引を繰り返し、柴崎に多大な利益をもたらしているとすれば、なかなか優秀な男だといえるだろう。

シャブ、コカイン、ヘロイン等、ケシや大麻を除けば国産のものなどまずなく、薬系の卸しはすべて海外マフィア経由と言っても過言ではない。

そして最近は中南米産より、中国大陸、台湾、北朝鮮産のほうがはるかに多く市場に出回っている。すなわちそんな大陸系、半島系のマフィアども相手に飯を喰っているわけだから、粕谷一郎という背の低い小男は優秀なだけでなく、腹も据わっている人物なのだろう。高峰はそう思った。

しかしだからこそ柴崎の人選を不可解だと思わざるを得なかった。なにも順調に回転しているシノギに、余計な茶々を入れる必要はない。

「柴崎、なんであいつなんだ？　あいつはアッチ系の仕事で手一杯なんだろ？」

「だから、さ。粕谷には薬系のシノギを長く任せ過ぎた。たしかにまだヘマはしていないが、いずれ必ずやらかす。多分、自分もどっぷりと薬に嵌まっているはずだ。ここらでいっぺん選手交代させなきゃな」

「薬系のシノギは、定期的に人員交代させなきゃ駄目ってか？」

「イエス」

高峰は鼻で苦笑した。まるで暴対課員のようだと思ったのだ。

3

高峰が属する暴力団対策課――通称《暴対》課は、主に暴力団、すなわちやくざ者を取り締まるセクションであり、この部署は日常的に暴力団と接することから、必ずと言っていいほど暴力団組員や犯罪常習者との馴れ合いや癒着が発生する。

　刑事といえど人の子である以上、やはり付き合いのある人間のほうに情を傾けやすく、またこれは闇社会に生きる犯罪常習者にもいえることであり、よく信じ難いと思われるが、ときには犯罪常習者らのほうも刑事に対して情を持ったりするのだ。

　たとえば刑事が、ウチの上司は分かってくれないと付き合いの長いやくざ者についぼやいてしまったとする。するとやくざ者のほうも、うちの上、すなわち組長や幹部は分かってくれないなどと、その胸の内を付き合いの長い刑事に明かしたりすることが往々にして実際にあるのだ。ならば両者に馴れ合いや情が生まれてくるのは人間として必然であり、その情の総量は、付き合いの長さに比例してどんどん増えてくる。すなわち、なあなあの癒着度合いがどんどん色濃くなっていくというわけだ。それを避けるために、暴力団対策課に属する人員は頻繁に異動を繰り返す。

　高峰自身、まさにこの柴崎とそんな蜜月関係を続けている。

　そしてそれはいつか必ず終わる。そしてその終わり方には何通りものゴールがあることを、高峰は承知している。なにも高峰の異動だけがゲームセットではない、と。

「……なるほど、薬とドツボに嵌まる前に異動させるわけだ。なら、誰がアッチ系の仕事を引き継ぐんだ？」

「おれ」

　柴崎は凄惨に笑った。さっきまで浮かんでいた優しげな笑顔は影を潜め、今度は一片の情なき酷薄な笑顔となった。ときに、こんな顔も見せる男なのだ。

「まあ……後藤ってやつを取り込めたらの話だがな」

「ふん。なあ柴崎、ところでおまえ、さっきなんの映画見てたんだ？」

「……インドの……まあ、あんたに言っても分からん。それより後藤喜一、あんた、どう思う？」

逆に柴崎に尋ねられ、高峰はここを訪れる前まで居酒屋のカウンターに並んでいたその横顔を思い出してみた。

後藤喜一。

齢は自分より十以上も上だ。白髪交じりの短い髪、窪んだ目、細かい皺《しわ》が蜘蛛の巣を張っている。飲酒運転というチョンボですべてを失った悲愴《ひそう》感がその横顔に漂っているような哀れな男。

行確（行動確認）中、路上で突然ぶっ倒れたときにはさすがにびびったが、接触する機会を計っていた高峰にとっては、まさにグッドタイミングだったといっていい。同時に持病があるようではまずいと懸念したが、どうやらそれも杞憂《きゆう》らしかった。

飲酒運転はたしかに重罪といえば重罪だが、一般犯罪のように、動機や犯意という構成要素を満たすには難しい犯罪だと高峰は思っている。無論、傷害と器物破損という物理的な損害もあるわけだが、それをしっかりと補償したうえで相手と和解したのちも、そこで罰は終わらない。

そこから先は、法に代わって社会なるものが後藤を罰する。

後藤に限らず、ほとんどの者が罰する側と同じ輪の中で生きている昨今、それこそがまさに最も厳しい罰になり得てしまうのだ。

3

言い換えれば、それほど世間の目は厳しく、また飲酒運転による目を覆いたくなるような悲惨な事故も多いということだろう。しかしそれでも高峰は思わざるを得なかった。

後藤が犯した過ちとは、果たしてすべてを失うほどの罰に値するのか、と。

それともこうして日々非合法な世界に入り浸り、遵法意識の欠片もない者達と酒を酌み交わすことによって、自分はどこか正常な感覚から遠ざかってしまっているのだろうか。またあるいは、暴対課刑事という職務柄、普段からあまりにも陰惨で卑劣な犯罪に慣れ過ぎているのだろうか、と。

そこまで考え、高峰は、結局最後にはいつものように、自分の頭を圧迫せんばかりだった思考の束を追いやるように首を振った。所詮自分には関係のないことだった。そう思うしかないのだ。そう頭を切り替えてみれば、またあの鼾《ひび》割れた横顔が舞い戻ってくる——。

高峰はグラスを傾けながら、なおも思考を巡らす。

いずれは時機を見て、後藤には仕事を紹介する。それに後藤が乗ってくるか、こないか。高峰の勘では五分といったところだ。調べたところ後藤は、別れた妻に住まいも貯蓄も、慰謝料代わりにすべて差し出している。すなわち残るは裸一貫、身ぐるみ剝《は》がされたただの男の塊一つ。死ぬことを考えているなら乗ってこない。生き続けるつもりなら、乗ってくる可能性は大。生きるには金が必要なのだ。

「可能性は五分だな。上手くいったら柴崎、金、回せよ」

「ああ、カジノチップで回すか？」

柴崎は目を細め、涼しげにグラスを傾けている。

「ふざけんな、現ナマだ。この街を敵に回して、あらゆる人間を敵に回しても、おれだけは敵に回すな。たとえ世界のすべてを敵に回しても、だ。いいか」

「高峰さん、あんた、ときどき文学青年だ。だが、どこか少し古臭い」

さらりとそう返してみせたブラウンの瞳に一瞬引き込まれそうになりながら、高峰は空のグラスを柴崎に差し出す。注げよ、と目で促したつもりだ。ＡＭ０：16。ここへ来て、ちょうど一時間ばかり経過したところだ。まだ早い。まだまだ飲み足りない。酒は飲み始めたばかりだ。ときどき文学青年ならば、普段の自分はなんなのだ。台詞がどこか古臭いのは、文学中年だからか——。

高峰はほどよくアルコールが回った頭で、そんな思いを巡らせていた。

4

地下にある中華料理店の個室に、粕谷一郎は座っている。

広くはない。

どぎつい真っ赤な四方の壁。

壁に掛かっている意味不明の文字の、小さな掛け軸。

部屋のわりに大きな漆《うるし》のターンテーブル。

その上にあるギトギトと脂ぎった中華料理。琥珀色の老酒《ラオチユウ》。

そしてそれを囲む仏頂面の四人の男達――。

福建《ふつけん》人黒社会〝羅林《ルウオリイン》〟と呼ばれる中国マフィア組織の男達だ。

彼らは、ときどき粕谷に対して針のような視線を投げつけてくる。しかしそのくせ一言も発することなく、黙って老酒を舐め続けている。

――畜生、遅《おせ》えぞ。

粕谷一郎は、内心冷汗が出る思いで時計の針を見つめている。

PM5：22。約束の時間を二十分以上過ぎても、若頭――柴崎純也はいっこうに現れない。どぎついほど真っ赤な個室の壁が、だんだん血の色に見えてくる。

彼ら福建黒社会の連中は、なぜか異常に時間にうるさい。その証拠に目の前のターンテーブルには寸分の狂いもなく、しっかりと時間通りに運ばれてきた中華料理がずらりと並んでいる。料理の登場が早くても遅くてもいけない。

客が遅れていようが、料理が冷めようがお構いなし。きっちりと決められた時間に料理はやってくる。それが彼らの流儀。中国人の中でもめずらしいタイプだと粕谷は思う。

そうして福建マフィアどもの誰ひとり料理に口をつけず、ただひたすら老酒を舐める時間が続いている。粕谷の背筋に冷たい汗が流れてゆく。

たしかに付き合いの長い連中であるにせよ、こんなときの彼らの腹の中は想像し難い。一時間待たされても平然としているときもあれば、一分遅れたという理由で相手を殺すときもある。

そんな彼らは今回の急な担当交代に不信感を抱いている。

粕谷自身、いくら若頭の命令とはいえ、今回ばかりは異論を挟みたい気分だった。なぜこの時期に退《しりぞ》かなければならないのか。いったい柴崎は何を企《たくら》んでいるのか。気がつけばそう何度も疑問に思っている。

そのとき、扉をノックする音が鳴り響いた。

同時に粕谷は心底ほっとして長い安堵の息を漏らした。助かった、ようやく来てくれた――。

「お連れ様がご到着いたしました」

訛《なま》りのある従業員の声に続き、年季の入った赤い扉がギイィと音を立てて開かれた。

「いや、どうもどうも！　大変お待たせして、申し訳ありません」

長身の若頭――柴崎純也、その人が颯爽《さっそう》と姿を現す。

4

途端に尖った空気が丸みを帯びていくように感じた。

福建黒社会〝羅林《ルウオリイン》〟の四人は、さっきまで浮かんでいたはずの仏頂面をとりあえずは仮面の奥に隠したようで、笑顔で立ち上がった。そして柴崎と手早く握手を交わし始める。

粕谷は、そんな福建人達の横顔をチラリと観察した。目だけはけっして笑わない彼らの表情、その目の奥に、ちょっとした驚きのようなものがあるように思えた。

「胖虎《パンフー》さん、いやあ、お久しぶりですね」

王芳《ワンファン》。通称〝胖虎《パンフー》〟は、この組織の首領《ドン》だ。その見た目は虎というより太ったパンダだ。

「……柴崎さん。アナタ、若くなった……」

柴崎がいつ、こんな恐ろしい連中と取引をし始めたのかは分からない。若くなった？　どういうことだ？　粕谷は、あらためて我がボスの姿を眺めてみる。

軽くパーマのかかった長く艶やかな黒髪。なぜかシャレて見える不精髭、いや、多分綿密に計算されてカットされた髭に違いない。そしてよく見なければ気づかない程度だが、うっすらと頬に浮かぶ微《かす》かな傷痕がある。右の頬に縦十センチほど。しかしそれさえもどこかアクセサリーのように見える自分は、よほど柴崎に心酔しているのか。

皺のない真っ白いシャツ、少し光沢のある黒のジャケット。その上からでも十分に分かる引き締まった無駄のない肉体。自分とは違う意味で、闇社会に生息する人間には見えなかった。今日の柴崎は、海外で活躍するプロサッカー選手、とでも言ったほうがすんなりと腑《ふ》に落ちそうなほどだった。

「これは本日、弊社都合の会合にお集まり頂いたお礼と、私が諸事情のために時間に遅れたお詫びでございます。ほんのささやかな食事代程度ではございますが、よろしければ故郷に残された大切なご家族の皆様のためにお役立てください」

礼儀をわきまえ、しっかりと言葉遣いを使い分けている。

柴崎は有名百貨店のロゴが入った紙袋を、無造作にテーブルの上に置き、ふわりと着席した。

ざっと一千万くらいかなと粕谷は推察した。紙袋の中をチラリと覗いた羅林《ルウオリイン》の首領、胖虎《パンフー》は、矯正して並びの良くなった歯を見せてニコリと微笑んだ。現金なやつだった。今度は本物の笑顔だろう。

「柴崎さん、本当に久しぶり。アナタ、若返りの秘薬でもみつけたの？　まるで西洋彫刻のように美しい。そして相変わらず太っ腹。祖国の俳優にも、アナタみたいに洗練された方はいませんし」

「光栄です。胖虎《パンフー》さん、若返りの秘薬、知りたいですか？」

「もちろんです」

「女、そして、物語」

「ホホ、女は分かりますが、物語とは？」

「私、最近映画に凝っていて、それが高じて今や自分で物語を描いてみたくなったのです。物語とは夢、のようなものですから。そのようなわけで先日、イタリアの小さな映画会社を一つ買収してみました。もう一度青春時代を味わうような物語を、私自身が撮るために」

「ああ、柴崎さん、みなまで仰らなくてもいい。ワタシ、分かります。それ、若返る。間違いない」

4

「ありがとう。同志」

「ワタシ、今の日本の状況をよく知っています。古い暴力に依存するやくざはもう終わり。これからは柴崎さんのような知性溢れる方が、日本の地下社会を引っ張っていくでしょう」

そして胖虎《パンフー》に続き、彼の横に座る男――〝チャオズ〟と呼ばれる小男が言葉を引き継ぐ。こいつは日本語がうまい。

「さあ、ワタシ達ばかり先にやっていて申し訳ない。柴崎さん、日本には駆けつけ三杯というならわしがあります。どうぞ、まずは飲んでください」

柴崎の杯《さかずき》に老酒が勢いよく注がれる。

チャオズ。日本発のとある世界的有名漫画から取られたという渾名《あだな》だ。どでかい目。身長一六〇センチにも満たないガキのような身体。そのくせ残忍で冷酷なナイフの達人。二十分もあれば全身の皮膚を綺麗に剝ぐことができる。こいつの正体は、イマイチよく分からない。

粕谷は、そっと柴崎に囁いた。

……そいつがチャオズです。

チャオズは最近幹部に取り入れられた元殺し屋だった。柴崎が担当していた初期の頃にはいなかったはずのゴロツキだ。

微笑みを浮かべている柴崎の横顔に変化はない。

「ありがとうございます。ありがたくいただきます」

柴崎は、チャオズから杯を受け取り、そのまま一気に飲み干した。

胖虎《パンフー》がにこやかに宣言する。

「さあ、まずは食べましょう。ここの料理、とても故郷に近い。柴崎さんのお口に合うかどうか、故郷の味、お気に召して頂ければ私達、とても嬉しい」

「お言葉に甘え、頂戴いたします。実はとても空腹でした」

そうしてしばらく他愛もない話をしながら、皆で中華料理をつつく。

粕谷はあまり中華料理が得意なほうではなかったが、ふと柴崎のほうを覗いてみると、ガブガブと大口を開けて次々に平らげている。その食べっぷりが、福建マフィアどもを喜ばせている。

粕谷はふと、クラブの女の台詞を思い出した。

《あたし、よく食べる男の人が好きなの》

なるほどよく食べる男は男女問わず魅力的なものなのかもしれない。自分の本命の女を柴崎に会わせるわけにはいかないなと、粕谷は内心で苦笑する。

柴崎のおかげで当初漂っていた暗雲はすっかりと晴れ渡り、粕谷の緊張も徐々に解けていった。

「――それで柴崎さん、粕谷さんからドナタに担当者が替わるのですか？」

「私です」

福建人らの箸《はし》が止まる。

「ボス、自らですか？」

「そうです。胖虎《パンフー》さんが先程おっしゃったように、私達日本のやくざは今、まさに変革のときです。田臥組も例外じゃない。その激動期の急速な変化についてこられる人間は少ない。かといってまさか皆さんとの取引に、ヘタな新米を回すわけにもいかない。無論私も、今や粕谷ほどの知識はないかもしれませんが、そこは粕谷からしっかりと引き継いで、けっして皆さんにご迷惑をお掛けしないように努めさせて頂きます」

「ならば、粕谷さんのままでよろしいのでは？　何か特別な理由でもあるのですか？」

「いえ、単にこちら側の事情です。粕谷には弊社の幹部として、他の業務も覚えてもらう必要があります。それだけの理由ですので、私が皆さんと取引するのも、いずれ有能なスタッフが育つまでというつもりです。ひょっとして短い間になるかも知れませんが、久しぶりに私を受け入れて下さい。あらためてよろしくお願いします」

柴崎は立ち上がって丁重に、かつ優雅に頭を下げた。

「なるほど、よく分かりました。柴崎さんならこちらも願ってもない。昔に戻るようでワタシも楽しみです。こちらこそ、よろしくお願いします」

そう言って胖虎《パンフー》も立ち上がり、ターンテーブルを挟んで本日二度目の握手会が始まった。柴崎はそれに応え、目を細めて微笑んでいる。

その横で殺し屋のチャオズもまた微笑みを浮かべている。が、やはりというべきか、その目は笑っていなかった。その大きな瞳の底に、どこか残忍な光を宿している。無論柴崎のことだからそれに気づいているだろう。若頭のことだから心配ないと思う一方、万が一のときは自分が盾にならねばならないと、粕谷はひそかに決意した。

*

4

ＰＭ７：25。

福建黒社会〝羅林《ルウオリイン》〟の連中との会合場所を、クラブに移した。

このクラブは表向き堅気の経営者を立てているが、いくつものペーパーカンパニーを経由し、実質柴崎が単独で経営しているクラブだ。

まだ時間が早いせいか、薄暗い店内に客は少ない。ごく小さなＬＥＤをいくつも埋め込んだ天井は、夜明け前の星空のような雰囲気を醸し出している。

このクラブは、ほんの数ヶ月前にリニューアルオープンしたばかりで、店内空間にも斬新な演出が取り入れられている。ちりばめられた天の川のようなＬＥＤや、計算し尽くされたボックスの高低差は大河に浮かぶ箱舟の如くで、そこに天女のようなロングドレスの女がぴったりと寄り添ってくる。仕事といえど、粕谷は食指が動くのを抑え切れない。

胖虎《パンフー》の経営する中華料理店からタクシーで移動し、このクラブへ到着したのが約三十分前。実質の経営者が極道だとは露ほども疑わない天女達を先程下がらせ、箱舟は福建連中と自分達だけとなった。

「柴崎サマ、アナタサマがいると、さっきのカノジョたち、皆アナタサマを見ているような気がいたします」

おかしな日本語を話すこの男、浩然《ハオラン》は、このクラブから合流した胖虎《パンフー》の運転手だ。タクシーで移動したのは、彼のような下っ端にも楽しんでもらおうとする柴崎の気遣いだが、粕谷は内心どきりとしていた。

実は粕谷は、ときどきこの浩然《ハオラン》から自分用のクスリを横流ししてもらっている。

「浩然《ハオラン》さん、まさか気のせいですよ、それよりもっと飲みましょうよ。ウイスキーはお嫌いです

4

はしない。
いる。粕谷は内心ほっとする。その様子から、浩然《ハオラン》と粕谷の関係に不審を抱いているような感じ
「柴崎サマ、カッコイイ。ワタシ、柴崎サマのようになりたい」
柴崎は星空の下で、そのブラウンの瞳を細めながらホステスの代わりに自らマドラーを回して
か？　ここは皆さんのお国のお酒もご用意できますよ」
カラカラと氷がグラスに触れる音が心地好く響き、相手の心を和ませる。柴崎がホストでもし
たら、相当売れるんじゃないかと思いつつ、やがて粕谷は雑念を振り払って気を引き締めた。
柴崎が場所を自分の店に移したのは、当然仕事の話をするためであり、女を下がらせたのは、
その開始の合図に違いなかった。
しかし柴崎は、なかなか仕事の話を切り出さない。
どこにでも転がっていそうな業界のゴシップ話や、他愛もない世間話に終始し、邪気の欠片も
見せずに目を細めている。福建黒社会〝羅林《ルウオリイン》〟の連中もそれに相槌を打ち、頬を緩めてグラス
を傾けている。たぶんすでに腹の探り合いが始まっているのだろう。
やがて先にしびれを切らしたのは、胖虎《パンフー》のほうだった。
柴崎との世間話を電子煙草のスイッチで自然に遮《さえぎ》り、さらりと切り出した。
「――柴崎サン、条件は今までと同じ、それで良いのですね？」
「基本的には結構です。ただひとつ、提案してもいいですか？　あくまで提案ですが」
「何でしょう？」
粕谷はチャオズに目を向ける。チャオズのグラスの中身はあまり減っていない。

「胖虎《パンフー》さん、一回で仕入れる取引量を増やせば、グラム当たりの単価をもう少し安くすることは可能ですか？」

「コカ？　シャブ？　どっち？」

「できればどちらも」

「柴崎サン、それは難しい。アナタのところに卸す金額、ギリギリ。ワタシ達の国、とても広い。それに昔とは違う。ここまで運搬するのに、鼻薬を嗅がせる必要がとても多くなった。するとワタシ達の手元に残らない」

「しかし、一回で運搬する量を増やせば、何度も流通させる度に鼻薬を嗅がせる必要がなくなり、それに応じてコストも下げられませんか？　運搬回数に応じて鼻薬の数も増えるでしょうから」

鼻薬とはつまり賄賂のことだ。

役人の下から上まで腐敗の著しい彼らの国では、役人を抱き込まないことには商売ができない。しかもこれは麻薬に限定された話ではなく、たとえ合法の輸出品であろうと、やはり賄賂の有無が迅速な流通のカギとなるのだった。

賄賂を出し渋ったり、出しても金額が少なかったりすると、まさにそれと連動しているかのように運搬途中で盗賊の被害に遭ったり、当局の検査に出くわしたりする。すなわちそれこそが役人と一部の犯罪者グループが結託している証《あかし》だった。

粕谷はそんなことを思い出しながら、柴崎と福建黒社会の面々との会話にとりあえずは口を挟まず、無言で耳を傾けていた。

「柴崎さん、たとえそうだとしても、大陸にいる上席の者が首を縦に振らない。彼らの中には、

4

国務院と繋がっている者もいる。ワタシも彼らに睨まれたくない。それに――」

「劉《リイ》偉《ウウエイ》、ですか?」

「そう、劉《リイ》偉《ウウエイ》先生。とても恐い」

「もう年寄りでしょう。そろそろ後継者争いが始まるんじゃないですか?」

胖《パン》虎《フー》は、この薄闇の下でも分かる大袈裟な苦渋の表情を見せた。

〝劉《リイ》偉《ウウエイ》〟。

粕谷も当然その名を耳にしている。広大な中国大陸で跋扈《ばっこ》している無数のマフィアどもをひとつにまとめ上げようとしている伝説的な大ボスの名前だ。

中国人という人種は日本人とメンタリティーが異なり、あまり群れを作りたがらない。その理由を簡単に言えば、皆がボスになりたいからだ。従って必然的にひとりのボスの下、十人未満の小マフィア組織が無数乱立し、それが水面下でシノギを奪い合い、殺し合い、潰し合っている。また人種の問題もそう簡単ではない。上海《シャンハイ》、北京《ペキン》、福建、台湾、東北《トンペイ》等々、一部は言語まで異なるわけだから、当然意思疎通が容易で、比較的信用できる同郷者や血縁者によって組織が構成されやすくなり、裏を返せば、ほかの地域出身者や非血縁者はなかなか信用されにくいという現実があるのだ。

さらに言えば、そのようにして乱立された黒社会の多くが同郷者血縁者で構成されているにもかかわらず、内輪揉めも頻繁で、小組織が分裂してさらに小さなふたつの組織となり、いずれまたさらに枝分かれしてゆく。こうした細胞分裂を繰り返すことで、無数に存在する〝ボス〟が互いに対等を主張し合っている。

〝劉偉《リイウエイ》〟なる九十歳近い老人は、広大な中国大陸の隅々に張り巡らされた無数の犯罪組織を、寿命が途切れる前にひとつにまとめ上げようと決意し、誇張されている可能性はあるにせよ、半ば成功を収めているという噂がある。曰く、劉偉《リイウエイ》は現在、中国全土に蔓延《はびこ》る黒社会の約30％を手中におさめている——らしい。もしそれが本当なら、驚異的な数字だと言わざるを得ない。

相変わらず苦渋の表情を続けている胖虎《パンフー》の仕草が、少し演技じみている気がした。今まで長く付き合ってきた粕谷からしてみれば、見慣れた表情だと言えなくもない。

「……麻薬の取引は、本土にいる劉偉《リイウエイ》先生も当然かかわっています。彼の機嫌を損なう結果にでもなれば、国務院どころではない、この命は一瞬で切り刻まれてしまうでしょう。分かってくれますカ、柴崎サン。ワタシは自分の肉を、豚の餌にしたくはないのです。他のことなら努力を惜しみません」

「すみません、無理を言ったようです。たしかに承知しました」

柴崎は丁重に頭を下げ、そして話題を変えた。

「ではまったく別のことで、もうひとついいでしょうか。胖虎《パンフー》さん達が利用している地下銀行、そのひとつを、私どもにも利用させてはいただけませんか。無論、正規の手数料はしっかりとお支払いさせていただきます」

胖虎《パンフー》とチャオズが顔を見合わせている。

「……それはまた……。どこへ送金するのですか？」

「香港《ホンコン》にある小さな投資信託会社です。そこを経由し、最終的に複数に分けてここに送金してほしいのです」

4

柴崎は、小さなメモ用紙を胖虎《パンフー》に差し出した。

「〃60%〃? なんですかこれは? これが送金先の名称なのですか?」

「そうです。投資コンサルティング会社〃60%〃。これが会社の屋号です」

「〃60%〃……。興味深い社名ですね、どんな意味なのですか?」

「それはおいおい」

「……しかし、うちの地下銀行となると、同族同縁者の許可が……」

胖虎《パンフー》は考え込むように首を傾けつつ、柴崎から手渡されたメモ用紙を凝視している。すかさず柴崎は口を開いた。

「地下銀行を通過する手数料で、胖虎《パンフー》さん達もかなり潤うはずです。さらに言えば、現在の香港ならば、大陸の方々の監視も届きづらいでしょう。それに先程胖虎《パンフー》さんは、他のことなら努力するとおっしゃった。ただ地下銀行を使用するだけならば、劉偉《リィウウエイ》先生の機嫌を損なう結果にもならない」

いつの間にか柴崎の眼差しが鋭くなっている。

「……分かりました。喜んで協力しましょう」

二度も断るのは得策ではないと判断したのか、もしくは地下銀行を経由する手数料を皮算用したのか、ともかく胖虎《パンフー》は柴崎の提案を呑んだ。

「ありがとうございます。では、あらためて今日はとことん飲み尽くしましょうか!」

まるで話はこれで終わりだと言わんばかりに、朗らかにそう宣言すると、知らぬ間に目で合図でもしていたのか、タイミングよく粒揃いのホステス達が嬌声《きょうせい》とともになだれ込んできた。明らかに最初に同席したホステス達よりも質が高く、かつそれでいて種類の異なる女達だった。女達は巧みに福建人らの間に滑り込み、あっという間に場は妖艶な宴となった。

ふと、ほかの箱舟を覗いてみると、いつの間にか自分達のほかに客はだれもいない。間違いなく柴崎の指示だと粕谷は思った。その柴崎は、まるでサラリーマンの接待役のようにこの場の盛り上げ役に徹している。見事な接待だというほかない。

「はじめまして、ユイです。よろしくお願いします」

まだ幼さを残す、舌足らずな声の女が粕谷の隣にきた。露出した肩が細く滑らかだった。目が大きいのに一重瞼。口も鼻も小さい。まさに自分好みだと粕谷は思った。柴崎は配下の好みまで熟知している。恐ろしい。

「お客さんがこの中で一番真面目そう。あたし、やっぱり真面目で堅実な人が好きなんです」

真面目で堅実なやつがこんなところにくるかと内心で呆れつつ、粕谷はグラスを傾けた。

「ああ、おれは真面目しか取り柄がないんや」

「あら、関西の人？」

「違う、もうちっと西のほうや」

粕谷はさっそく頭の中で、この少しオツムの弱そうな女の裸体を夢想し始めた。シャブやコカはまずいが、またMDMA程度なら……。

そう思うと、途端に血管が膨張し、そこに直接アルコールが注ぎ込まれるような興奮を覚えた。身体が女と薬を求めている。粕谷にとってそのふたつはワンセットだ。

そうして女がつくってくれた二杯目の水割りを一気に呷ったとき、ふと思った。

4

そうか、柴崎の目的ははじめから地下銀行か。最初の薬の単価の話は、次の地下銀行の件を通し易くするための前振りに過ぎなかったのだろう。

柴崎は、福建連中と笑い合っている。

柴崎と向き合い、卑猥な面《つら》を晒している胖虎《パンフー》の手は女のドレスの下へ潜っている。女は淫猥《いんわい》な表情で胖虎《パンフー》に寄り掛かっている。チャオズも同じくホステスとじゃれ合ってはいるが、ときおり目が邪悪に光っている。こいつはゲイかも知れんなと粕谷は思った。

それにしてもなぜ柴崎は、今さら地下銀行など必要とするのだろうか。司法の網を逃れて海外送金するなら、昔と違って仮想通貨とか、オフショアのネットバンキングとか、ほかにも手段は色々とある。

それに投資コンサルティング会社の会社名、〝60％〟とは、いったいどんな意味が込められているのだろうか。

粕谷の疑問は絶えない。

——まあいい。柴崎さんが考えていることなんて、おれなんかにわからへん。

自分も来週には、地下金融の世界へ飛び込むことになる。

柴崎の用意した世界が、どんな世界かなんて粕谷には想像もできない。ひょっとしたら、今までの麻薬取引以上の危険が伴う世界なのかもしれない。となれば、どんなに今日が享楽に満ちていても、明日には死体になっているかもしれない。だから自分達は日々、贅沢をするのだと粕谷は思っている。

柴崎も優雅に女を侍《はべ》らしている。だが柴崎は、女とは適度な距離を取り、粕谷のように執着することがない。とはいえチャオズから漂ってくるようなゲイの匂いももちろんない。つまり、この会合の冒頭で柴崎が胖虎《パンフー》に言った《若返りの秘訣。女、そして物語》の女は、女好きの胖虎《パンフー》を喜ばせようとして、ただ吹いただけに決まっている。

——そういえば。

ほどよくアルコールが回った頭で、粕谷はふと疑問に思った。

いまさらだが、この若頭の生まれはどこなのだろう。

上部団体の山戸会から直接盃を貰う者は、どうしても本部周辺の関西人が多いものだが、柴崎にソッチ系の訛りは見受けられない。ファッションのセンス、そして滑舌の良い完璧な標準語からして、東京都心、関東方面の出身なのだろうか。

「イヤッホー！」

少女のような嬌声を上げたのは、なんと柴崎だった。

5

仙台駅から徒歩三分ほどのオフィス街にあるテナントビルの三階。

そのワンフロアすべてを借り切った、投資コンサルティング会社〝60%〟。

看板は、スカイブルーの背景に白抜き文字で、まるで清涼飲料水の看板のようだった。

オフィスの窓際に、後藤喜一は佇んでいる。

ブラインドの隙間から覗く空は久々の快晴だった。

青い空に千切れるような雲が浮かび、その下には小さな公園がある。

七月上旬の色濃い緑――。やわらかいそよ風に泳ぐ草花。三輪車に乗った子供達と若い母親達の笑顔。

ふと脳裏に、とうに過ぎ去ったはずの過去の記憶が淡く蘇った。

幼い息子の手を引く妻。妻は若く、優しい木漏れ日の下でカーディガンをはためかせながら、幼い我が子に愛情を注いでいる。息子は得意げに頰を緩ませ、その小さな掌《てのひら》にてんとう虫を乗せている。それを少し離れた場所から眺めている自分がいる。

その映像は色鮮やかに、細部まではっきりと思い出せるのに、その時期はなぜか漠然としてあやふやだった。いつ頃の記憶だったか、思い出せない。息子が何歳のときだろう。妻がいくつのときだっただろうか。いずれにせよ、あまりに遠すぎる過去だった。

「後藤さん、如何《いかが》されました」

ふと気づけば、背後に直立不動の若い男がいた。

男の名は佐藤《さとう》といい、自分の部下だということだ。

「いや、なんでもありません。佐藤さん、そんなにかしこまらないでくださいな。私のほうこそ新参者なのですから」

「いえ、専務よりきつく命じられておりますので。後藤さんは私の上司です。遠慮なく、なんなりとお申しつけください」

そう答える佐藤の態度と風貌は、初対面のときと比べると、まったくと言っていいほど別人だった。

約二週間前、初めてこの佐藤と名乗る男と出会ったとき、後藤は困惑して立ち尽くしたものだった。

長身。金色の長髪。ピアス。どこか剣呑《けんのん》な眼差し。明らかにそのスジの匂いを身体から発散させた若者だったが、それがどうだろう、今の佐藤はこの店舗の開業日に合わせてしっかりと髪を染めて長髪を刈り上げ（髪を刈り上げると、古い傷痕が露出した。きっとその傷痕を隠すための長髪だったのだろう）、ピアスも外し、一般的なリクルートスタイルという恰好で爽やかに現れたのだった。

ブラインドから心地好い日光が差し込む真新しいオフィスで、後藤は、佐藤と目を合わせてみる。佐藤の眼差しはまるでロボットのように機械的で、なんの感情も窺えなかった。

5

仕方がなく後藤のほうから、「お茶でも飲みませんか」と誘い掛けてみる。

窓際の広い自分のデスクに腰を下ろし、茶を啜《すす》る。

淡い日差しに目を細める。

ふとオフィスを見渡してみると、目の前の広い空間にあるのは応接用のソファーセットと四つのデスク。

デスクはそのひとつひとつがパーテーションで区切られた個室になっており、今佐藤が座ってお茶を飲んでいる個室以外、残り三つとも空席だ。

高橋《たかはし》と名乗る専務の話によれば、これから人員を増やす予定とのことだった。

入口には〝60%〟と書かれたスカイブルーのロゴマーク。これがこの会社のロゴなのだという。どんな意味なのかはまだ教えてもらっていない。

後藤はふと考える。

飲酒運転で地方銀行をクビになるまで、融資業務を任されてきた。バンカーにとって最も大事なことは、人を見る目だと後藤は思っている。融資を継続すべきか、あるいは断ち切るべきか――。その判断材料として、業務内容、PL（損益計算書）、BS（貸借対照表）等々の財務諸表をチェックするわけだが、最終的に見極めるべきは、やはりその人物の人柄なのだと後藤は考えていた。

その鍛え上げたつもりの目が、高橋なる専務――この人物は一見何の変哲もない普通のサラリーマンのように見えるが、その実、危険な人物なのではないかと警告していた。

しかし――と後藤は、なおも自問自答する。この職場を紹介してくれた人物は、警察官なのだ――と。

あらためてそう自分に言い聞かせたのは、一度や二度ではない。日に何度も侵食してくる黒い波の如き不安に駆られ、その度に自分に言い聞かせている。

この会社は警察官に紹介された職場なのだ、と。

しかしそれでもなおもやってくる黒い波は、今もおさまらない。

あの日、高峰岳と名乗る刑事に声を掛けられ、後藤はどういうわけか、その刑事と夕食を共にすることになった。見知らぬ人物に声を掛けられて食事を共にするなんて、銀行時代には有り得ないことだったし、見知らぬ相手を飯に誘うほうも、どうかしていると思わざるを得ない。

しかしそのきっかけを与えたのは、紛れもなく自分だった。

そのときこの身に舞い降りた眩暈《めまい》にも似た奇妙な発作は、呼吸を覚束なくさせ、見えていたはずの視界を濁らせ、音という音を遮断して、パニックに陥らせるものだった。そうしてやがてこの肉体が闇に吸い込まれてゆくような凄まじい恐怖を感じ、息も絶え絶えにその場に倒れてしまったのは誰だ。自分だ。

初めての経験だった。会社をクビになり、妻が去り、やはりどこか精神にも変調をきたしていたのだと思うほかなかった。

ともかく、そんな自分をたまたま介抱してくれたのが、あの高峰という刑事だった。

そんな始まりから結局、週に一、二度ほど、夕食を共にする関係に発展し、ある日、居酒屋のカウンターで煮魚を口に運びながら彼——高峰刑事はこう言った。

《あんたの気持ちも分からんでもない。おれも女房とは離婚している。理由はあんたとは違うが似ていなくもない。毎月の慰謝料もキツい。だが、だからなんだ？　あんたはあんた自身が生き

5

ていくことだけを考えればよくなったんだ。縛られるものがなくなって、自由になった。そう考えろよ》

自分は常にウーロン茶だったが、美味《うま》そうにウイスキーを呷る高峰の横顔を見て、なんだか少し気が楽になっていた。

高峰という刑事は、どこか達観しているような不思議な落ち着きがあり、それが妙な安らぎを感じさせるのだった。

やがてその彼からこの職場を紹介されたとき、その場ですぐに返答することは控えた。それに紹介した本人、高峰もあまり強く薦めはしなかった。

じっくり考えればいいさ、と。

ただ飲酒運転という犯罪に対する世間の厳しさを目の当《ま》たりにし、現実的にも免許を取り消された五十男に対し、果たしてどんな就職先があるのかと、まさに身も細る不安を抱えていたときではあった。そのためある意味、これは僥倖《ぎょうこう》なのではないかと半分期待し、また半分では困惑していたというのが偽らざる本音だった。

結果、多少の胡散臭さなどは公職である警察官から紹介された職場なのだからと自分に言い聞かせ、後藤は今、こうしてこのデスクに座っている。

ブラインドから漏れる日差しが、フロアに縞模様をつくっている。

この開業したばかりの新会社は、いわゆる投資コンサルタント業務のほか、実は信託型のファンドの運営も兼ねており、どちらかといえば機関投資家や富裕層から集めた資金を運用し、潤った利益を投資家に分配することのほうが主の会社だった。無論元本割れのリスクもある。

それにしても今どきファンドや投資信託を開業するに当たっては、たしか相当の時間とコストが掛かるはずであり、するとこの〝60％〟なる会社は、周到に、相当以前から、開業準備が進められていたということになる。

金融庁の検査、登録——いや、今は金融庁に登録せずともファンドをつくれるのだったか。詳しくは分かりかねるが、たとえそうだとしても、やはり相当の手間暇と資金が必要なことに変わりはなく、そんな新会社に自分のような元バンカーがどこまで役立てるのか、まったくの未知数だった。さらに今なお具体的な指示が出されていないところにも、どこか漠然とした不安を感じている。

いずれにせよ、人生最後の選択をしたという実感だけが後藤の心中にある。

ふと、入口の自動ドアが開き、巻き上がった外の熱風と共に、この新会社の専務、高橋が入ってきた。

後藤は、銀行時代の癖で咄嗟《とっさ》に立ち上がり、素早く背筋を伸ばしつつ頭を下げた。すると、高橋専務はにこやかに微笑んだ。

「後藤さん、そんなに硬くならないでくださいな。わたしなんかよりずっと年上なんですから」

「とんでもない、専務。私なんぞを拾って頂いただけでも、いくら頭を下げても足りません」

「礼はどうかウチの社長に言ってください。わたしはお飾りの専務に過ぎませんから」

高橋専務はカラカラと笑い声を上げた。

後藤は返す微笑みを作りながら、またあらためてこの専務の容姿を眺めてみる。

清潔に整えられた短い髪、中肉中背で特徴のない顔——強いて挙げれば、彼が笑顔になったと

5

きの、頬が裂けるような口元が印象的だった。格別犬歯が突出しているわけでもない。それなのに猛禽類《もうきん》のような凄みがあった。

そんな笑顔のせいか、後藤は初めてこの高橋に会ったとき、直感的に恐怖に近い感情を抱いたものだった。どこか世界の違う住人のように感じたのだ。

自分が生きてきた世界とは、まったく異なる世界からやってきた人間――。あくまで漠然とした直感に過ぎないが、それはあの日、不意に闇を引き裂いて出現した暗黒の森……高橋専務には、あのときと同じ何かを彷彿させるものがあった。

ひょっとして自分は、今まさにあの暗い森の中へと呑み込まれようとしているのではないか――。

自分は最初に受けた印象を引き摺るタイプの人間であり、ゆえにその漠然とした不安感もやはり引き摺っている。

元バンカーである自分の目を信じるべきか、すでに何もかも失った腐りかけた男の節穴の目だと笑い飛ばすべきか。いずれにせよ自分の上司である以上、これから気を配らざるを得ない人物なのだと後藤は自らに忠告し、慎重に口を開いた。

「そろそろ私の職務内容を教えていただきたいのですが」

「おっ、さすがヤル気満々ですね。でもまあ、そんなに気張らないでくださいな、まだ今は。営業マンはこの佐藤を筆頭に、これから揃える予定ですし。ですから貴方自身に営業してもらう必要は当分のところありません。貴方にはいずれ、集めた資金の運用をお願いしたい」

「運用を主とするマネージャー職というわけですね」

「そうです。これから多くの資金がこの〝60％〟に集まってくる予定です。主に外貨ですが」

「外貨。欧米ですか」

「いや、香港です。つまり香港マネーが主たる資金源となる予定です。後藤さん、そしてこれはウチの社長からの要望ですが、はじめのうちから儲けようとしなくても結構です。ただし送金された金はすべて運用してください。残さずに」

「すべて……ですか」

高橋専務は頷いた。意味が分からなかった。儲けなくてもいいファンドなどあるはずがない。

そう思う心中を見透かしたように、高橋はまた笑ってみせる。例の頬が裂けるような独特の笑顔。

「まあ、具体的な指示はこれから出しますよ。どうせ金が入るのも来週あたりからですから。その辺を目途に詳細をお話しします。ところで後藤さん、今夜の予定は何かありましたか？」

「いえ、何も」

「ではちょっと貴方の歓迎会を催したいと思うのですが、かまいませんか？」

「恐縮です。ではお言葉に甘えさせていただきます」

「それから、後藤さん。これからウチの社長とも会ってもらうわけですが、社長、専務といった肩書で呼ぶのは、ここで最後にしましょう。わたし達は同じ船に乗って、力を合わせて荒波の中を航海する同志です。実はわたしも、社長のことを社長とは呼びません。であればわたしのことを専務と呼ぶ必要もありません。肩の力を抜いてゆきましょう」

後藤は再度頭を下げた。

同志——。社会から弾かれたと思っていた者にとって、不思議なほど心地好い言葉だった。

6

ＰＭ８：50。

高峰岳は夜の繁華街を歩いている。

ふと、立ち並ぶビル群を見上げて月を探してみる。

日中の快晴は次第に崩れ始め、宵闇が訪れる頃には季節外れの冷たい風が舞い始めた。案の定、月はおろか、星もない漆黒の闇だった。代わりに見えるのは、頭上高くまで設置された名刺――色とりどりのネオン看板だ。

ふとなぜか、先日柴崎純也とともに鑑賞した映画のワンシーンが思い浮かんだ。

それはとある中東の国で、戦地近辺に位置するごく小さな繁華街だった。

映像は、ドキュメンタリーフィルムのようにリアルに賑わう街並みを映し出し、そしてその街の暗く細い横道に一歩でも足を踏み入れようものならば、薬も、拳銃も、人身売買も、そこでは当たり前のように横行している――たしかそんな映画だった。

それに比べると、この街はあまりに平和すぎる。

笑顔で腕を組む恋人たち。

会社帰りのサラリーマン。

早くも酔っ払っている大学生と思わしき集団……。

高峰はふと思う。

もし自分がたとえば、映画の中に登場した戦地の街などに生きていたならば、果たしてどんな人生を送っていたのだろうか。

この国で警察官でありながら犯罪行為に精を出す自分。警官と犯罪者。

映画の中の世界では、警官と犯罪者に明確な境目がなく、警察でありながら弱者を脅して金品を巻き上げ、さらには権力者に媚びを売る警官が数多く存在し、一方で犯罪者側のほうが麻薬取引で得た収益で市民のために学校を建てたりしていた。この国での自分の行為は間違いなくマイノリティだが、映画の中の国では、ひょっとしたら多数派になるのかもしれない。だが、本当に映画の中の街に自分が存在していたとするならば、果たしてその多数派の中で生き残ってこられたかどうか。

そうか——。高峰は納得した。

ほんの一瞬だが、映画ばかり観ている柴崎の気持ちが分かったような気がした。きっと柴崎も、映画の中の世界に自己を投影し、あらゆる国や地域を旅し、空虚な心を少しでも満たそうと努めているのではないか。

横を歩く涼しげな男——指定暴力団田臥組若頭、柴崎純也に内心でそう問いかけてみる。

——柴崎、おまえは表向き世界屈指の治安を誇るこの国の中で、その一地方都市で、ただ銭儲けに精を出している自分を本当は嫌悪しているのだろう。違うか、柴崎……。

「柴崎、映画もなかなかいいモンだな……」

6

夜の繁華街を歩きながら、ほとんど無意識にそう呟《つぶや》いていた。

「想像しろよ」

横に肩を並べる柴崎は煙草を咥えようとしている。刑事の前で歩き煙草をするなと思った。

「なんだって？」

「想像しろよ、あんたも。良い映画には、想像力を鍛える力がある」

「何を想像するんだ？」

「映画によって違う。たとえばこの間のインド映画なら……そう、河だ」

「河？　ガンジス河か？」

「ああ、その河に流される死体、宗教、身を清める老人、河辺で遊ぶ子供達。日差しが反射する灰色の水面、浅黒い肌、長い睫毛《まつげ》、あばらの浮いた身体、色鮮やかなサリー……」

柴崎の言葉は、高峰の脳裏にインドの情景を思い起こさせた。高峰は今、想像している。映画を観ることによってではなく、柴崎から発せられる言葉によって想像させられている。そしてその想像上の情景には、どこか物悲しさが漂っている。同時に何か青白い怒りが潜んでいるような一角もある。日本であれ、どこの国であれ、国土の片隅には必ずそうした哀しい怒りを孕《はら》んだ一角がある。

高峰はインドの情景を脳裏から打ち消し、話題を変えた。

「しかし、意外だよな」

「なにが」

「おまえが、後藤に会ってみたいと言うことがよ」

「おかしいか。あんたの腰が引けるくらい、大金を預けるんだ。一目見ておくさ。あとは粕谷に任せるがな」

柴崎との付き合いは、長いようでそう長くはない。そのくせ最近では、随分と昔から兄弟分だったような錯覚すら覚える。

同じ岸に立ち、同じ何かを見ているのに、考えていることはまったく違う異国の兄弟――。うまく言い表せないが、そんな感じだ。そしてそう感じる理由はなんなのかと、ときどき考えてはみるものの分かったためしはない。

柴崎とともに酔客の人混みを掻き分け、喧騒渦巻く繁華街を漠然と眺めつつ、高峰は金曜日の夜を歩く。

「あった、高峰さん、あそこだ」

歩き煙草はするくせに、吸殻は律儀に携帯灰皿に押し込んだ柴崎が目的地の門構えを指差した。テナントビル一階にあるガラス張りの路面店。少し暗めのダウンライトの奥に、ワインボトルがずらりと並べられてある。

五十過ぎの初老にさしかかった男の入社歓迎会を、こんなオシャレなイタリアンでやるのかと、高峰はひそかに呆れた。

店の選別は粕谷に任せたと柴崎から聞いていたが、すると粕谷というやつはなかなかの洒落者らしい。

「柴崎ぃ、今日くらい髭剃ってくりゃいいのに。とても会社の社長には見えねぇぞ」

柴崎の演じる役柄は、投資コンサルティング会社〝60%〟の代表取締役社長。きっと後藤喜一は、いまごろ店の中で緊張しているに違いない。

6

「古いな、あんたは。むしろ今どきの金融系、コンサル系のベンチャー企業の社長ってのは、こんなモンだ」

柴崎は自分の顎髭を撫でながら、ニッと笑った。

まったくこいつはと思いながらも、高峰は柴崎のあとを追う。

たしかにその会社名も、高峰には絶対に発想すらできない社名だった。

――〝60％〟だと？　おれの感性が古いのか？

おそらくは登記上、休眠していたどこかの会社を目覚めさせ、なんらかの手段で屋号を変えたのだろうとまでは想像できたが、高峰の推測はそこまでだ。

目的地のイタリアンへ足を踏み入れると、ざわめく喧騒と、これまたいつだったか映画で見たような、上質でクラシカルな空間が目の前に広がった。田臥組が事務所を構えている億ションのエントランスに、色合いが少し似ているのかもしれない。

その奥で、こちらに手を振る鴫原の姿をとらえた。

鴫原は《佐藤》という偽名を使い、粕谷は《高橋》だそうだ。どうもこいつらは名前に頓着がないらしい。

鴫原は、柴崎の指示通り髪を切り、目立たぬように地味なスーツを着込んでいる。まあまあ合格点といえた。

柴崎は軽く手を振り返し、テーブルの間を縫って進んでゆく。

上質な造りのわりにスタッフによる案内などはないらしく、その矛盾がむしろ気楽で好印象だった。柴崎も同様に思ったらしく、肩を寄せて、《おれたちもこんな店をつくるか》などと囁いた。

「佐々木《ささき》さん、意外と早かったですね」

粕谷一郎——高橋がそう口を開きつつ、チラリと高峰を見て、すぐに目を逸らした。柴崎の偽名は《佐々木》だという。

「佐々木さん、こちらが後藤喜一さんです」

白いテーブルクロスの上に、料理や飲み物はまだないようだった。先にやっているはずだと柴崎から聞いていたが、どうやら自分達の到着を待っていたらしい。粕谷という男は鳴原何某《なにがし》と違って、気配りや忖度《そんたく》のできる男らしかった。

「後藤喜一でございます。この度は、本当にありがとうございました。私自身、この職場が人生最後の勤め先だと思っております。粉骨砕身《ふんこつさいしん》、会社に貢献させて頂く所存です。どうか、よろしくお願いいたします」

「ご丁寧なご挨拶、痛み入ります。代表を務めております佐々木秋一《しゅういち》です。こちらこそ、よろしくお願いいします」

そうして席に着きながら、高峰は仲介者として後藤にアイコンタクトを送ってみた。

後藤はかすかに微笑みを返してきた。白いテーブルクロスがなんだかやけに眩しく、高峰は目を細めた。

元バンカーであり、飲酒運転というチョンボで家族ごと未来を失った男の顔がそこにある。

相変わらず貧相な顔だと高峰は思った。

だが、嫌いではなかった。

ここへ導くために高峰は、幾度も後藤と夕食を共にしたわけだが、後藤がウーロン茶しか飲ま

6

ないにもかかわらず自分の酒はなぜか進み、ときには一部本音で語り合った。

柴崎とは別の意味で、どこか通じ合うものがあったのだ。後日その理由を考えてみたが、よく分からなかった。

ふと、柴崎のほうを向くと、その瞳を優しげに細めている。

これほど澄んだ眼差しをする男が、こんな哀れな初老の男を使い捨ての傀儡《くぐつ》人形にするのだと思うと、自分のことを棚に上げつつ、ああ、世界はやはり終末なのだと、自分でもなんだかよく分からない寂寥《せきりょう》感に囚われ、胸の中が乾いていくような感傷を味わった。

「ちょっとびっくりしてる感じかい？　後藤さんよ」

内心の切なさを隠すため、高峰はわざとおどけてみせた。

「ええ、こんなお若い方が社長さんだとは思ってもいませんでしたので」

「ちなみに佐々木さんは、わたしより年上ですからね」

粕谷――もとい高橋が横から口を挟むと、後藤は、えっという顔を見せた。

「うちの高橋は老け顔ですから」

「佐々木さんが若すぎるんですよ」

「ちなみにおれはこいつと同い年だ」

和やかな会話に口を挟んだ高峰の主張はさりげなく受け流され、さて、と柴崎が後藤に問う。

「ところで、後藤さんは何を飲まれますか」

「私は、ウーロン茶をお願いします」

「残念ですね、アルコールは召し上がらないのですか？」

「いえ、そういうわけではないのですが……」

後藤は少し俯いた。

飲酒運転ですべてを失った以上、後藤にとってアルコールは鬼門のようなものなのだろう。それが分かっていたからこそ高峰は、今までの居酒屋でも、あえてアルコールを勧めなかったのだ。

だが、柴崎は違うようだった。

「後藤さん、これから私達は同志となるのですから、まずは私の胸襟《きょうきん》をつまびらかに披露しておきましょう」

柴崎は、これ以上ないと思えるほど優しい微笑みを見せた。頰に小さなえくぼを作り、男でも惚れるような、そして子供のような、そんな微笑みだった。いったいどうすればこんな表情ができるのだろうか。

「貴方は何も悪くありませんよ。むしろ、犠牲者と言っていい」

「え……」

後藤は呆然としている。

「嫌な世の中です。不寛容社会と言い換えてもいい。警察だって同様です。事故を起こせばこれ幸いと、個人の成績のために重箱の隅をつつくような探りを入れてくる」

柴崎はわざと高峰に向け、ペロリと舌を出してみせた。

「おい、おまえな、そんな警官ばっかりじゃねえぞ」

これは本音だ。真面目な警察官もいることはいる。

「その通り。たしかに高峰さんのように誠実な警察官もいらっしゃる。でも、やはりそうでない

6

警察官も多い。そして、そのほかにも敵がいる」

「敵……ですか？」

「そうです後藤さん。だって、たしかに飲酒運転による悲惨な事故はいっぱいあるけれども、その数百倍にもおよぶ飲酒運転以外の悲惨な事故だってあるじゃないですか。ところがマスコミはそれをクローズアップしないし、そもそも後藤さんの起こした事故は、小さすぎるほど小さな事故じゃないですか。ふふ……しかしこう言うと、私は袋叩きに遭うでしょうね。飲酒運転は事故の大小、大きさの問題ではない、とかなんとか」

話の途中、料理が運ばれてきた。知らぬ間に粕谷が注文していたらしく、なぜか飲み物よりも先にテーブルに置かれてゆく。肉類、魚類、野菜類……。

「後藤さん、ワインなどはお好きですか？」

柴崎は、急に話題を変えた。

「あ、はい、実は銀行時代からよく嗜《たしな》んでおりましたが、ただ今日は……」

「そうですか、それは良かった。では飲み物をオーダーしよう、高橋――」

「了解しました」

あわてて何事かを言いかけた後藤を制し、柴崎は話を続けた。

「後藤さん、貴方は深夜遅くまで取引先の接待に追われ、そして休日のはずの翌朝、急に上役から出勤を強いられ、その出勤途中で事故を起こした。そうですね？　こつんと前の車に接触しただけの実に軽微な事故だ。ところで、休日出勤を後藤さんに強いた上司には責任はないのですか？」

「それは……」

「リアバンパーに、直径五センチ程度のくぼみができただけなのに、保険金をせしめようと画策した追突相手には？」

「いや、先方の被害者の方は大変良い方で――」

「後藤さん、その良い人が、あの程度の事故でムチウチ症を主張し、治療費名目の保険金を請求したお陰で、貴方は酒気帯び運転プラス人身事故の加害者となったのですよ」

　後藤は言葉を失っている。

「もうひとつお教えしましょうか。あのとき事故の現場検証のためにやってきた交通課職員二名は、個人の月末の検挙目標数値まであと一件というところだった。願わくはアルコールが検出されてくれと、はじめから飲酒検知キットを携帯し、まさに意気込んでやってきたのです。本来、通勤時間帯に起こった軽微な追突事故くらいで、いちいちアルコールチェックなどはしません。すなわち、個人の成績のための検挙です。まあ、先方の交通課職員はラッキーだったでしょうが」

　どこまで本当かどうか分からないにせよ、よく調べたものだと高峰は感心した。案の定、後藤は呆然と口を開けて驚いている。

「そんな渦巻く悪意の蟻地獄に囚われた貴方ひとりを血祭りに上げた人々は、今頃貴方のことなど、とっくに忘れています。業績不振の銀行は体良《ていよ》くリストラができたとほっとし、ある者は保険金による臨時収入にほくそ笑み、ある者は目標数字達成に嬉々として笑っている。そして貴方は、家族を失い、職を失い、財産を失い、ＳＮＳで批判され、社会から除け者にされた。後藤さん、もう一度言う。貴方こそが本当の被害者だ」

　柴崎は粕谷からワインボトルを受け取り、後藤の前に用意されたグラスに赤い液体を注いだ。

6

そして強く断言する。

「貴方が好きなお酒を断つ理由など、ない」

後藤の頬に赤みが差していた。

高峰はその姿を注視してみる。かすかに目の縁が光っている。おそらくは込み上げてくる想いがあったに違いなく、固く握られていたその拳は今、徐々に開かれていった。そうしてその指がゆっくりとワイングラスへ伸びてゆく。後藤の心の琴線に触れるような柴崎の説法は、後藤の内部にしこりとなって留まっていた悔しさ、哀しさ、無念といった重い塊を溶かし、代わりに涼しげな風をその胸に運んできたに違いなかった。分かってくれる人がいる——。なにものにも代え難いその想いを、後藤は今、噛みしめている。

——そうだ、飲めよ、後藤。

高峰は、そう思うほかなかった。

こうしてひとりの男に万感と言っていいほどのやすらぎと高揚感を与え、胸襟を開かせて、やがてその数万倍にもおよぶ、広大な地獄の海へと放り投げる。驚くほど無造作に。それがやくざだ。だから飲め、今は。

高峰は手を上げて、ウェイターを呼んだ。

「おれはウイスキーにするぞ。ワインは性に合わん」

やがてそれぞれのグラスが揃い、乾杯する。

高峰は、なおも後藤を注視する。赤い液体がすうっと口元に消えていくその様を。

——こんな飲み方をする男だったのか。

なかなか悪くないと思いながら、高峰は料理を貪《むさぼ》り食った。味なんてどうでも良かった。とにかくなんでもかまわないから腹を満たしたかった。

「あの、高峰さんは、佐々木さんとはどういうご関係なのですか？」

後藤が不意にそう尋ねてきた。いや、不意にではないのかもしれない。気がつけば柴崎のほか粕谷や鳴原も、全員がこちらを見ている。

「学生の頃からの腐れ縁ですよ。それぞれ進む道は大きく異なりましたが」

答えたのは柴崎だ。どうでもいい戯言《ざれごと》だった。

「そうでしたか。いいですね、そのような友人は。かけがえのないものだと思います。私にはそのような友人はいませんから、とても羨ましい。そして高峰さんにお会いしていなければ、私は今ここにおりません。あらためて高峰さんにお礼を申し上げます」

後藤の目には少しばかり酔いが滲んでいた。

――この馬鹿め。飲めとは言ったが、酔えとは言ってないぞ。

高峰は内心で後藤を罵《ののし》りつつ、表向きは仕方がなく、笑顔を返した。

そうしてふと自問してみる。

――なあ、高峰岳。おまえは柴崎と共謀して、ひとりの不運で愚かな五十男を、さらなる地獄へ蹴り落とすのだ。その心境はどうなんだ？　正義などとはほど遠い場所で生きていることくらい、自覚している。悪党を裁くことに法なんぞなんの意味もないことも知っている。しかしながら、ときどき罪悪とはいったいなんなのだとひそかに絶叫しているおまえ。柴崎に惚れながらも、同時に実は殺したいとも思っているおまえ。おまえははじめからこんな男ではなかった。違うか。

6

自分の信じていた警察組織の中に再三の不義を見つけては幻滅し、腐敗を知ってまた幻滅し、不正が不正を以《もっ》て隠蔽《いんぺい》されてゆく事実にまたも幻滅し、そうしてその神経は磨《す》り減り、やがて一部は千切れ、一部は焼け、一部は変異を起こし、最後には以前とは異なる何者かへと変貌を遂げたおまえ。そんなおまえが今、善良な堅気の男を、地獄の底へ引き摺り込もうとする行為に加担している。その気分とは如何なるものか。高峰岳、それともおまえはすでに血の通う血管まで焼き捨てたのか。あるいはこの先にもう一変貌くらいあるのか。あるならあるで、それもいい。だが——。

「それにしても社長——いや、すみません、佐々木さん、ファンドを新規開業するためには、相当の時間とコストを要したと思いますが、ずいぶんと前からご計画なされていたのですか?」

後藤と柴崎達の会話は、なおも続いていた。

「そうですね。役人相手は正直、少々手間がかかりました。しかし今は昔と違い、一定の要件を満たすことで金融庁に登録せずとも、ファンドを立ち上げることが可能になっています。少し難しいですが、法律用語では適格機関投資家等特例業務と言います。まあ面倒なことに変わりはないのですが」

——嘘を吐《つ》け。ただ休眠会社を不正な手段で起こしただけだろうが。

「ああ、私にはまったく分かりません……私も勉強しなくては」

——あんたに勉強してもらう必要はないんだよ。

もう後藤の顔を見られやしない。

いずれ後藤は、柴崎が開業した投資コンサルティング会社〝60%〟の総責任者となる。その後後藤がどうなるか、今は知りたくなかった。

高峰は黙々とウイスキーを傾けている。粕谷は、後藤の警戒心を巧みに解いている。まだ尻の青い鳴原は、すでに酔いが回って船を漕いでいる。そして、柴崎は——。

ふと柴崎と目が合った。

《なあ高峰さん、おれ達の王国を創ろうか……》

いつだったか柴崎と朝まで飲み明かしたとき、柴崎が言った台詞だ。それに自分は、なんと答えたのだったか。

覚えていない。もう忘れた。いずれにせよ、船はもう大海原へと出航し、まだ見えぬゴールを目指して走り出してしまった。

いずれ警官を辞めて闇社会に潜り、浴びるほどの金を手に入れつつ大海で溺れるか、あるいは精神が破綻してトチ狂うか、またあるいは世間を騒がせた悪徳警官として、恥を晒しつつ刑務所へとぶち込まれるか。

選択はすでに自分の意思を離れて波と風に任せてある。

高峰はさらにウイスキーを注ぎ足し、一気に喉へと流し込んだ。

そうだ、たとえ破滅するにせよ、しないにせよ、すべてを自分は受け入れている。してみると、どこへ漂着しようと、あっと驚く意外な結末などありえない航路なのかもしれない。

いやまて、ひょっとしたらまだ、自分の思いもよらない結末もあるのかもしれない。そうだ、そう思ったほうが面白い。そうだろう、佐々木と名乗る、この悪魔め——。

高峰は言った。

「佐々木秋一、今日はとことん付き合え」

7

ショーウインドウに飾られている商品が、クリスマス用に入れ替えられている様子を高峰岳はじっと見つめている。

だんだんと視点がぼやけていった。ガラスに映り込んでいる耳の潰れた中年男が、光のない眼差しで見返してくる。

ショーウインドウの中で商品の入れ替えをしている若い従業員が、クリスマスツリーの飾りつけを何度も落としている。その都度、ショーウインドウを覗き込む高峰を恐る恐る窺っている。

やがて高峰は、ショーウインドウから目を離し、ふと、うしろを振り返る。

クリスマス商戦前、年末の繁華街は忙《せわ》しなく、街ゆく人も皆どこか先を急いでいた。

コートの襟を合わせ、足早に過ぎゆく中年女性。

手袋をした手で携帯を耳にあて、何事か早口に捲《まく》し立てているサラリーマン。

なぜかいつでも街にたむろしているガキども。いったいこいつらはいつ勉強しているのか。

高峰はコートのポケットに両手を突っ込んで、慌ただしく蠢《うごめ》く繁華街をのっそりと歩き出した。

もはやひとり歩きも慣れたものだが、本来は暴対課にかかわらず、ほとんどすべての警察官が二人一組で行動するのが原則だ。

署を出るとすぐに相方に、《じゃ、五時に》などと声を掛け、ひとり歩きを始めたのがおよそ四時間前。相方ももはや異論を挟まない。

むしろ高峰と終日行動をともにするほうが、よっぽど落ち着かないに違いなかった。帰社時には、一応どこかで落ち合うようにしてはいたが、それも形式的な儀式のようなものに過ぎず、落ち合ったところで口裏を合わせるわけでもなかった。とすればどのみち報告書も日報も書けるはずもなく、上司も心得たもので、高峰を無視して相方にしか話し掛けない。

高峰はいてもいなくても同じ、空気のような存在だった。


繁華街のアーケードを抜けたとき、チカチカと光る白い粒子に高峰は気づいた。見上げてみれば、灰色の空からふわふわと粉雪が舞い降りてくる。

高峰はコートの襟を閉める。

粉雪の中を歩み続けるうちに、家族のことが頭をよぎった。

以前のように別れた女房に送金する慰謝料が滞《とどこお》ることはもうない。とすれば子供にも恵まれなかったふたりに、もはや連絡を取り合う事柄なんてなく、もう半年以上、元女房からの音沙汰はなかった。実家の老いた両親は兄夫婦にまかせっきりで、こちらもまた最近めっきりと音沙汰がなく、刑事の仕事は忙しいのだろうと慮《おもんぱか》る兄貴の顔もだんだんぼやけていく。

かつては親しかったはずの顔が雪に溶けてゆく。

高峰は、コンビニの脇にある灰皿の前で立ち止まった。

煙草を咥える。

＊

7

署の四階にある暴力団対策課の詰部屋で、形式的な書類仕事を片づけた高峰は、帰宅前に用を足そうと便所へ向かった。

老朽化した署の壁は罅割れ、渡り廊下の照明もところどころ切れかかって点滅している。

背の高い男が、壁に寄りかかって携帯をいじっていた。わりと高級そうなネイビーのスーツにノーネクタイ。どこか崩れた雰囲気のある男だった。

見覚えのある顔だと高峰は思った。

たしか下の階、二課のやつではなかったか。

そうだ、たしか二係の工藤《くどう》とかいうやつだ。下の名前はさすがに思い出せない。そもそも署内の人間に興味がないのだ。

見れば工藤は背が高いだけでなく、肩幅も異様に広い。痩せている分、よけいそう見えるのかもしれない。そうだ、そういえば、剣道の腕前は、署内でも一位二位を争うやつではなかったか……。

そのうち興味を失い、高峰は、壁に寄りかかった工藤を無視して便所へと進む。

用を足し終え、洗面所で手を洗っていると、扉が開いた。

ほらな、と高峰は思った。

鏡越しに工藤の姿を捉える。

工藤何某は後手に扉を閉め、出口の前に立ちはだかった。

「何か用か？」

この手の視線や所作に慣れている高峰は、憮然とそう言い放った。しかし工藤は、立ち塞がったまま動こうとしない。

――面倒くせえ。

高峰の猪首《いくび》が赤く膨れ上がっているのが鏡に映る。

首筋の血管がどす黒く浮き上がり、耳の裏側まで伸びている。これだけで逃げ出す極道もいる。が、工藤は怯《ひる》まなかった。

ほう、さすが剣道チャンピオン。二課のくせに少しは胆力がある。警察官はそうでなくてはならない。だがな、こっちの技は実は柔道じゃない。柔術なんだ。実技科目にはないぞ――。

「高峰さん、私を知っていますか？」

高峰が振り返り、臨戦態勢をとりかけたそのとき、工藤がそう問いかけてきた。激しい憎悪に煮え滾《たぎ》るようなその眼差し。そのわりになんの特徴もない機械合成されたようなその声。数秒待って、憎悪の次に現れた色には嘲《あざけ》りがあった。

それも見慣れた色には違いないが、しかしさらにその眼差しの奥を探ってみると、どこか見覚えのある色も混じっていることに高峰は気づいた。

それが指定暴力団田臥組の構成員、柴崎純也や粕谷一郎など、地下で蠢く男達がときおり見せる冷酷な色だと気づいたとき、ああ、この男もまたどこか壊れかけているのだろうと高峰は覚《さと》っ

7

た。

――そうか、自分に怯まないその胆力は、警察以外のどこかで身につけたか。

警察という複雑に入り組んだ権力機構に嫌気がさし、建前の正義を振りかざしつつも、結局はただの役所に成り下がってしまった組織に何かしら負の感情を抱き、そこから抜け出そうともがいているか、またはすでにドロップアウトしてしまった男。工藤、おまえもどうせそんなところだろ？

「知ってるよ。二課二係の工藤さんだね。階級はたしか……」

「あんたと同じだ」

「そうか、同じか」

工藤はまったく目を逸らさない。

「もうひとつ、あんたのことを知っているぞ。剣道の腕前は署内で一位か、二位だよな」

「そう言うあんたは柔道のスペシャリストだ」

「スペシャリストというほどでも、ないさ」

「あんたも同じだとは思うが、おれもあんたも、もともと柔剣道の素質があったわけじゃない。ただ長年の鍛錬の賜物《たまもの》だ。そうだろう、高峰さん」

突然ひとを煙に巻くような、わけのわからん話を始めるやつを自分はすでにひとり知っているが、その男に比べると言葉に遊び心がなく、どこかプライドが高いだけの性根の悪さを感じる。

「高峰さん、愚直に、鍛錬に鍛錬を重ねて、何百、何千、何万回と、反復稽古したでしょう、あんたも。え？」

こいつはいったい何を言いたいのか。

「だからなんだ。いったい何が言いたいんだ？　はっきり言ってくれ。でなけりゃそこを退《ど》くか、どっちかにしてくれ」

「個人技じゃなく、団体競技の世界では、同じように鍛錬できなかったかってことだ」

工藤が何を言わんとしているのか、高峰はようやく理解した。

「工藤さん、警察組織ってのは団体競技じゃあない。異常なほど徹底した階級社会ってだけの話だ。だからこそ言えぬ本音が腹の底で腐ってんだ。スポーツや、格闘技の世界とも、民間の会社組織とも違う、警察機構独特の膿《うみ》が腐っている。あのな、おれを勝手に組織に馴染めなかった者あつかいするな。文句があるのなら、課長にでも言えよ」

「いや、あんただ。あんたに言いたい。あんたのような部下を持った課長に同情する。高峰さん、組織に馴染めないのなら、とっとと辞めればよかったんだ。あんたのような前例を残すと、それを見習うやつも出てくるんだ。そんな生き方も悪くない、とか一瞬迷うやつも出てきちまうんだよ」

「おまえ、自分のこと言ってんのか？」

工藤は答えない。

工藤に対して今さら親近感など持ちようがないし、工藤もまた持っていないことは、今まさにこちらを射る視線が証明している。工藤の階級も警部補。つまり互いにそんな時期などとうに過ぎているということだ。

あるのはただ鏡に映したような自虐的な憎悪のみ。柔道対剣道でやり合うのならそれもいい。

7

高峰はそう思った。

五階、行くか――。

五階は武道場だ。

そのとき、ふっと工藤が道を空けた。

途端に沸騰しかけた血が冷め、肩すかしを食らったような気分を味わった。そしてなぜか失望に近い怒りもある。

高峰は、ペッと工藤のスーツに唾を吐いた。

工藤の額が赤く染まったが、それだけだった。

工藤の脇を通り過ぎ、憮然と廊下へ出ようとしたとき、その背中に向かって工藤が吐き捨てた。

「田臥組の犬めっ！」

高峰は振り返らなかった。

＊

定時を過ぎたところで、高峰は誰とも挨拶ひとつ交わさず退席し、帰路を歩きながら少しだけ冷静に考えてみた。

工藤の所属する捜査二課《捜二》は、知能犯、贈収賄、公職選挙法違反、そして経済犯罪や金融、企業犯罪等々を扱う捜査課であり、どこの課も同じだが、たとえ身内であろうと捜査中の事案を漏らすことはありえない。仮に高峰の推測通り、工藤が道を外した悪徳警察官だったとしても、そうだろう。

少し風が強くなってきた。

妙に心がうすら寒い。

いずれにせよ、捜査二課が嚙んでいる。

捜二事案で田臥組の名前が浮上し、かつ高峰に嚙みついてくるとなれば、標的は例のコンサルティング会社、〝60％〟が濃厚だと言わざるを得ない。推測通りだとすれば、今さら柴崎に伝えたところでもはや無駄だと思った。

ひょっとしたら自分にも行確の目がしっかりとついていたのかもしれない。そう考えてみると、それに気づかないまま馬鹿面晒して、あの億ションに通っていた日々があったというわけだ。

ふと高峰は思い出した。

柴崎純也は、過去にこう言っている。

《縦社会の見本のような警察機構は、上だけ抑えておけばそれで八割方問題はない――》

たしかに警察機構そのものは、その通りかもしれない。

数ある集団組織の中でも、警察ほど上意下達《じょういかたつ》が厳しい組織はまずない。

しかし、そんな中でも、ときに逸脱して飼い主に愛想を尽かし、自らの意思で獲物を追う猟犬がいたり、あるいは飼い主の手を嚙んで悪事に手を染める狂犬が現れることもある。それが警察という役所なのだ。まさに自分もそうだし、柴崎がそのことを知らないはずはない。工藤が猟犬か狂犬かはさておき、どちらにせよ上の言うことを素直に聞き入れるタイプではなさそうだ。

そうか、それが残りの二割か――。

7

だから八割方なのか。ならばたぶん、自分なんかが考えても分からない残り二割の対処法を、すでに柴崎は確立しているに違いない。

高峰は、帰路を歩きながら煙草に火を点けた。

歩き煙草。下手したらこれだけで始末書ものだ。今の署長なら大いにありうる。もし本当に自分に行確の目がついているのなら、今日のうちにも署長に伝わるだろう。だがそんなことはもはや些細《ささい》なことだ。ならば我慢する意味はない。

辺りはすでに宵闇に包まれている。

考えても分からないことを考えるのは無駄だ。

そして柴崎の残虐な一面を見たいとも思わない。

こうして致命的な欠陥がある警察機構は、またひとつ柴崎に醜聞を握られるのかもしれないと高峰は思った。だから組織に背いたのだとまでは言わないが、正義でも強固でもない腐敗した組織に殉じる気にはもうなれない。いや、違うか。そもそも自分という人間ははじめから悪事に向いていたのか。それを柴崎に見出されただけに過ぎないのか。

約半年前、後藤喜一を柴崎に差し出したことに対し、後悔や感傷はなかった。正確には、当時はあったが今はない、だ。これからも、後藤がどうなろうと知ったことじゃない。

捜査対象は、投資コンサルティング会社〝60％〟でほぼ間違いないだろうが、後藤喜一の上にまで警察が嚙めるとは考えづらい。すでに〝60％〟の代表者は柴崎から後藤喜一に移行されており、登記簿謄本や役員名簿にも、柴崎や粕谷の名前はもちろん、《佐々木》《高橋》《佐藤》といった偽名すら、もうどこにもない。

後藤が逮捕されればそこで終わりのはずだ。無論自分がどうなるかは分からないが。

田臥組まで噛めない——。それがさきほどの工藤の遠吠えの理由か。

あるいは捜査線上に現職警察官、すなわち高峰が浮上した時点で事案は監察に移り、捜二はお払い箱。それが《田臥組の犬めっ！》の理由か。

またあるいは、工藤も高峰と同じくどこかの地下組織と繫がっていると仮定し、監察が動くことによっておのれにも捜査のメスがおよぶことを危惧した結果、警告の意味での《田臥組の犬めっ！》という可能性もあるのか。

吸殻を靴の底で揉み消し、高峰は前方に広がる宵闇をただ見つめている。

頭上に存在しているはずの街灯が光度を失い、やがて一切の光を通さない漆黒の闇へと変わってゆく。

その先に柴崎純也がいる。優雅に脚を組んで映画を見ているその姿がある。幻影——。

意識せず、自然に笑いが零《こぼ》れた。

柴崎と飲みたい。

8

「ちょっと、あれ、ないわけ？」

女はおもむろにメンソールを咥え、客の忘れ物なのか、店の販促品なのか、安っぽい店名の入った百円ライターで火を点ける。

「すまないな、次は用意するよ」

粕谷一郎は、長い溜息を吐いた。

ラブホテルのビビッドすぎるダウンライトが、女の不機嫌な顔を赤く照らしている。女のレベルは中の下。いや、下の中か。

ＡＭ０：56。

繁華街から外れた郊外にあるラブホテル。一泊七千円。薄汚れた格安の部屋。

いつもなら自分の愛車、ヤマハＸＪＲ１３００の後部座席に女を乗せて、深夜のバイパスをかっ飛ばしてくるのだが、今夜はなにぶん寒すぎた。午後の遅い時間から舞い始めた粉雪は、さすがに深夜には止んだようだが、それでも世界は青く翳《かげ》り、冷たく凍りついたままだ。

それに怖気づいた粕谷はバイクを置き、珍しくタクシーなんかを使ってここまでやってきたのだ。

ふと、安キャバクラから持ち帰ったこの女に視線を投げてみる。

白いシーツから覗く乳首は陥没したままで、いくら愛撫しようと勃起する気配はない。この女もまた、薬に慣れ過ぎている。

「ふうん、あれがないと、あんたは関西弁も出ないんだね」

「いい加減にしろよ。ないもんはない。しゃあないやろ」

少し凄みを利かせて言い放ったつもりだったが、女は気だるそうにそっぽを向いて紫煙《しえん》を吐いただけだった。煙草を吸う女は嫌いではないが、その仕草にはさすがに頭にきた。粕谷は女のレベルを再訂正する。下の下。

二、三度は過去にも寝たことのあったはずの女だが、おそらくは薬の興奮と高揚のせいで、女のレベルを見誤っていたに違いない。考えてみればこの女が勤める安キャバクラの店内は、顔がよく見えないほど暗い。

ふと一瞬、仮面の奥に潜ませている極道という本性を、この女に見せつけてやろうかと粕谷は思った。が、やはり面倒になってやめた。結局、何も言う気になれず、粕谷はそそくさとベッドの中へと潜り込んだ。

――駄目だ。薬がないとヤル気も起きん。

粕谷にとって薬と女はワンセットだ。その薬がないのだから、結局のところ本当は女もいらなかったのだ。

やがて粕谷はベッドから這い出し、部屋の小さな窓から切り取られた街並みを眺めてみた。いつもなら街の灯が宝石のように輝き、魅惑的に語らい始めるはずだった。その下で、太古の

8

昔から変わらぬ原始的な行為に身を委ねる雄《おす》と雌《めす》。光り輝く世界の中で、溶け合うような一体感を感じつつ、何度も、何度も、何度も果てる――はずだった。

それが常だったはずなのに、今や月も星も暗い雲に隠れ、窓から切り取られた夜景はただの黒板に過ぎず、果てるどころか勃《た》ちもしない。

「あたし、帰るから」

おもむろに女が立ち上がる。はだけたシーツから顔のわりに形の良い尻が覗く。が、やはりピクリともしない。ひょっとしたら薬がないとインポなのかもしれない。

粕谷は無言で女を見送り、その後しばらくして、何気なく冷蔵庫を開いてみた。冷えたビール。銘柄はいまどき珍しく瓶のバドワイザー。取り出して呷ってみる。美味いことは美味いが、やはり何かが物足りない。味覚が濁っている。

盛大で無意味なゲップを一つ鳴らしたあと、ぼんやりと薄暗い部屋の中で煙草に火を点け、粕谷は煙を追いながら考え始める。

――さて、どうやって手に入れようか……。

福建省の黒社会〝羅林《ルウオリイン》〟の連中との麻薬取引は、粕谷から若頭――柴崎純也へと選手交代し、約半年が経過しようとしている。

柴崎の取引方法は凄まじく厳格で、まさに蟻の這い出る隙もないほど徹底した管理体制を構築している。

シャブのパケ、コカやヘロの粉末に錠剤、そしてＭＤＭＡなど比較的小規模な取引に至るまで完璧に管理され、一パケ、一錠、一粉末のごまかしも利かない。味見すら厳禁で、純度を測るために何やら高価なテスター機器を導入したと聞いている。

たしかにシャブやヘロをキメるほど愚かではないつもりだが、MDMAくらいは御愛嬌のはずだった。極めて依存度の少ない麻薬であり、ちょっとしたお遊びにすぎない。

しかしそれでもやはり乱用し続けていれば、禁断症状が現れるのも当たり前の話で、愚かじゃないなどとよくいったものだと、粕谷はときどきひとりで自嘲している。要するに十分に愚かだったのだ。

羅林《ルウオリイン》の連中から入手しようとすれば、必ず柴崎にばれる。ならば他の組織から入手すればいいだけの話なのだが、他の売人から仕入れるMDMAはそろいもそろってクズ薬だった。

このMDMA、バツ、エクスタシーとも呼ばれる麻薬は、メチレンジオキシメタンフェタミンというアンフェタミンに似た化学構造を持つ化合物が主成分で、別名《愛の薬》などとも呼ばれている。

しかし、その配合と他成分には不明な点が多く、そのためにまがい物があまりにも流通しすぎているのだ。なかには、主成分であるメチレンジオキシメタンフェタミンがまったく含まれていないクズ薬まで流通しており、とてもじゃないが当てにはできない。その点、福建人から仕入れるMDMAはまさに完璧で、これをキメようものなら、他のMDMAなどまるで水で薄めたビールだ。

——浩然《ハオラン》に連絡をとってみるか。

浩然《ハオラン》は、〝羅林《ルウオリイン》〟のボス、胖虎《パンフー》の運転手だ。人懐っこい丸顔の福建人で、以前もこっそりとMDMAを流してもらっていた。しかし、担当者が代わった今でも浩然《ハオラン》が自分に薬を分けてくれ

8

るか、正直、微妙なところだった。

いや、やはり浩然《ハオラン》はダメだ。粕谷はそう思い直した。浩然《ハオラン》から胖虎《パンフー》、胖虎《パンフー》から柴崎へと伝わるリスクが高すぎる。

今や羅林《ルウオリイン》の連中と、粕谷との関係性は希薄になっている。

けっして自分が嫌われたわけではないことは分かっている。これはあくまでビジネスであり、仕事を上手くこなしていたのは過去の話。しかも、自分の後釜はあの柴崎純也。〃羅林《ルウオリイン》〃との蜜月関係なんてあっという間に消し飛んだ。跡形もなく。

柴崎は粕谷の頃に比べ、薬の売上を二倍近くまで伸ばし、そしていったいどうすればそんなことができるのか、平均単価の純益も10％近く跳ね上げている。

そして柴崎の巧みさは、その利益をしっかりと福建人どもに還元しているところだ。酒と女の接待漬け。

後任が柴崎でなければ、もしも他の誰かであれば、まだこの顔も利いていたのかもしれない。しかし、いまやひょっとしたら、羅林《ルウオリイン》の幹部達は粕谷の名前すら忘れているかもしれない。

柴崎にも胖虎《パンフー》にもばれずに、なんとか浩然《ハオラン》を丸め込む方法はないかと思案しながら、粕谷はベッドに寝そべった。

考えろ。考えろ。薬を手に入れろ。

そうしてほとんど無意識に、浩然《ハオラン》の電話番号を検索している。

＊

翌朝は快晴だった。

それでも身に沁みる寒さはあまり変わりない。年末の国道四十八号線は、今日も早朝から渋滞している。

粕谷は、タクシーの後部座席に座り、ブレゲの腕時計に目を落としては何度も時刻を確認している。込み上げてくる苛立ちを止めることができない。

ＡＭ８：20。極道が活動している時間帯ではない。さっきまでラブホテルの一室で惰眠を貪っていたはずが、朝っぱらから忙しなく鳴り響いたコール音に無理矢理叩き起こされたのが約一時間前。着信の相手は後藤喜一。後藤イコール投資コンサルティング会社〝60％〟。その後藤曰く、
《できれば、すぐに来てほしい》とのこと。

一向に進み出す気配のない長い渋滞に苛立ちながら、粕谷は不安に駆られている。

――なんや、いったい……。

投資コンサルティング会社〝60％〟は、田臥組が稼ぎ出すアングラマネーの洗浄元であり、同時に洗浄された資金を海外へ送金させる重要な機関だった。合法的に田臥組の資金を各国に分散させ、そこでまた株や中長期国債などを買い漁る。胖虎《パンフー》のところの地下銀行システムは実に優秀だったが、いまやそのシステムの必要性はほぼない。柴崎があっという間に胖虎《パンフー》の地下銀行システムを解析して、〝60％〟に組み込んだからだ。

8

投資コンサルティング会社〝60％〟の代表者、後藤喜一は、柴崎に飼われているマル暴刑事、高峰岳がリクルートしてきた元銀行員だ。

当初後藤には、この会社の目的がマネーロンダリングであることを巧妙に隠し、一般的な投資コンサルを装って顧客の資産を運用させてきたが、やはり後藤は年老いても元バンカーであり、さすがに入社数ヶ月目辺りからは薄々と感づいてきたようだった。

しかしもう遅い。すでにその頃には柴崎が後藤喜一を魔術のように言い包《くる》め、投資コンサルティング会社〝60％〟のＣＥＯ《最高経営責任者》の肩書に後藤を嵌め込んでいる。

もはや登記書類関係にも役員名簿にも、田臥組関係者の名前はどこにもない。たとえなんらかの手入れがあったとしても、田臥組にまで捜査の触手が伸びることはないはずだ。

そして唯一の弱点ともいえる田臥組との架け橋、後藤喜一だが、こいつが司法当局にチクる可能性もほとんどないと粕谷は見ている。後藤はすでに柴崎に手も足も出ないほど搦《から》め捕られているのだ。

その後藤からの早朝コールは、どこか切迫した響きを含んでいた。

それはいつもの悲愴感漂う後藤喜一の声ではなく、なんというか、今まさに鋭利な刃物を喉元に突きつけられているような、そんな鬼気迫る声に粕谷は感じた。そうでなければ、こんな朝っぱらからわざわざ自分が出向いたりはしない。舎弟の鳴原にでも任せているところだ。

「運ちゃん、回り道して早よ行かんかいっ！　そのナビで渋滞回避できるやろ！」

思わず関西弁が出た。ミラー越しに相対したタクシー運転手の目が驚きに満ちている。一瞬違う目になってしまったのだと自分でも気づいていたが、今はそれどころではない。

何かあれば自分の責任だった。

薬のシノギから外され、代わりに後藤を代表者にしたあとの〃60％〃の管理を任せられている。

しかし、これもひょっとしたら薬の禁断症状のひとつなのかもしれないが、開業時からごく最近までですべてに柴崎がかかわっていたために、すでに地盤が安定している会社に足を踏み入れてみたところでどうにもつまらなく、暇をもてあまし、同時に苛立ちばかりを募らせ、自然と〃60％〃から足が遠退《とおの》いてしまっていたのだ。

そうして何をしているかといえば、薬の甘い誘惑を紛らわすために、昼間っから酒と女に溺れている。

柴崎は、身内に対しても甘い男ではない。

無論粕谷に裏切るつもりはなくとも、結果次第で柴崎がどうとるか分からない。柴崎相手に、責任転嫁は不可能だ。考えれば考えるほど恐怖が募った。何もなければいい。ただ平穏を祈るばかりだった。


「後藤社長、如何されましたか」

ＡＭ９：50。ようやく投資コンサルティング会社〃60％〃へ到着し、扉を開けると同時に、粕谷は言い放った。

眩い朝日の逆光を受けて、窓際に佇む後藤喜一の黒いシルエットがゆっくりと振り向く。その表情は影になって見えない。

パーテーションに区切られたブースのひとつひとつを粕谷は覗いてみる。今のところほかのス

8

タッフの姿は見当たらない。後藤を〝60%〟の代表者に据えたあと、男女数名、堅気のスタッフを雇い入れたはずだった。

「後藤、おめえひとりか？」

ほかのスタッフがいないのなら、声色をつくろう必要はない。

「ええ、事務方の女性は産休で、水野《みずの》君は法務局へ出かけました」

その声は電話とは違い、妙に落ち着いた声だった。

「産休だぁ？」

「はい、堅気の会社を装うのだから、社員の福利厚生はちゃんとしろと言ったのは、あなた方です」

珍しく嫌味を放った後藤を筋者の目で睨み、粕谷は煙草を噛むように咥えた。

「禁煙ですよ」

「やかましいわ。それよりちゃっちゃと報告しろや。何があったんや」

「これを見てもらえますか」

後藤は、デスクに置いてあるノートパソコンを示した。その表情を見て、ずいぶんと落ち着いたもんじゃねえかと粕谷は訝しく思った。

電話での、あの切迫した声はなんだったのか。まさかとは思うが謀《はか》ったのか。しかしそんなナメた真似ができるほど、甘い教育を施したつもりはなかった。

内心で首を傾《かし》げつつ、ともかくはノートパソコンを覗いてみる。朝日がモニターに反射して見づらい。

「なんだ、こら」

「よく見てください」

後藤がノートパソコンのモニターの角度を変える。朝日の反射から逃れると、数字の羅列が現れた。株価指数――。

「どこや、これ」

「なにをおっしゃる。無論、庄子《しょうじ》製薬です」

田臥組が十億ほど注ぎ込んだ庄子製薬の株価が、凄まじい勢いで下落している。

「……マジか」

示されたチャートにある移動平均線は、モニターからはみ出す勢いで下落し、そこに重なるようにローソク足がすべて黒々と塗り潰されている。

今のこの時間帯を考慮すれば、昨夜の時間外取引の時点ですでに大量の売り注文が出ていたに違いなく、過去一ヶ月の推移を見ても極めて安定していた銘柄のはずが、いったい何があったのかと困惑するほかない。

粕谷は即座にスマホを取り出し、庄子製薬がらみのニュースをくまなく検索してみた。が、株価暴落に繋がるような記事は見当たらなかった。

「……ほかの製薬会社は？」

製薬業界全体の暴落なのか、はたまた庄子製薬だけが暴落しているのか。

「多少の影響は見受けられますが、基本的にはほぼ安定しています」

なぜだ。なんで田臥組――いや、柴崎が肝いりで買った銘柄だけが下落しているんだ。ひょっ

8

としたら、大手の地下組織が絡んだ仕手戦でも行われているのか？

「おめえはプロだ。どこか仕手筋が動いている可能性は？」

「そこまでは分かりません。しかし、私はもっと単純で、もっとつまらないことを懸念しているのですが」

粕谷に向けられた後藤の眼差しが、どこか侮蔑的に細められたような気がした。

「なんや、その目は。おめえもいっぱしにガン飛ばすようになったやないけ。おれになんぞ文句あるなら、言うてみい」

「庄子製薬銘柄の売買は、佐々木社長――いや、柴崎さんの指示だと貴方がおっしゃった。そして粕谷さん、貴方の指示に従い、庄子製薬銘柄を買い漁ったのです。まさかこんな初歩的なミスなんて、とは思いますが、柴崎さんの指示が《買い》ではなく、庄子製薬銘柄の《信用売り》だった、なんてことはないですよね。私には、あの柴崎さんがこんな損失を出すとは考えられないのですが」

一瞬呼吸が止まった。みるみると身体が冷えてゆく。

信用売りとはつまり空売りのことで、証券会社から株を借りてその株を売り、そのあとでその株を買い戻して証券会社に返すことだ。もし柴崎の指示が庄子製薬銘柄の《空売り》だったなら、この株価下落で莫大な利益が出ていたはずだ。それを自分が聞き違えたなら――。

粕谷はすぐに携帯を取り出した。頭が真っ白になっている。

――薬、薬、薬がほしい。

震える手で柴崎の番号をタップする。

なんと電話のコール音が笑い声だった。誰かが笑っている。自分を笑っている。いやばかな、あの柴崎がこんなセンスのないメロディコールをするはずがない。ならば妄想か。そうだ、妄想に違いない。十億。十億。うちの資金力からすれば組が傾くほどの金ではないにせよ、この損失を笑って許すやくざなどいない。ましてやあの柴崎が、この損失を許すなど万に一つもない。

しばらくコール音が続いたあと、ようやく電話が繋がった。

「……柴崎さん、今、いいですか」

《ああ、いいさ。おはよう、粕谷》

まるで熱いシャワーを浴びたあとのような清々《すがすが》しい声。

やくざは基本的に夜型人間だ。今のこの時間は、やくざにとって真夜中に等しい。それなのにこの柴崎の声――。まさかとは思うが本当にシャワーを浴びたあとなのかもしれない。

「柴崎さん、こんな時間に申し訳ありません。それで、あくまで確認なんですが、庄子製薬の株は、《買い》注文で間違いなかったですよね」

柴崎の返答を待つ間、血が逆流して心臓が破裂しそうだった。

《粕谷、おれはおまえに《買い》の指示を出した。間違いない》

「……は……」

《どうしたんだ？　粕谷》

粕谷はとてつもなく長い息を吐きだした。足元がまだ震えている。

十億だ。十億。ほっとしたどころの話ではない。まさに寿命が縮まるとはこのことだ。安堵のあまり、そのまま崩れ落ちて床に膝を落としそうになった。

8

「……いえ、なんでもありません。朝からすみませんでした」
《そうか、暴落の件を気にしたんだな。気にするな、粕谷。想定済みのことさ。でもたしかにここまで下がるとは思っていなかったがな》
電話の向こうで柴崎がニヤついているような気配を感じた。こちらのびびりが読まれている。とそのとき、何を思ったのか、後藤が不意に横から粕谷の携帯を奪い取った。
「柴崎さん、聞こえますか？　想定済みだったと聞こえました。ということは、この銘柄はここからまた上がるんですね？　しかし、そこまで分かっていたのならば、下がり切った今こそ、この銘柄を買い漁るべきだったのでは？」
このくそガキが。田臥の若頭相手になんてこと言いやがる。
しかし同時にまさにその通りだと粕谷は同感した。後藤が手にしている携帯に耳を押しつけ、粕谷もまた柴崎の返答に耳を澄ました。
《後藤さんかな？》
「失礼しました、後藤です」
《なあ後藤……。この世界には複雑に絡み合った貸借対照表があるんだ。うちばっかり儲けすぎるわけにはいかない》
「と、いいますと？」
《知りたいか？　知れば……後戻りできなくなるぞ？》
後藤はしばらく沈黙し、その後、答えた。
「……いえ、けっこうです。申し訳ございませんでした」

　ハッと朗らかな笑い声が携帯から漏れてきた。

《後藤、いずれ嫌でも教えてやる。だが今じゃない。それにな、今大量に買い漁れば、インサイダーを疑われることになる。その理由はあとで話す。とにかくおれはもう一眠りするぞ》

　そこで唐突に電話が切れた。

　粕谷は今一度大きく息を吐き、そばにあった椅子に深々と腰を下ろした。自分に落ち度はない。二度自分に言い聞かす。さらに念を入れて、もう一度……落ち度はない。闇で跋扈する地下社会の魑魅魍魎《ちみもうりょう》ども。そんな妖怪どもの相手は、柴崎に任せておけばいい。

「後藤、おめえはよ……。脅かしくさって……」

　後藤は平然と、如何にも心ここにあらずといった感じで頭を下げただけだった。

　それにしても先程粕谷から携帯電話を奪い取った行動といい、やくざの若頭相手に捲し立てる度胸といい、あきらかに後藤らしくない仕草だと思った。なんだかこっちの怒りまで萎《しぼ》んでくる。ずいぶんと肝が据わった感じだった。それともこいつ、ついにイカれたんやないやろな。

　気がつけば灰になっていた煙草をそばにあった湯飲みに放り投げ、粕谷は再度新しい煙草に火を点けた。ともかく安心した。最近は自分の言動がまるで信用できない。

　少し気合いを入れ直さねばと、粕谷は自分を戒めた。だが仮にこの庄子製薬の株価がこの先上昇に転じなくとも、この件に関してだけ言えば、自分に責任はない。自分はしっかりと柴崎の指示通りに行動している。

　そう思えば、朝っぱらから脅かしやがった後藤をあらためてぶん殴ってやろうかという気にもなったが、やっぱり止めておいた。何もかも気怠《けだる》く、面倒臭くなっていた。喉がとてつもなく渇

8

いている。お茶出しのブスは産休ときた。あのツラでよく相手がいたもんだ。

「それで、ご相談したい件ですが」

ふと、後藤がそんなことをのたまう。

「あ？　なんやと？　まだあんのか？」

「株価の件は、朝の市場開始に合わせて、いつもチェックしているだけのことです。お越しいただいたのは別件です」

うんざりだった。もう何を聞いても驚かないだろう。

「ちゃっちゃと言えや」

「昨日、妙な二人組が会社に来ました」

「妙って。なんで妙なのや。ただの客やないんか？」

「違います。絶対に」

「なんで客やないと分かる」

「分かります。あきらかに客ではありません。ふたりは一言もしゃべらずに社内を見回り、おそらくは何かを確認していました」

「何かって、なんや」

「分かりません」

「どこかのファンドやコンサル系、つまりライバル業者の視察か？」

「私は違うと思います」

後藤は元銀行家らしく、案外馬鹿にできない観察眼を持っている。ひょっとしたら柴崎に報告が必要な案件かもしれない。

「どないなやつや」

「ひとりはノーネクタイで背が高く、肩幅も広くて、どこか剣呑な雰囲気があったように思います。もうひとりは逆に背が低く、粕谷さんのように清潔感があって、スーツもまた粕谷さん同様にしっかりと着こなしていました」

「お世辞はええて。顔はどんなや？」

「背の高いほうは目が鋭く、たぶん男前の部類に入ると思います。小さいほうは下膨れで、目がぎょろりと大きかった」

「後藤、おまえ、絵は？　似顔絵、描けるか」

「無理です。小学生のほうが上手い」

デコスケかな……。

いや、断定はまだ早い。たとえば最近では半グレのくそどもがやくざに代わってショバ代をせびることもある。が、後藤の言う二人組の印象では、やっぱり違うような気がする。

本性を巧みに隠すことに長《た》けているとすれば極道だが、その線は薄いと粕谷は考える。

この街に古くから存在していた地元極道は、ほぼすべて柴崎に潰されているか、もしくは吸収されている。

地元でなければ、上部団体である山戸会系の枝という可能性はなくはないのかもしれないが、実は田臥組は、山戸会系組織のマネーロンダリングも手掛けている。枝同士が揉めることがあっても、本家筋のシノギの邪魔をする枝があるとは考えづらい。

8

すると、やはりどこかの公的機関か。

仮に警察以外となると、たとえば税務署、金融庁、地検、またはマトリ（麻薬取締官）を飼っている地方厚生局などだ。しかし、なんらかの捜査機関だと仮定して、職質することもなく、ただ姿を晒して、ただ黙って帰っていく理由が粕谷には分からない。

そこまで考え、ふと粕谷は、ぞっとする思いに駆られた。

半グレでも、極道でもなく、そしてもしも公的機関の人間でもなければ、残りは柴崎自身がなんらかの意図をもって、自らここに誰かを送り込んだ可能性が最後に残るからだ。その可能性についいて粕谷は否定できないでいる。

ともかく、柴崎には報告せねばなるまい。

「なあ、後藤。おまえはどう思う？」

「分かりません。ただ……」

「ただ？」

「粕谷さん、もしも……もしもですが、ここを廃業しなければならない事態になりそうだったら、早めに私にも教えていただけませんか。私もできる限り、それを阻止したいのです」

そう言う後藤の目の奥に、ふと、見慣れた色が見えたような気がした。それは自分達極道が、獲物を狙うときにときおり見せる酷薄な色ではなかったか。

「そんなことになるわけないだろう」

粕谷は標準語に戻っている。

9

粕谷一郎が去ったあと、後藤喜一は、いつものように窓の外へと視線を移した。

寂しげに過ぎゆく冬の雲。外の気温は零度以下。白く凍りついた世界は色彩を失っている。

後藤は、窓の下にある小さな公園を見下ろした。

秋口まではよく訪れていた子供連れの若い母親達も、もう姿を見せない。ひょっとしたら、また春がくるまで見ることがないのかもしれない。

粕谷が去って、またひとりとなったオフィスで、後藤はお茶を啜りながらノートパソコンのモニターを覗いている。庄子製薬の株価はなおも下落し続けている。

デスクの上にあるプライベート用ノートパソコンのスイッチを入れ、ぼんやりとネットTVを眺める。

どこかの温泉旅館らしき和室に、豪勢な海鮮料理が映っている。モニターの中で女性レポーターが、こんな美味しいものは食べたことがないと言わんばかりに大袈裟なアピールをし始めたが、後藤にはまったく美味しそうに見えなかった。

最近、何を食べても美味しいと思ったことがない。

味が分からない。すべてを食べ終わったあとで、醬油とオイスターソースを間違えていたこと

9

もあった。まるで漫画だ。舌がおかしいのか、神経がおかしいのか分からないが、ともかくこうして確実にひとつひとつ何かが崩壊してゆくのだと思った。

モニターに映る料理番組を漠然と眺めながら、後藤は思い出している。

それはちょうど今から約一ヶ月前の出来事だ。

元銀行員であれば、仮に自分でなくとも、いずれはここがマネーロンダリングという違法行為に手を染めている金融会社だと知るに至っただろう。ここに入社して四ヶ月目、その疑いが確信に変わった頃、あの男はまるで計ったように自分の前に現れたのだ。あの高峰という刑事を引き連れて。

佐々木秋一改め、柴崎純也というやくざは、千里眼を持った男だった。

あのとき柴崎純也は、自分にこう言った。

《一つ、知っていると思うが、飲酒運転は、たとえ罰金刑で済まされたとしても、それから半年も経たずにまた罪を犯せば、裁判官の心証は当然悪い。厳罰に処される可能性が極めて高い》

後藤は、柴崎の言わんとしていることの意味を明確に理解していた。

《二つ、ここにこうして刑事がいる。あんたがこのまま仕事を続けても、違法行為が発覚する恐れは少ない。なぜなら、それを摘発する司法側の一部も、おれ達の仲間だからだ》

柴崎純也の横で立ち尽くしていた刑事、高峰岳は、こちらを見透かすような目で、にやりと笑った。この刑事と初めて会ったとき、ほんの一瞬だが、猛禽類のようなゾッとする目を自分に向けてきたのを覚えている。そのときと同じ目がそこにあった。

《三つ、これはおれの勘に過ぎないところもあるが、どうだ？　あんた、この仕事、けっこう好きになりかけてないか？　マネーロンダリングのほか、知っての通り通常の資産運用も行っている。そしてそれは一分一秒で数千万単位の利益が出るケースも存在するダイナミズムに溢れている》

図星だった。まさに柴崎の言う通り、ここには地方銀行業務にはけっしてない、麻薬的なスリルと達成感があった。無論、その分ギャンブル性が高く、損失のリスクも高いわけだが、後藤は今なお大きなミスを犯したことがなく、そのことが余計自分の中に奇妙な自信と誇りを植えつけ、それが最終的にねじ曲がったプライドを構築してゆくのだった。

そしてその利益から、後藤は十分過ぎるほどの報酬も得ている。いまさらほかの職業に就くなど、想像できるはずがなかった。それに運転免許もなくなり、かつ前科二犯となった五十男に、再就職先などあるわけがない。

そう思う後藤の心中を、まさに千里眼のように見通し、柴崎はこう続けるのだった。

《四つ、あんたはすでに一犯を犯し、ここに勝る報酬を得る仕事はこの先絶対にない。賭けてもいい》

もう負けだった。すべてこの男の手の内で踊らされていたのだとあらためて覚ると同時に、なるほど、これが地下社会に生きる男達の手口なのかと、心底思い知らされた。

そうして柴崎に言われるがまま、ここの株式と代表権を無理矢理譲渡されつつ、裏ではしっかりと傀儡で有り続けるのだった。

すべての書類にサインと実印を押したあと、もはや完膚なきまで叩きのめされた後藤に対し、柴崎はさらに駄目押しをするようにこう結んだ。

《あんたは、このマネーロンダリングを通して、この国の暗部、この国のダークな部分を知る優

9

越感に浸っている。違うか……》

返す言葉がないとは、まさにこのことだった。

地方検察庁の検事室で、後藤が若い検事に話したことが現実となったわけだ。

あの飲酒運転による出頭の際、あの若い検事は、一応は後藤に更生を促してくれたにもかかわらず、結局自分は闇のトンネルを通って地下へ潜ろうとしている。馬鹿なやつは経験してみなければ分からない。それは自分自身が痛感していたことだった。そうしてまたしなくてもいい経験をし、またもや暗い海の底へ落ちようとしている。

そしてその暗い海の底は、まさしく柴崎が言うように、この社会が構造的に孕《はら》んでいる手出し無用の黒い資金で溢れている。

開設された投資コンサルティング会社〝60％〟のホームページ。そのメインキャッチコピーは、《あなたの資産を60％増へ》だった。控え目で、二倍三倍などという無責任なキャッチコピーではない堅実さが会社の品格を裏づけている。

しかしその実、投資コンサルティング会社〝60％〟には、日本の捜査機関などの手がおよびづらい、海外の金融機関から様々な架空会社などを経由し、表に出せないアングラマネーがとめどなく集まってくる。

たとえばその金は、地元有力代議士の収賄による裏金であったり、後藤ですらその名を承知している、有名企業経営者の隠し口座であったり、あるいは週刊誌などで顔が知られている有名やくざの隠し資産だったりと、実に多彩だった。

すなわちたとえ柴崎に念を押されなくとも、それらを承知している時点で、もはや観念せざるを得ない状況にあるといえるわけだった。元銀行員でなくとも、その手の隠し資産の情報漏洩が、命に関わることぐらいは承知している。そして命に関わるはずなのに、それらを把握しているという優越感は相当なものだった。

そうしてそんな社会の闇を、自分が把握できる立場に置かれていたことも、おそらくは柴崎による計略のひとつだったのだろう。

何を考えたところで結局は、自分の弱さと愚かさが招いた結果に過ぎないと、後藤は痛感している。今ではここが違法な職場だろうがなかろうが、ともかく全力を尽くし、金を増やすことに情熱を燃やしている自分がいる。もはや一寸先が闇なのではなく、すでに引き込まれてしまった闇の中から、限りなく小さな、ほぼ点に等しい地上の光を探し出そうとして足掻《あが》いているにすぎない。

たとえ自分がさらに利益を上げて田臥組に貢献し、その褒美として解放を乞うたところで、あの柴崎が自分を解放するとは思えない。いや、むしろ利益を上げれば上げるほど、余計手放さなくなる可能性のほうが高いのではないか。

ならばわざと損失を出すか——。そうして使えない男だと柴崎に示し、放り出されるのを待つか。しかしそれは自分のプライドが許さない。

すでに株や為替取引の魅力にどっぷりと嵌まっている自分がいる。それにわざと損失を出したことが柴崎に発覚すれば、あの男はきっと自分を抹殺するに違いない。なんの躊躇もなく。日々のゴミを屑籠《くずかご》に捨てるように。

そのとき、点けっ放しだったネットTVから、ニュース速報のテロップが流れた。

9

大手製薬会社庄子製薬、骨髄性筋萎縮症特効薬のデータ改ざんの疑いによる厚労省認可取り消し――。

見ろ、今まさに緊急速報で流れたこのニュースよりも早く、すでに昨夜のうちから株価下落は始まっていたのだ。つまりはそういう国なのだ。一部の富裕層や権力者、闇の勢力はこうして一早く沈没船から我先にと逃げ去り、善良な市民を船内に置き去りにしたまま、何食わぬ顔で早くも新大陸を求め、次なる船に乗り込もうとしているのだ。

一般市民が知らざる蜘蛛の巣の如き情報網を駆使し、この国の上層に君臨する人々。彼らは、他人の命などに興味はない。そうしてこのニュースの陰で、この件に関わる誰かの命が、誰にも知られることなく、静かにそっと消えているのだと後藤は思った。そうやって均衡を図っている国なのだ、と。

そうした闇の勢力の中に、柴崎純也という男がいる。彼は無論このニュースを事前に承知しており、一部の男達に情報を流しては恩を売り、そしてなおかつこの株価がなんとまた、上昇に転ずることまで知っている。そしてその情報もまた、その筋の人々に流して恩を売るのだろう。そして最後には、すべての利益を掻っ攫ってゆくに違いない。

つまり柴崎という男は、この地下社会の中でも、またさらに地下深い層に生息している男だということを意味している。

後藤は思う。

そんな世界に生きている男から逃れる術などはじめからないのだ、と。ならば先程粕谷に話した二人組の男など、どうでもいいではないか、と。

10

冷え切った深夜の寒空の下を歩み、高峰岳は、田臥の組事務所が入っているタワーマンションを目指している。

ＰＭ10：43。

一月中旬の深夜の風は、身を切るほどに冷たい。

高峰は身ぶるいをひとつして、コートの襟を閉めた。途中まだ開いているディスカウント酒屋に寄って、モルトウイスキーを一瓶買った。

その後、また人足の途絶えた夜を歩き出し、ときおり闇の奥に目を凝らしてみる。今のところ行確の気配はない。とはいえ行確があったところで今更どうということはないが、やはり気にはなった。

捜査二課二係に所属している工藤――同僚に名を尋ねてみたところ、下の名前は孝義《たかよし》。その工藤孝義警部補が、高峰に噛みついてきたあの日から、今日に至るまで二課の動きに格別の変化はなく、今も平穏を保っている。だが、噛みついてきた以上、なんらかの理由があるはずで、その理由が分からぬまま今の今まで放置してきたのはさすがに少々甘すぎたかなと、高峰は少し反省している。

10

八割方は投資コンサルティング会社〝60％〟の件で間違いなかろうが、しかし推測はあくまで推測に過ぎず、裏づけ作業がなければ結局のところただの妄想に過ぎない。

そうして考えてみると、実は別件で、〝60％〟とはまったく関係のない何かを見落としているのではないかとも思えてくるのだった。

疑心暗鬼に陥っているのかもしれない――。

高峰はそう思う。


タワーマンションの入口を潜《くぐ》り、いつものようにテンキーを押す。

しばらく待ってみたが、珍しく応答がない。

柴崎には連絡を入れてある。ならば不在のはずはないと思い、高峰はもう一度テンキーを操作してみた。すると、今度は応答があった。

「はい」

柴崎本人の声だ。

同時に自動ドアが開いた。《珍しいな》と思いながら、高峰はエントランスへと進んだ。若頭が自ら応対に出るということは、田臥組の組員どもが誰もいないということなのだろう。

十八階で音もなく停止したエレベーターを降り、高峰はすぐ目の前の《１８０１号室》の扉を開ける。鍵は掛かっていない。

室内は真っ暗だった。

「柴崎？」

返事はない。しかし鍵が開いているところをみると、勝手に入れということなのだろう。

高峰はそう解釈し、壁際のスイッチに手を伸ばした。

LEDが点灯すると、なるほど玄関には柴崎のものらしき革のスニーカーがワンセットしかない。

高峰は靴を脱いで勝手知ったる廊下を進み、やがて辿り着いたシアタールームの扉を開いてみた。柴崎がいるとしたら、ここしかない。

「柴崎?」

ここも真っ暗で、目の前にあるはずの巨大スクリーンにも何も映っていない。

「柴崎、いるんだろ?」

やはり返事はない。

しかし高峰はふと、《誰かがいる》と思った。

暗闇に人の気配を感じる。室内には適度な暖かみがあり、空調システムの作動音がほんのりと響いている。それは柴崎が映画鑑賞用に自ら取り入れた最新の空調システムで、高峰にはちょっと理解し難いが、最新の音響システムと最新の空調システムには、絶妙な相性があるという話だった。

「おい、柴崎」

暗闇に呼びかけつつ、高峰は手探りで照明のスイッチを捜してみる。が、玄関先のそれと違ってスイッチの場所は容易にはみつからない。空調の作動音だけがひっそりと、静かに響いている。

——なんなんだ、いったい……。

10

首を傾げたそのとき、突然目の前のスクリーンが、白く発光し始めた。

——なんだ？

ザザッザザッと、スピーカーから割れるような雑音が爆ぜ、スクリーンに何かが映った。しかし、四方八方にカメラがぐるぐると激しく飛び回っているようで、何が映っているのかまったく分からない。

何かの隠し撮りなのかもしれなかった。まるで揺れ動くバッグにカメラが付いているような感じで、ときどき耳を突くような雑音が弾け、映像は、なおもぐるぐると回り続けている。

しばらくそんな気分の悪くなる映像が続いたが、ようやく映像の揺れが収束し、次第に安定してきた。

——なんだ、これは……。

スクリーンに映し出されているのは、なにやらマンションやアパートなどの地下にありそうな、ボイラー室に似た感じの一室だった。

その薄暗い中を、カメラは人の視線のように左右に動いている。とはいえその視野は奥まで確保されておらず、明るさはぼんやりと懐中電灯で照らす程度しかない。

カメラは、なおも辺りを見回している。スクリーンに映るのは、灰色の罅割れた壁、暗闇、ボイラーのような配管、また壁、また闇、そしてまた配管——。

と、そのときだった。

——あ、今……。

薄暗いボイラー室らしき一室の灰色の壁に、ほんの一瞬、縛りつけられ、目隠しをされている男の裸体が通り過ぎた。

途端に高峰の心臓がドクンと跳ね上がった。

しかしまた映像はザッと乱れ、先程のようにぐるぐると回り始める。いいかげん吐き気がしてくる。

「おい柴崎ぃ、いるんだろ？　なんだこの映像は。もうやめて出てこいよ」

最新の音響システムを投入した空間に、高峰の声が反響した。映像は、なおも四方八方を飛び回り安定を拒んでいる。高峰の本能がスクリーンから目を背けようとしている。映像が安定しないのは、カメラを持つ――もしくはカメラを身につけている人物が、派手に動き回っているからではないのか。

壁に縛りつけられた男に見覚えはない。おそらくは。が、男は目隠しをされている。目隠しをされている状態で知らない男だと断言できるか。そして目隠しをされて縛りつけられている男の前で、派手に動き回る理由が、暴力のほかに、いったい何があるというのか。ザザッザッと響く激しい雑音は、スピーカーが割れるほどの絶叫で、つまり悲鳴ではないのか。

唐突に映像が安定した。映像は今もやや薄暗い。縛られ、目隠しされている男が、今まさにスクリーンの中心に映し出されている。

案の定、男は血塗れだった。

オイルとも血とも判別のつかない、黒い液体を身体中に滴《したた》らせながら、それを拭うこともできずに、拘束された男が映像に映っている。

この映像からは詳細が分かりかねるが、両手両足を縛られているほか、その男は、なんらかの

10

方法で、壁にべったりと身体を張りつけられているようだった。

――十字架の真似事か。

ところどころに配管が通った無機質な一室で、異常なほど身体をべったりと壁に張りつけられて両手をTの字に広げさせられている男。局部すら剝き出しのまま、直立させられている血塗れの裸体――。

ふと懐中電灯らしき光がピタリと正面、すなわち磔《はりつけ》にされている裸体に向けられた。

高峰の心臓が、またドクンと跳ねた。

その裸体は、凄まじいまでに切り裂かれていて、全身を覆う静脈の黒っぽい血のほか、胸の辺りからは、動脈の鮮血がドボドボと蛇口を捻ったように噴き出ている。もの凄い血液量だった。もはや助かるまい。

ということは、これはまさに殺人の決定的証拠映像ということになる。それにしても人間とは、こんなにも大量に血が噴き出るものなのか――。

高峰は吐き気を覚えた。

――ああ、柴崎……。

そして今、その血塗れのキリスト像のごとき裸体に重なるように、見覚えのある背中がスクリーンに現れた。

カメラを身体から外し、どこかに置いたのだろうか。安定したスクリーンの中に、この私刑執行人である男の背中が映っている。そしてその手には、奇妙な形状のナイフが握られている。それは黄金色に輝き、柄の部分には緑色の宝石のようなものが埋め込まれていた。

カチリ。

不意に視界の隅——スクリーンから外れた現実の空間、その右奥で、ライトが点灯した。

高峰はハッと息を呑み、その灯りのほうへ瞬時に振り向いた。

闇に一点、暖かみのある琥珀色のダウンライトが、ぼんやりと点灯している。黒い人影が浮かび、その背後には、色とりどりのボトルが輝いている。場所はこのシアタールームの右サイドに備わっているバーカウンターだ。人影は上半身しか見えない。つまり男は、バーテンダーのようにカウンターの奥にいるのだ。

それは高峰にとって、どこかで見たような、既視感を覚える光景だった。

この部屋で高峰は、柴崎とともにたくさんの映画を観てきた。そのなかのひとつに、これとよく似たシーンがあったのかもしれない。バーカウンターのダウンライトに浮かび上がる亡霊の影——。いや違う、既視感があるのは、さっきまでスクリーンに映し出されていたホラー映画級の惨劇そのものだったのかもしれない。それとも、スクリーンの中で私刑執行人が握っていた、独特な形状のナイフのほうだったか——。

——いや、どれも違う……。

高峰は理解した。

柴崎と出会ってから、ずっと想像していた景色がある。その景色の場所に、とうとう辿り着いたがゆえの既視感。いつか後戻りのできないところへ連れていかれるだろうと高峰は覚悟していた。それが今、現実になったのだ。

ふっと、顔の影の部分に小さな赤い点が灯った。煙草の火。

10

顔はあいかわらず影になってよく見えない。が、言うまでもなく影の正体は田臥組若頭、柴崎純也その人であり、そしてあの小さく灯った赤い光は、柴崎の咥えた煙草の火に違いなかった。あの煙草の咥え方。間違いない、柴崎だ。

「柴崎」

その声が少し震えた。いつのまにかスクリーンは消えていて、辺りは静寂に包まれている。いや、よく耳を澄ませば、空調システムの作動音だけがある。空調はしっかりと利いているはずなのに、妙に湿度の高い、滑《ぬめ》り気のある、そんな冷気が漂っているような気がする。それは夜の樹海の湿度に似ている。

柴崎純也。その人の影が今、バーカウンターの奥にある。

ふと、水の流れる音が聞こえた。

岩を滑り落ちて流れる小川の音。夜露に濡れた樹海の妄想をかき立てるのはそのためか。暗くてよく見えないが、たしかあのバーカウンターの奥には、洗い物などをするための水回りが備わっていたはずだ。それにしてもどういうわけか、高峰はいまだに動けずにいる。魂がなおもあのスクリーンの向こう側へ囚われているのか、もしくはあのバーカウンターの奥に佇む男に、魔法でもかけられているのか——。

こうして猟奇的ともいえる凄まじい惨殺シーンを見せつけられ、もはや口を閉ざしているだけでも重い罪となり得る。

しかしながら高峰にはこの件を告発できないことを柴崎は知っている。柴崎にとっても致命的な映像を、刑事である高峰に晒したのは、それを知っているからであり、それでいて柴崎自身の命運をこちらに預けるという演出を、柴崎はあらためてこの自分に示したのかもしれない。

《おれ達の王国を創ろうか》

かつて柴崎が言った台詞が高峰の脳裏に蘇った。

そうか、さっきの惨劇を見せつけたのは、その覚悟がおまえにあるかと試したということか。

柴崎が今、バーカウンターで何をしているのか、高峰には分かった。

バーカウンターの下で流れている水のゆらめきが間接照明の灯りをオーロラのように反射させ、ほんの少しだけ、柴崎の顔を照らしている。

……あいつめ。

案の定、柴崎は笑っていた。

それは妙に妖しく、妙に幻想的な光景だった。

柴崎は今、バーカウンターの下でナイフを洗っているに違いない。高峰はそう確信する。あの黄金に輝く奇妙な形をした美しいナイフにこびりついた血を、柴崎は今、洗い流している。

柴崎は、映像の続きを現実の空間で演じている。

先程までスクリーンに映し出されていた空間と、今の時間が、同一方向に流れているひとつの時空なのだと、こちらに伝えている。

やがて、高峰にかけられていた呪縛が解ける。

「柴崎ぃ、さっきの映像の、壁に磔にされていた男……あれ、誰だ」

柴崎は、バーカウンターの奥から答えた。

「……気にするな。たいした俳優じゃない……。名も知られてない脇役さ」

10

「ふざけるな。こりゃ映画じゃねえ」

「いや、映画さ。といってもホラー映画じゃないぜ。おれはホラー映画なんかになんの興味もない。物語は、ヒューマニズムに溢れていなければならない。高峰さん、あんたに見てもらいたかったんだ。前に言ったろ？　映画会社をひとつ買ったって。ドキュメンタリー調のカメラワークを試してみたつもりだが、どうだ？　なかなかリアリティーがあっただろ？　ところで、その手に持っているのはおれへのプレゼントか？」

言われて気づいた。手に何かを持っている感覚すらなかった。

ここを訪れる途中で買ってきたモルトウイスキー。そのボトルに張りついた自分の指を、一本一本引き剝がし、ガラステーブルの上に置く。

——映画……？

ドキュメンタリー調のカメラワークだと？　あれが？

さっきまでこの心の奥深くに刺さっていた棘《とげ》が抜け、痛みが一瞬和らいだ。しかしまたすぐに、そんなばかなと考え直す。混乱している。

「おお、十八年物のモルトか。いいウイスキーだ。高峰さん、ありがとう。座れよ。いっしょに飲もうぜ」

そう笑いながら、グラスを手にしつつカウンターから出てきた柴崎の姿に、高峰は絶句した。

高峰は咄嗟に手で口を覆った。胃の内容物が喉元まで込み上げてくる。凄まじい腐臭を嗅いだ気がした。その容赦ない圧力に、思わずのけぞった。

「座れったら。ほら、座れよ……」

「来るな、柴崎、おまえは……」

柴崎の下半身、白のデニムパンツが、一目で返り血と分かるどす黒い赤に染まっている。さらには、あの奇妙な形状のナイフで抉り取ったに違いない、まるでナメクジのような肉片もこびりついている。

柴崎は、そのままゆっくりと近づいてくる。間接照明に照らされることを予期して、上着だけは着替えていたのだろう。なにが映画だ、なにがドキュメンタリー調のカメラワークだ、こいつは人をおちょくって楽しんでいるつもりか。

柴崎は相変わらず優しげな微笑みを浮かべたまま、なおも歩み寄ってくる。

そうして高峰の目前までくると、グラスを持ったままの手で、トンと高峰の肩を軽く突いた。

高峰はそのままソファーに崩れ落ちた。

「あんたの意見を聞きたいんだ」

氷の入ったグラスをテーブルに置き、柴崎は、モルトウイスキーの封を切った。そうして琥珀色の液体を注ぎながら、ふっと高峰の耳に口元を寄せた。

「もうひとり、死体役が必要なんだが、あんた、どう思う？」

高峰にかけられた呪縛は、解けていなかった。

11

「粕谷さん、なんだか機嫌が良さそうですな」

向かい側のデスクで、キーボードを叩きながら後藤が言う。そのくせその目は、モニターに縫いつけられたまま動かない。

「そうか？」

粕谷一郎は、煙草の煙を吐き出しながら、にやにやと応える。

ＰＭ３：02。

風が少し強い。しかし窓から覗く空は突き抜けるほど青く、雲は見当たらない。

まさに快晴。目を凝らしてみると、昼間の星まで見える。

投資コンサルティング会社〝60％〟の長閑《のどか》な午後。日差しにほんのりと温かくなっているソフアーが実に気持ちいい。粕谷はそう思った。

堅気の従業員達が出かけたあと、こうしてここでのんびりと過ごす時間が、最近の粕谷の日課となっている。

自分でも分かっている。

自分が今、いやらしくニヤけた面を晒していることを。

後藤がそれを不審に思っていることを。

しかし、可笑《おか》しくて笑っているわけではない。自然と笑みが零れるのだ。そしてそれを自分で止めることができない。盛り上がる頬。つり上がる口元。人から狼と揶揄される顔がロックグラスに映ると、なぜか粕谷はますます可笑しくなってくる。

粕谷はソファーに座ったまま大袈裟に仰《の》け反《ぞ》り、煙草に火を点けた。後藤はもう禁煙だと言わなくなった。

「庄子製薬の株価、どうや？」

「……相変わらず底辺を這っていますよ。ヒラメのようにね」

「おもろいこと言うやないけ、まあ柴崎さんのことや、いずれドカーンとおっ勃つんやろ」

後藤は一瞬キーボードを打つ手を止め、怪訝《けげん》そうな眼差しを粕谷に向ける。

「粕谷さん、最近は普段でも関西弁が出ますな。前は私を叱るときだけだったのに」

「だからなんや。悪いんか？」

そう返しつつも、それもそうだなと粕谷は思った。

薬の影響とは至るところへ表れるものだと感心するほかない。が、そんな思いも一瞬にして過ぎ去り、結局あまり深く考えることはなかった。

応接テーブルに載っているクリスタル製の灰皿で、煙草を揉み消し、今や日課となっている夢想に浸り始める。

思考することと夢想に浸ることは、まったくの別物であると粕谷は思っている。小難しいことを考えて脳を疲弊させるより、自慰に等しいほど甘美な夢想で脳を活性化させるほうがよっぽど

11

いい。

粕谷は目を細める。

ああ、昨夜はとくに最高だった——。

ラブホテルの窓から注ぐ星に包まれながら、妖しく輝く裸体は次第に粕谷を侵食し、やがて一体化する。窒息するほど充満し始める女の体液で溺れ、ただ無重力の中で形を変えながら溶け合ってゆく。やがて訪れる絶頂は限りなく、いつまでも果て続け、ついには女の吐息までもが美しい調べとなり、それがまたさらなる快感を生んで、自分の脳漿《のうしょう》に直接響き渡るのだ。この世のものとも思えない素晴らしい名曲が、だ。メチレンジオキシメタンフェタミン、長い名称だが、もはや暗唱できる。メチレンジオキシメタンフェタミン。それは粕谷にとって、もはや神の薬だ。

その神の薬の効果は、徐々にセックスだけに限定されたものではなくなってゆく。

たとえばこうして足を運ぶのすら面倒でたまらなかった投資コンサルティング会社〝60%〟のオフィスに、最近の粕谷は、毎日のように顔を出している。ここを訪れる足取りにも、薬の力がしっかりと影響を及ぼしているということだ。

「粕谷さん、確認願います」

後藤がノートパソコンを差し出してくる。

数字が並んでいる。まったく面倒だと粕谷は思った。ノートパソコンに何が映っていようと、何が映ってなかろうと、粕谷には関係ない。ここを訪れること自体は億劫《おっくう》ではなくなったが、だからといって業務に励んでいるわけではない。

粕谷は、数字の確認もそこそこ、すぐにノートパソコンを後藤に押し返した。

「なあ後藤、おまえはいったい何が楽しゅうて、生きとるんや？」

「楽しみがないと、生きていてはいけませんか？」

「口答えすな。楽しみがなくて、なんか生きる意味があるんか聞いとるんや」

後藤は首を傾げる。

「楽しみといえば……そうですな、仕事ですかな。今は」

「ほう、真面目なやっちゃ。なら、その仕事というやつをもっと楽しめ。後藤、ワイン持ってこい」

「お戯《たわむ》れを。ここは会社ですよ、ありませんよ、そんなもの」

「ええから、給湯室へ行ってみい」

後藤は怪訝そうにしぶしぶと席を立ち、その後、戻ってきたときには、驚いた様子で両手にワインボトルとグラスを持っていた。

粕谷は、スーツの内ポケットから手品師のようにワインオープナーを取り出した。

「後藤、誕生日、おめでとう」

後藤は呆気にとられている。

ときどき何か得体の知れない陰りを帯びるようになった後藤の眼差し。粕谷はその眼差しに、少しでも光を注ぎ込みたいと思っていた。驚く後藤の表情を見て、ちょっとは成功したかなと粕谷はほくそ笑んだ。

「粕谷さん、人が悪い。こっそり隠しておいたのですか？　しかもこれ、オーパス・ワン……。こんな高級なワイン、飲んだことない。それに、私の誕生日……知っていたのですか？」

11

「当たり前や、いいからさっさとコルク抜けい。乾杯しよか」

「オフィスで、昼間から？」

——面倒くさい男や。

「後藤、ええか、ここはおまえの会社や。おまえが社長なんや。おまえが会社のルールをつくれ。なあ、後藤、仕事が趣味なら、この会社をほかにはけっしてない、魅力的な会社にしろ。投資コンサルティング会社〝60％〟は、《業務中の飲酒ＯＫ》って謳《うた》って、堅気のスタッフを喜ばせるのもええんちゃうか」

「粕谷さん、むちゃくちゃです。でも……ありがとうございます」

その小さな白髪頭を小刻みに振り、後藤は、立ったままでワインを開けようとしている。粕谷が着席を促すと、後藤は向かいのソファーに腰を下ろした。自分の会社の来客用ソファーに腰をかけたこともなかったのか、後藤はその深々と沈むクッションに戸惑っている。じれったくなった粕谷は、後藤からボトルを奪い取って自らコルクを抜き、ワインをグラスに注ぎ込んだ。

「後藤、おめでとう。乾杯や」

「ありがとうございます」

後藤は目礼を返し、グラスに口をつけながら窓の外を見た。オフィスの窓から、長閑な午後が覗いている。

「昼間に飲む酒が、こんなにも美味いとは……」

「美味いやろ。どうや後藤、楽しみが増えたろ？」

「……こんなこと、この齢になってはじめてだ」

「後藤、何歳になった？」

「五十七です。普通の会社なら、あと三年で定年です」

「社長に定年はないで」

それから後藤は、ワインの品種やヴィンテージを粕谷に尋ね、粕谷はワインの知識を披露する。

そんな和やかな時間が過ぎてゆく。

「ところで、粕谷さんの誕生日はいつなのですか？」

「おれ？　おれは捨て子やから、知らん」

グラスを持つ後藤の手が固まる。

「いや、すみません。知らなかったものですから」

「ええねん別に。そういやぁガキんときは、乳児院前に捨てられた日を誕生日にしてたなぁ。顔は知らんけど、どうせろくでもない親やったんやろ。生まれたばっかりの赤ん坊を、真冬に捨ておった。まあ殺さんで、乳児院前に捨てられただけマシかもしれん」

「……そうですか、では、柴崎さんの誕生日は？」

「知らん。あの人は自分のことを滅多に言わん」

そう返しながら、粕谷はふたつのグラスにワインを注ぎ足す。

本当に柴崎のことは謎だらけだ。誕生日も、出身地も、その過去も、一切触れてはならないような雰囲気を柴崎は持っている。それに田臥組の上部団体である山戸会は、戸籍売買にも通じている。柴崎純也という名前だって、本当の名前かどうか怪しいものだろう。

「……あの」

11

後藤が粕谷の顔を覗き込んでいる。知らぬ間に物思いに耽《ふけ》っていたようだ。柴崎のことを考えると、いつもこうなる。

「粕谷さん、もし聞いてよければ」

「なんや」

「田臥組のことについて、少し調べてみました。今はネット検索をすれば、ある程度の情報は仕入れられる時代ですから。結果、田臥組が、あの日本一有名な指定暴力団、山戸会の二次団体であることまでは分かりました。……でも、なぜ、いつ、この街に来たのかは分かりませんでした。粕谷さんは関西弁ですが、やはりあの山戸会の本拠地、神戸からやってきたのですか」

粕谷は少し考える。

後藤は、幾通りにも根を張った田臥組の地下金脈を把握できる立場に置かれている。その上で、近年最も重要な資金洗浄まで任されている。すなわち、もしも裏切れば、間違いなく消される立場にある男だ。ならばある程度、答えてやってもいいのかもしれない。

「違う。おれは岡山県の出身や。その岡山の組の頭《かしら》から、当時はどこからやってきたかも知らん柴崎さんを突然紹介され、修業や、言われて柴崎さんといっしょに仙台に来たんや。もう岡山に戻るつもりはあらへんけどな。たぶん四年くらい前のことや」

「――四年前。そうですか、なぜこの街に？」

「それはホンマに知らん。でも、大方、山戸会がおのれの看板を隠してこの街に勢力を伸ばしたかったんちゃうんか。山戸会の進出となると、メディアも動くし、デコスケも総動員で阻むもんやからな」

「なるほど。では酒の肴《さかな》ついでにもうひとついいですか。とあるマイナーなネット掲示板に、《田臥組は地元のやくざ達を壊滅させてこの街に地盤を築いた――》と書かれていました。さらにこう続いている。《絶対に触れてはいけない組織》だと……」

粕谷は、空になっていた後藤のグラスにワインを注ぎながら、眼差しに力を込めてみる。後藤は、即座に身体を強張らせた。極道の目に後藤はまだ慣れていない。慣らしておく必要があるのかもしれない。

「聞きたいか？　後藤。後戻りはできないぞ？」

後藤は目を伏せる。

「……すでに戻れない、と分かっています。聞かせてください」

何を話そうか――。

後藤の言う通り、柴崎は、この街に複数存在していた地元暴力団を壊滅させている。はじめは柴崎がどうやって地元組織を排除しているのか、粕谷にも分からなかった。

それが分かったのは、地元暴力団のひとつに粕谷が拉致されたときだ。粕谷は、その地元暴力団の息がかかった繁華街のクラブに連れ去られ、執拗な暴行を受けた。

粕谷は回想する――。

「……てめえら、殺してやるからな」

「ほう、まだ粋がれるのか。西の極道にも根性あるやつ、いるんだな」

11

蛇の目をした海坊主のような男が、床に転がされた粕谷を覗き込んでいる。海坊主の瞬きをしない残忍な瞳の奥に、血達磨となった自分の顔が映っている。

自宅を出た瞬間、頭から袋かなにかを被せられ、文字通りフクロにされながらここへ連れ込まれてきた。油断した自分が悪い。不覚だった。

到着したクラブで粕谷はさらなる暴行を受けた。肉を打つ重厚な音が店内に響く。

「今からおめえの肉を切り刻んで、神戸の本部に送ってやるからよ。大手の侵略だってこたあ、こちらも分かってんだ。代紋隠したって無駄だ。地元にだってよ、意地ってもんがあるってこと、見せつけてやらあ」

海坊主の周辺に佇む、仲間の組員達が凄惨な顔をしている。粕谷からすれば見慣れた表情だった。やつらは機械的に処理するだろう。

——生まれるときも最悪なら、死ぬときも最悪なんやなぁ……。

もうこの命が風前の灯火だということも分かっていた。粕谷は残念に思う。こんなことなら、最後に女を抱いておけばよかったと後悔する。

粕谷は、塞がりかけていた瞼を抉《こ》じ開けて、クラブの天井を見上げてみた。安っぽいイミテーションのシャンデリアがある。下品な赤いライトが店内を照らしている。クラブとは名ばかりの、安キャバクラに違いなかった。この地元極道らの乏しい資金力が想像できる。こんな場末のキャバクラで、自分は生涯を終えるのか——。なぜか笑いが込み上げてくる。

「なに笑ってんだ、くそガキが」

最後に西の極道の意地を見せつけてやろうと粕谷は思った。

「ゴタゴタ言うとらんで、さっさと殺《や》れや！　この田舎極道が！」

「このガキ……。おう、今から望み通りにしてやらあ」

海坊主の目がカッと見開いたとき、不意に入口の扉が開いた。

場違いな花束らしきものを手にした、長身の男が立っている。

瞼が塞がりかけているせいで、粕谷の視界はぼやけていた。顔がよく見えない。

あざやかなブルーのジャケット、その下は黒の細身のパンツ。右手には、場違いにもほどがあ

るピンク色の花束。

「カギ、閉め忘れたのか？」

海坊主が若衆に尋ねる。

「いや、そんなはずは……」

舌打ちして、海坊主が花束の男を睨みつける。堅気なら震え上がる、まぎれもない極道の目だ。

「おう、ホストのあんちゃん、表のクローズって看板、見えねえのか。今日は休みだ、とっとと帰《けえ》れ」

花束の男は、意外にも平然としている。床に転がっている血塗れの自分を目にしていないはずはない。可憐なピンクの花束が、どうしようもなく場違いだった。

「……あんた、ジュゴンに似ているな」

――その声は、若頭、柴崎、柴崎純也！

あまりの感動に、涙すら出そうになった。

一瞬あっけにとられている組員が、我に返って怒鳴った。

11

「てめえ、帰れって言ってんだろが！」

突進してきた若い組員の鼻先に、柴崎純也は花束を向ける。

「きれいだろう。途中の花屋で買ってきたんだ」

「……このガキ、いかれているのか――」

その瞬間、花束が円を描き、ふわりと花びらが舞い散った。

花吹雪さながらの光景の中で、組員の首筋から鮮血が溢れ出る。そうして組員の男は静かに崩れ落ち、その身体の上にも花びらがそっと舞い降りた。

何が起きているのか分からなかった。

潰れかけた粕谷の目に映ったその光景は、息を呑むほど美しく、かつ芸術的だった。柴崎は、ブルーのジャケットをはためかせ、花びら舞い散るなかで、なんと踊っている。

柴崎は流れるように指先を動かし、今なお宙を舞っている花びらの一枚をそっと摘み、突如、射るような視線を男達に向けた。そのブラウンの瞳に縛られて誰も動けない。その口元にはモナ・リザの微笑。花束の似合う男は千人にひとり。そのひとりが今まさにここにいる。粕谷は目を奪われた。

最初に時間を取り戻したのは海坊主――柴崎に言わせればジュゴンだ。

「何やっている！　これはカチコミだ！」

はっと呪縛から解けた組員達が、雄叫びを上げて柴崎に突進してゆく。柴崎は、ふたたび花束を構え、またも踊るようなステップで回転し、花びら舞い散る演舞が再演される。柴崎はまるで指揮者のように花束を動かし、それと同時に突進していった男達の全身から鮮血が流れた。若衆達は柴崎に触れることすらできずに崩れ落ちる。

「粕谷、迎えにきたぞ」

人生最高の瞬間だった。

柴崎は残るひとり、海坊主の目前まで進み、花束を向ける。花びらの散った花束の隙間から、キラリと輝く刃が露出している。

「ジュゴン、逆らうなら、いつでも水葬に付してやる。でも今は組員らのことを考えろ。まだ間に合う。下にワンボックスを用意してある。運転手付きのワンボックスの行き先は闇医者だ。仲間を運べ」

海坊主は、呪い殺せそうな目で柴崎を睨みつけていたが、うめき声を上げて床に伏している組員達を尻目に、やがてガクリと膝を落とした。

「さて粕谷、帰るぞ」


「そんで、そいつらは闇医者のベッドで仲良く枕並べたわけや。思うことあったんやろな……。結果、観念したわけや。その後、解散届を出させたうえで、希望する何人かの極道を田臥組で吸収したんや。知っとるか？　その吸収された地元極道のひとりが鳴原やで。あいつ、酔うと、いまだにそんときのことをのたまう。柴崎さん、かっこよかった――ってな」

何本目かの煙草に火を点け、粕谷は豪快に煙を吐いた。鳴原のことは言えんなと内心で苦笑した。自分も得意になって柴崎の武勇伝を語っている。

11

いつのまにかワインボトルは空になっている。

「――では、ほかの地元暴力団達も、柴崎さんは知力ではなく、暴力で屈服させたってことですか？」

後藤は、信じられないといった表情を隠そうともしない。

「そうや。後藤、うちのボスは頭が切れるだけやない。暴力も比類なき男や！」

粕谷は自分のことのように誇らしげに断言する。

ふと腕時計に目を落とす。キメてから三時間が経過している。少しずつ薬の効果が薄れてゆく。目の奥がチカチカと点滅してきた。

「じゃあな、後藤。また明日くるで」

粕谷はソファーから跳ね起き、足早にオフィスを出た。

ビルに備わっているエレベーターに乗らずに非常階段を使う。途中、辺りを見回し、誰もいないことを確認したうえで、粕谷は内ポケットからピルケースを取り出した。白い錠剤を飲み込むと、粕谷はそのまま階段に蹲った。

神が降臨するのを待つ。

しばらくして、毛穴が開いたような感覚が訪れてきた。粕谷は立ち上がり、親指でこめかみを軽く揉む。徐々に周囲が明るくなってゆく。目の前の非常階段の先が、光り輝くトンネルへと変化してゆく。

「ハッハア！」

粕谷は、爽快な気分で階段を下り始める。輝く粒子が纏わりつき、ときには話しかけてきた。

「さて！　女でも呼んで、天国へ出発や！」

そうしてビルの外へ出た瞬間、激しい衝撃とともに粕谷は意識を失った。

＊

凄まじい後頭部の鈍痛と吐き気が粕谷を襲っていた。

真っ暗な瞼の奥で眼球がぐるぐると回り、二日酔いと薬の禁断症状を混ぜ合わせて百倍にしたような不快感がある。

手足にも力が入らない。というか身動きができない。ひどくきつく何かで縛られているのだと粕谷は覚った。

そして目にもガムテープか何かをべったりと貼られている。口も同様だった。

吐いたら息が詰まって死ぬ――そう思い、粕谷は、迫りくる吐き気と必死に戦っていた。後頭部の鈍痛が計ったように定期的に襲いくるなかで、粕谷は辛うじて考えてみる。これが何者の仕業で、反撃の機会は訪れるのか、と。

そのとき、視界を奪われている分、まったく予期できずに腹部に衝撃が走った。泥のように鈍くなった頭で蹴られたのだと覚ると同時に、たまらず吐いた。案の定、それは自分の喉に留まったまま出口を探し求めて、やがて鼻孔から噴き出た。自分の汚物を鼻から噴き出したのははじめてのことだった。だが、そんなことを思う間もなく、粕谷は、今まさに致命的な状態に陥ったことに気づいた。

11

ガムテープらしきものに阻まれて、汚物を吐き出すことができない。息ができない。

耳から空気が漏れて、屁《へ》が出るような音がした。口中に溜まった汚物を飲み込もうとしたが、できない。それほどまで大量の汚物が喉から口、鼻にまで隙間なく詰まっている。息ができない、息ができない。息ができないんや、助けてくれ――。

そのとき、口を塞いでいたテープらしきものが唐突に剥がされ、顔の皮膚ごと持っていかれたかと思うほどの衝撃を感じつつ、粕谷は、一気に汚物を吐き出した。涙が止まらず、しかし同時に空気のありがたみに心から感謝した。

粕谷はなおも空気を掻き集め、だがすぐに激しく咳き込み、鼻水なのか汚物なのか分からなくなった粘液を鼻から口から垂れ流し、後頭部の鈍痛とともに、なおもまた吐いた。

やがて目を覆っていたガムテープらしきものも剥がされ、その途端、凄まじい光線の針が瞳を突き刺した。粕谷は瞼をきつく閉じ、それなのに瞼の奥でぐるぐると回転しながらなおも光の針が襲ってくる。眩しい……。

そうして歯を食い縛ったまま、しばらくなのか、一瞬なのか分からない時間が経過し、粕谷は恐る恐る目を開けてみた。

涙目にぼんやりと霞《かす》むその先に、普通のＬＥＤの灯りがある。次第に目が眩しさに慣れてきた。そしてその横に、こちらを見下ろす数人の黒い影の足元があった。

「誰や、てめえら……」

粕谷の声は、恐怖と怒りのために震えている。

まだ吐き気は続いている。どうやら殴られたと思わしき後頭部の痛みと連動して吐き気が襲ってくるようだ。目も完全ではない。いまだ人影の輪郭は歪んでいる。粕谷は、しっかりと目を見開いて、黒い影の正体を探ろうと試みた。

やがて、白くぼやけた視界が、ようやく輪郭を形成し始め、色を帯びていった。

「おまえら、何者や……」

こちらを見下ろしている数人の男達。粕谷には見覚えのない男達だった。

男達は、見るからに強靭《きょうじん》そうな身体を誇っている。

男達は全部で四人。全員若い。今一度、ひとりひとりの顔に視線を移したとき、粕谷はハッと気づいた。

鳴原だ！　鳴原のくそガキがいる。鳴原健都がいやがる。なぜか気づかなかった。見覚えがないどころか、思いっきり知っているやつがいるではないか。

背筋を伸ばしてこちらを見下ろす鳴原――。すぐに気づかなかった理由が分かった。

その目は、いつもの気弱なガキの目ではなく、冷徹に与えられた仕事を遂行する、プロフェッショナルな男の目だった。

仕事柄、粕谷がよく目にする眼光がある。田臥組の外注先。死体処理屋、故買屋、逃がし屋、そして殺し屋――。

しばらく混乱し、やがてひとつの答えに粕谷は辿り着いた。

人間の眼差しが一朝一夕で変わることはない。この鳴原の眼差しは、まぎれもないプロの眼光だ。つまり、これがこいつの本当の正体だ。

今まで偽って、巧妙にその正体を隠し、なんらかの任務に就いていたに違いない。プロだから

11

こそ粕谷相手になんの疑いも持たせず、ときには無能を演じ、ときには道化を演じていたのだ。ひょっとしたらその任務とは、自分の監視だったのではないか。また、いざとなれば、人ひと
り消すことも、なんのためらいもなくできるのではないか。それだけの眼力が今の鳴原にはある。となれば、この拉致劇を命じた人間はひとりしかいない。つまり、鳴原のほかの三人も、柴崎に裏で飼われている特殊部隊なのだろう。

粕谷は聞いたことがあった。

誰から聞いたかは覚えていないが、内容は覚えている。地元の極道どもが田臥組に吸収された際、その中から選出された一部の男達に、柴崎は極秘裏に訓練を施している、と。陰で密かに任務を遂行する、隠密部隊を作ろうとしている、と……。

「大丈夫か？　粕谷。水、飲むか？」

その血も凍る声は、はるか地の底から聞こえてきたような気がした。無論そんなはずはなかった。

粕谷は、床に転がされ、縛られた両手両足をそのままに、芋虫のように体勢を変え、その声がした方角を探ってみた。

そのとき、男達の長い足が視界の左右に一斉に割れ、その奥中央に、上半身裸の柴崎純也その人が、優雅に脚を組んで座っている姿が見えた。

顎を撫でつつ、こちらを射抜くその眼差しは、人間のものとは思えない、深く暗い洞窟だった。こんな目も見せる人なのかと、粕谷は思った。柴崎という男の奥深さに、いまさらながらに震えが走った。

――そうだ、悪魔という存在は、間違いなく人間の中にあると言ったのは誰だったか。そしてそれは伝染していくのだと言ったのは誰だったか。見ろ、今、その言葉の正しさを証明している。鳴原らこの男達の目は、どんな残酷な真似も躊躇《ためら》いなく遂行できる悪魔の目をしている。柴崎と同じ目だ。柴崎から伝染したのだ。

「粕谷、おまえを拉致るのって、本当に簡単だな。これで何度目だ？　で、なんでこうなっているのか、分かるか？」

理由はひとつしかない。

「……く、薬」

喉を震わすだけの、空気のような声しか出なかった。

「そうだ、おまえに薬を横流ししていた〝羅林《ルウオリイン》〟の下っ端は、もう始末した。あとは粕谷、おまえだけだ」

――浩然《ハオラン》は、もう始末された。

「粕谷、おれはな、なにもおれに黙って薬をガメていたことだけに腹を立てているわけじゃないんだ。粕谷、知っていたか？　おまえも、おまえに薬を流していたあの浩然《ハオラン》っていうガキも、お上に内偵されていたんだぜ。よほど安易な横流しをしてくれたらしいな。おまえらしくもない。けどたぶん、すでに薬の欲求からヤキが回っていたんだろ？　おまえを内偵していた公僕どもは、おまえの線から〝60％〟にまで捜査の触手を伸ばした。分かるか？　おまえの軽率な行動は、田臥組の屋台骨を揺るがすほどに発展したんだよ」

言葉もなかった。ただ心臓の鼓動だけが早鐘のように響いていた。

11

内偵だと？　疑りさえもしなかった。お上の尾行がついていただなんて、まったく気がつかなかった。

柴崎の言う通り、薬のせいでヤキが回っていたに違いない。そうか、ということは、後藤のところに現れた二人組は、やはり捜査関係者か。お上は、自分らやくざ者を敵とするとき、普段の垣根はいったいどこへ消えたのやらと思うほど、見事な連携を組んだりする。となれば、後藤のところへ現れた二人組の正体は、警察――あるいはマトリ、もしくはマルサ、思い当たるところが多すぎる。

いやまて、あの二人組が現れたとき、自分はまだ薬を手に入れていないぞ？　となれば、羅林《ルウオリイン》の担当者が自分だった頃からすでに尾行がついていたということか？　ちくしょう。もはやこの頭は時系列に物事を並べることすらできない。いずれにせよ、もうなにもかもが遅い。

「……ちなみにおまえは知らんだろうがな、粕谷。ここも田臥組が所有しているマンションだ。おれのシアタールーム並みに防音設備が整っているんだ。だからどんなに大声で叫んでも、問題はない」

上半身裸の柴崎の身体は、逞《たくま》しかった。

粕谷は思い出している。いつだったか、柴崎に言われたことがあった。

《なあ、粕谷――。いくら外見をブランド物で固めても、素材である肉体がだらしなければ、無駄だぜ》

そうだ、よく覚えている。だが、そう互いに笑い合った日々はあまりにも遠い過去だった。

「なあ粕谷、なんでおれが上着を脱いでいるか、分かるか」

粕谷は答えられない。

「血で上着を汚したくないからだ」

恐怖は恐怖に違いなかった。だが、それと違うもうひとつの感情はなんだろうかと、粕谷は考えてみた。すると、一瞬の輝きとともに脳裏に浮び上がってきたのは、柴崎の背中を追い求めてきた自分の姿だった。柴崎純也という男は、過去——そう、ガキの頃から嫌になるほど見てきたやくざどものイメージを一変させてくれた唯一の男であり、俳優かと思うほどスタイリッシュで、煙草を咥える仕草ひとつとっても、どこか魅力的な男だった。恐ろしく頭が切れ、その暴力は芸術的であり、また信じられぬほど優しかった。地元暴力団に拉致された自分を、救いに来てくれた柴崎。花束の中にナイフを忍ばせ、花びらを舞い散らせながら、次々に敵を跪《ひざまず》かせる柴崎。こんな男がほかにいるかと、何度思ったことか。いるわけがない。今だってそうだ。見ろ、あの姿を。まるで貴族のヴァンパイア、その王、みたいじゃないか——！

やがて柴崎は、顎をかすかに傾けた。

それと同時に、佇んでいた鳴原ら特殊部隊は、まさに訓練された兵士のように動き始め、粕谷の上着とシャツを、あっという間に切り裂いていった。

「粕谷さん、すみません……」

ふと鳴原と目が合うと、ひそかにそう呟かれた。鳴原の目はガキの目に戻っていた。だが、それもほんの一瞬に過ぎず、鳴原はすぐに冷徹な眼差しへと戻り、そのまま粕谷の肩をがっちりと極《き》めた。すごい力だった。

「なあ鳴原、いつやったか、おまえが酔っ払って帰ってきて、映画観とった柴崎さんに、ヤキ入

11

れられたことがあったやろ。頭、数針縫って、ハゲができたやつ……あれも、おれに疑いを持たせないための演技やったんか？」

「そうっす。すみません」

「ハゲは？」

「小学生のときからあります」

鴫原が粕谷の顎を押さえにかかる。

本当に凄まじい怪力だった。歯がミシミシと音を立ててがっちりと極《き》められている。いいさ、鴫原、気にするな——。粕谷はそう言ったつもりだったが、声になってはいなかった。

やがて粕谷は、柴崎同様、上半身剝き出しの姿となった。

粕谷は自分を恥ずかしいと思った。柴崎の引き締まった彫刻のような肉体に比べ、自分の身体は弛《たる》み、ぶよぶよで、まるで豚だった。

気がつけば、柴崎はいつの間にかナイフらしきものを握っている。いや、ナイフだろうか？たぶんそうに違いないが、しかしずいぶんと奇妙なナイフだと粕谷は思った。黄金に輝き、柄が十字の形に伸びていて、エメラルドかなにかの緑色の宝石が埋め込まれている。それは見事な装飾で、凶器というよりは歴史的価値のあるなにかの芸術品のように見えた。そしてそれは、艶めかしいほど柴崎に似合っている。自分の首など一瞬で胴体から切り離してしまう、そんな一閃の幻を粕谷は見たような気がした。

「粕谷、おれをそんな目で見るなよ……。悪いが、背を向けていてくれ」

知らぬ間に熱の籠《こも》った目で見てしまったのかもしれない。粕谷は恥ずかしくなり、ただ素直に柴崎の言葉に従った。

やがて背中に凄まじい激痛が走り、粕谷は、堪え切れずに絶叫した。両脇では、鳴原を含む柴崎の配下らが、ガッチリと粕谷の手足を固めている。痛みに耐えかね、ほぼ無意識に足掻いてはみたものの、びくともしない。

なおも新しい激痛がやってくる。ごりごりと聞いたことのない音がし、脳天から足の爪先まで、電気ショックを受けたような痛みが全身を貫いた。粕谷の絶叫は次第に掠れ、喉が焼けるように渇いた。それでも激痛は終わらない。気だけは失うまいと気張れば気張るほど、逆に痛みが増し、気づけば股間が生温かく濡れていた。それが小便なのか血なのか、粕谷にはよく分からなかった。

そうしてまたごりごりと、なにをしているのか想像もしたくない音だけが響き続けていた。

時間という概念は極めて不安定なものだと知った。

何度も気を失い、また覚醒し、そしてまた気を失い、薄れゆく意識の狭間、複数の去りゆく足音を聞いたような気がする。そして闇を経て、また覚醒する。

痛みは背中だけに留まらず、いまや全身に広がっている。痛覚という痛覚が裏返り、表面に剝き出しにされているような感覚だった。

複数の足音が消え、漆黒に包まれたのは、果たしていつだったか。もう五時間くらいは経ったのか。もしくはまだ一時間程度なのか。ひょっとしたらまだ、数十分しか経過していないのかもしれない。この暗闇では、ブレゲはなんの役にも立たない。そういえば柴崎の時計は、しっかりと夜光塗料の塗られた国産の電波時計ではなかったか。なるほど、柴崎に偏りはない。エレガン

11

トさも実用性も、均等だ。

――それにしても、自分は生きている……らしい。

粕谷は、その事実にむしろ不安を覚えた。

田臥組の若頭ともあろうお方が、うっかり殺し損ねるなんてことがあるはずはないし、となれば、なんらかの理由があって生かされたのか、あるいは、いまはまだ現在進行形で進んでいる拷問の途中であり、いずれはとどめを刺しに戻ってくるのだろうか。

粕谷は、定期的に迫りくる激痛のなかで、途切れがちな意識を掻き集め、今の今、生かされているその理由について考えてみた。

だが思考は長続きせず、痛みのために途切れ、気絶し、そしてまた覚醒後には、さっきまで自分が何を考えていたのか分からなくなっていた。そうしてもう一度最初から思考をやり直す。そしてまた、ブラックアウトする。その繰り返しであることに気づき、やがて粕谷は考えることをやめた。

暗闇の中、ふと手足を動かしてみた。動く。なんと足枷も手枷も外されている。なぜだろうと粕谷はまた考え始める。逃げろということか。いや、そんな甘い男ではない。何かあると見るべきだ。

そのとき、暗闇でさまよう粕谷の指先に、何かが当たった。

粕谷は、咄嗟にそれを掴み取った。暗闇の中でも手触りでそれがなんなのか分かった。粕谷がいつもスーツの内ポケットに入れているピルケースだ。振ってみると、カランカランと錠剤の存在を証明する音が鳴り響いた。

粕谷は我を忘れて、夢中でピルケースの蓋を開け、錠剤を取り出すと同時に口の中へと放り込もうとし、しかしその手をピタリと止めた。ほんの一瞬の差だった。ぎりぎりで粕谷は我に返った。

——おれを試しているのか。

無限に続くかのような激痛の最中、粕谷はそう思った。

これを飲めば、おそらく激痛は治まるだろう。しかし再び薬に手を出せば、きっと終わりに違いない。柴崎は今度こそ躊躇なく自分を殺す。

粕谷は暗闇に向かってピルケースを放り投げた。その動作のせいでまた激痛が走り、思わず呻いた。

——ひょっとしたら柴崎は、チャンスを与えてくれたのかもしれない。

用心深く、思慮深く、相手の心理を読み、薬の欲求に打ち勝ち、このミッションをクリアできるような男であれば、共に生きてゆく価値がある——と、柴崎は賭けてくれたのではないか。

そうか、ならばあのピルケースの中に入っていた錠剤は、毒だ。巧妙に粕谷の薬に似せた猛毒。青酸カリかなにか。そうだ、そうに違いない。

迫りくる激痛が粕谷の思考を鈍らせる。

いやまて。ただ自分に都合良く考えているにすぎないのか。やはり柴崎は結局戻ってきて、自分を殺すのだろうか。いや、あのピルケースは上着をはぎ取ったとき、ただ転がり落ちただけで、柴崎も気づかなかっただけかもしれない。なら飲んじまえ。

放り投げたピルケースが壁に当たる音や床を転がる音で、この暗闇の中にあるピルケースの場

11

所が粕谷には正確に分かっていた。哀しいまでに薬を求めている。

いや、違う――。粕谷は、なおも逡巡する。

あの柴崎が、ピルケースが転がり落ちたことに気づかないなんてことがあるはずはない。ならばあれはやはり毒だ。猛毒にすり替えられているに違いない。耐えろ。考えろ。安易な行動を起こすな――。

考えることをやめてしまえば、すぐに誘惑に負け、薬があると思わしき場所に手を伸ばしてしまいそうだった。

そしてそれは手が届く場所に転がっている。そうだ、あれを一粒飲めば、この激痛から解放される。それは砂漠を彷徨《さまよ》っている者に、冷たい水を置いていくようなものだった。そう思えば、やはりこれは柴崎からのミッションなのだという気もしてくる。そうだ、手を伸ばしてはならない。しかし――。

たった一粒だった。それだけでこの身体は復活する。まさに全身を杭で貫かれたようなこの激痛が、瞬時に消え去る。まるで生まれ変わったように。たった一粒で。

そうして気がつけば、言ったそばからまたすぐに、薬に対する欲求に支配されている。先程何かを考えたのはいつだったたか。十分前か――一分前か――一秒前か――。粕谷はふと思う。

これはつまり、薬への欲求と、柴崎に対する恐怖とのせめぎ合いにほかならないのではないか、と。

そう思うと、妙に半ば呆けたような、可笑しさが込み上げてくるのだった。まだ笑える自分が不思議だった。

そうか、なるほど、薬VS.柴崎純也か！　これはきわどい！　この世界にごまんといる薬中ども、薬と縁を切りたくとも切れない仔羊どもに、この方法を試してやりたい気分だった。そこいらの薬物依存更生施設よりもずっと効果があるに違いない。

柴崎を恨む気持ちなど毛頭ない。むしろ愛すら粕谷は感じている。そう、愛を。これは薬物依存を治療するための愛の行為だ。柴崎純也という男の中に、こんな優しさもあるのだ。ならば柴崎を失望させたくはない。

そうして全身に広がる激痛と薬物欲求は、なおも激しく粕谷を揺さぶり続けている。

薬と柴崎純也――。憎悪はなくとも、愛と恐怖がある。

だんだん意識が朦朧《もうろう》としてきた。今までのような激痛による意識喪失とは違う倦怠感があった。そろそろ死ぬのかもしれない。薬に手を伸ばしても伸ばさずとも、結局は死ぬのだ。

知らぬうちに粕谷はむせび泣いている。

＊

――何か音が聞こえる。

まな板で野菜を切っているような優しい音。台所で朝食の準備をしている音。

目を開けると、そこには見慣れた天井があった。

粕谷は、ベッドに寝かされている。

裸の肩を隠している柔らかいタオルケット、身を包むシーツ、すべてが清潔で、エアコンの作

11

動音にも聞き覚えがある。

すなわちここは、いつものタワーマンション。その《1801号室》。

キッチンのほうから、食欲をそそる良い匂いが漂ってくる。

そこは当然、数週間前に立ち寄ったばかりの見慣れた部屋のはずなのに、粕谷には懐かしく思えた。

隅々まで清掃の行き届いた清潔な空間。ところどころに置かれている観葉植物。それは常に青く瑞々《みずみず》しい。いまさらながら、こんなオシャレで今どきの女の部屋といってもおかしくないこの部屋が、暴力団事務所であることに驚く。

ベッドから起き上がろうとした瞬間、背中に激痛が走り、粕谷は顔をしかめた。しかしよくみれば、消毒液の匂いがする真新しい包帯で、しっかりと身体が包まれている。

粕谷は、身を起こすことを諦め、そのままゆっくりと、後頭部を枕に沈めた。それは実に居心地が良かった。

「柴崎さん……」

自分の声とは思えない、掠れた声。

キッチンのほうで何かしら調理していると思わしき人物は、柴崎純也その人だという確信が粕谷にはあった。

まな板を叩くタイミングがリズミカルで、手慣れている感がある。うちの組で料理を趣味とする人物といえば、若頭の柴崎純也のほかは、組長の田臥和彦《かずひこ》しかいない。しかし田臥組長は、ここへは滅多に顔を出さない。

やがてまな板を叩く音が止み、こちらへ向かってくる足音が聞こえてきた。粕谷は少し緊張した。自然と顔が強張り、肩に力が入る。同時に刺すような痛みが背中に走った。

粕谷の想像通り、両手にトレーを持った柴崎純也——そのひとが入ってくる。

皺ひとつない真っ白なシャツに、青いデニムのダメージパンツ。柴崎からは石鹸の香りが漂ってくる。見ればその長く黒い艶やかな髪が濡れている。シャワーを浴びたあとに料理をしていたらしい。

「柴崎さん……」

美しいブラウンの瞳が、目の前にある。

柴崎は料理とワインを載せたトレーをサイドテーブルに置いたあと、そっと口元に指を立て、《しゃべるな》という仕草を粕谷に示した。

「まずは食おうぜ。スティックサラダ、ほうれん草のソテー、野菜の新鮮さは保証するが、こいつはおれもはじめてだ」

ワインの封を切り、柴崎はソムリエのような繊細な指使いでグラスにワインを注ぐ。

「スペイン産の白だ。おれはほとんど赤しか飲まないし、スペインワインの知識はない。けど、なんだか今日のおまえには、白が似合うような気がしたんだ」

柴崎は目を優しく細めている。

「柴崎さん、おれは……」

「まずは食えと言ったろう。粕谷、口を開けろ」

言われるがまま口を開けると、柴崎は、まずほうれん草のソテーを優しく食べさせてくれた。

11

恋人か白衣の天使のような仕草だった。粕谷は顎を動かし、ゆっくりと噛むむ。すると、咀嚼《そしやく》したばかりのほうれん草から甘いバターの風味が滲み出てきた。次はスティックサラダ。よく冷えていて、そのみずみずしさに粕谷は驚く。まるで硬いシャーベットのような食感。ほうれん草のソテーも然り、ただの野菜がこんなにも美味いものだなんて知らなかった。

「うまく流し込めよ」

柴崎はグラスを持ち、少しずつ傾けて、慎重に粕谷の口の中へとワインを注ぎ込んだ。その外科医のような眼差しと目が合うと、柴崎はこれ以上ないほど優しく微笑んだ。

やがて、この不思議な優しさに包まれた時間が終わるだろう。そのあと、柴崎と何を話していいのか粕谷には分からない。

話したいことが山ほどあったはずなのに、なんだか堰《せき》を切って込み上げてくる妙な感情があって、結局うまく言葉にできないような気がしていた。柴崎はそれを見越しているのか、何も言わず、何も問わず、ただ黙って食べさせてくれる。ときに食べやすくナイフを入れ、ときに慎重にグラスを傾け、柴崎は終始微笑みを絶やさない。

心の芯から温まる時間であり、言葉の介入は不要なのかもしれない。粕谷はそう思った。

ふと柴崎が、指で粕谷の瞼を払う仕草をした。自分が涙を流していることに、粕谷は気づかなかった。いまなお込み上げてくる感情の正体は知れないが、それはけっして悪い感情ではなかった。粕谷は目を閉じ、柴崎は涙を拭う。そうしてゆるやかに、静かなる時間が過ぎてゆく。

やがてヘルシーで栄養価に満ちた食事を終え、柴崎は、滑らかな動作で煙草を咥えた。そしてライターで火を点ける。それを粕谷の唇にそっと押しつける。久々の一服に眩暈がした。肺どころか、全身の隅々まで、煙が染み渡るような感覚がやってきた。

身体が萎んでゆくような心地好い痺《しび》れを感じつつ、粕谷は、宙に漂った煙を目で呆然と追っている。

「……おまえの切り裂いた背中をくっつけるのに、九十針、縫った。九十針といってもな、マジですげえでっかい針だ。針を見たとき、おれは笑ったね。こんなんあるのかって。漫画みたいだった。あれ、なんだっけ、昔の漫画の海賊なんとか……。あんな感じ。今は接着剤のような処方で、傷痕を比較的残さない方法もあるらしいけど、おまえの場合、戒めのためにわざとでかい針を使ったんだ。包帯を剝がしたら、あとで鏡見てみな。なかなか男前だぜ」

粕谷は応えた。

「柴崎さん、もう、二度と、薬はやらない。約束する。生かしてくれて、ありがとう」

「礼などいらないさ。粕谷、おれはな、マジでおまえを殺すつもりだったんだ。それは別にケジメとか、落とし前とか、そんなんじゃない。知ってるだろ？　おれはそんな馬鹿げたやくざルールが大っ嫌いなんだ。おれがおまえを殺さなければいけないと思ったのは、それがビジネス上、必要なことだったからだ。ところがな、粕谷、おれがそういう行動をすると、怒るやつがいてな……」

柴崎はめずらしく顔を顰《しか》めた。

「……つまり、その誰かが、おれを救った、と？」

「まあ、そうなるかな」

「……誰、すか」

11

柴崎は、右手で顎を撫でながら宙を睨んでいる。何かを考えている。そう思った。

それにしても、誰が自分を救ってくれたのか。

田臥組の誰かが？　いや、田臥組内部で柴崎に意見のできるやつなどいるものか。それはたとえ組長の田臥和彦であろうと同様だ。となれば、いったい誰が。

「それはまあいい。それより背中の戒めだが、昔のやあさんみたいに指を詰めるよりはマシだろ？　指なんか落としたら、この先生きていくことが面倒だ」

この先――。その台詞でハッと覚った。誰が自分を救ったかなんて疑問は瞬時に吹っ飛び、粕谷は掠れる声で、ほとんど縋《すが》るように言った。

「……柴崎さん、頼む、頼む。おれを捨てないでくれ……。おれは、おれは、地上の世界でなんか、生きたくはない……」

「地上の世界とは、つまり堅気の世界のことか？」

「そうです」

柴崎はわずかに首を傾げ、妙に鋭い視線を粕谷に向けてきた。

「粕谷、なんでそう思うんだ？　おれはおまえにちゃんとした新しい戸籍だって用意したんだぞ。別人にさえなれば、追われることもない。新しいバイクの免許だって、ちゃんと作ってやるさ。それともおまえは、この世界……地下の住人のままでいたいのか？」

柴崎は一言一句、粕谷の胸に浸透させるような話し方をした。

「はい」

「なんで」

「分かりません。だがおれには、堅気――地上の世界のほうが、ここよりもずっと、悪意根深い世界のように思えるのです。その……地上の当たり前の社会の中に……なにか……暗い闇が潜んでいるような……。その理由も、うまく、説明できませんが」

柴崎の視線は相変わらず鋭く粕谷に向けられている。そしてその瞳の裏側で、何かが緻密に計算されているような気がした。

「粕谷、おれのそばに、いたいか？」

「はい」

「だが、粕谷、これから先もこのおれについてくるということが、ひょっとしたら、死ぬよりも辛い地獄を見ることになるのかもしれないぞ」

「だとしても、本望です。柴崎さんといっしょにこの街に来てから、いつだっておれは、幸せでした。後悔はありません」

「なら、これから後悔するかもしれない」

「かまいません」

柴崎は突如、まさにやくざというべき冷酷な眼差しを見せたかと思うと、豪快に笑い出した。

「いいねぇ、この感じ。ゾクゾクするぜ。ならどうする、粕谷。おれはこう考えていた。麻薬でヘタ打った粕谷一郎は、このおれに粛清《しゅくせい》されたことにして、新しい名前をおまえにくれてやり、それでどこか遠く……別の、そう、すなわち地上世界のどこかで、新しい人生を送ればいい。そう思っていたんだ。しかし、おれのそばにいるなら、その案は捨てなければならない」

「粕谷一郎のままで生きるためには、ケジメをつけなければならないわけですね？」

11

「そうだ、おれはおまえと組んで麻薬をガメていた福建人をぶっ殺している。てめえのほうだけ粛清されたんじゃあ、福建マフィアどもも納得するわけないよな」

「本当に申し訳ありません。おれのせいで、やつらとの関係が、崩れました」

粕谷は起き上がって土下座しようとしたが、柴崎に制された。

言われるまでもなく、〝羅林《ルウオリイン》〟の連中は激怒していることだろう。ボスである胖虎《パンフー》の運転手、浩然《ハオラン》をそそのかして、麻薬をこっそりと自分に横流しするように画策したのは、まさしく粕谷だった。そして〝羅林《ルウオリイン》〟との麻薬ルートは、田臥組にとって重要な収入源であり、その収益を失う可能性があるならば、若頭という立場上、柴崎はやつらにこの首を届け、その減益を阻止しなければならない。福建人はルールを重んじる。この首を届ける以外に、取引の継続はありえない。

粕谷は、あらためて自分の軽率な行動を後悔し、そして恥じた。自分の愚かな行動のせいで、田臥組は太いシノギを失うかもしれず、さらに柴崎が言っていたように、それを発端として、田臥組のマネーロンダリング拠点、投資コンサルティング会社〝60％〟も、捜査機関に狙われることになった。

すべて自分が蒔いた種だった。もはやどう柴崎に償っていいのかも分からない。いや、せめてもの償いが、この首を福建マフィアに差し出し、どうにか手打ちに持っていくことなのかもしれなかった。

考えれば考えるほど、残された道などなく、柴崎が先ほど話した案が唯一、自分が生き延びられる方法なのだということを理解した。幾度となく切り刻まれて血塗れとなったこの背中を、柴崎は撮影しているはずであり、その画像を田臥組の粛清の証拠として、胖虎《パンフー》に送信するつもりだったに違いない。となれば、やはり粕谷一郎のまま自分が生きてゆくことは不可能なのではないか――。

　粕谷の煩悶を覚ったのか、柴崎は、優しく粕谷の頬を撫でた。

「たしかに自分の始末は自分でつけるもんさ。だが、あの福建人どもに気遣う必要なんてものは、実はもうないんだ」

　意味が分からない。〝羅林《ルウオリイン》〟の麻薬ルートは、田臥組にとって重要な資金源のはずだ。

「粕谷、分かるか。おれはな、福建マフィアどもを、もう必要としていないんだ」

「あの、羅林《ルウオリイン》の、麻薬ルートを、無くしてもいいんですか?」

「実はもう別のルートを作った。羅林《ルウオリイン》のルートは、もういらない」

　驚いた。開いた口が塞がらない。

「なあ粕谷、ビジネスは、流通がカギを握るんだ。そして仲介を挟む度に仕入れ価格が跳ね上がる。つまり、製造元から直で買いつけ、流通経路を一本化するのが一番かしこい。粕谷、おまえ、〝劉偉《リイウウエイ》〟という名前、覚えているか?」

「あの、中国のマフィアを統括したという、伝説の……」

「そうだ、薬の元締めは、あの〝劉偉《リイウウエイ》〟という老《お》い耄《ぼ》れ爺《じじい》だ。もう半分ボケてる。籠絡《ろうらく》するのは簡単だったさ。あの爺から直接、田臥組に卸させた」

「ということは……」

　元々〝劉偉《リイウウエイ》〟から薬を仕入れていたのが、福建省出身の黒社会グループである〝羅林《ルウオリイン》〟だった。つまり柴崎は、仲卸業者である羅林をはじき出して、〝劉偉《リイウウエイ》〟ルートを田臥組に直結させ

11

たのだ。

「その顔は、理解したようだな」

「……はい」

粕谷が薬系のシノギを担当していた頃に比べ、柴崎は仕入量を倍増させている。それは分かる。ただ発注量を増やせばいいだけのことだからだ。だが、平均単価の収益率まで10％近くも跳ね上げたと聞いたとき、粕谷は不思議に思ったものだった。

単価の収益を上げるためには、仕入れ価格が決まっている以上、高く販売するか、もしくは捌《さば》く人件費、すなわち売人の手当を減らすしかない。

しかし粕谷が担当の頃から、売人の手当というものは、たとえば売人がシャブを十パケ売ったら、一パケの手当がつくといった、いわば現物支給であり、そもそも人件費などは削りようもないものだった。そして価格をつり上げれば、無論のこと顧客は離れていく。

すなわち、嘘だ。嘘の収益報告をでっち上げ、しなくてもいい還元を福建人達に施す。まさに粉飾決算をして株価をつり上げる民間企業のようであり、そしてその理由は、〝羅林《ルウオリイン》〟のもっと上、麻薬密売の元締め——すなわち〝劉偉《リイウウエイ》〟の信用を得るためだろう。

柴崎は、なんらかの手段で劉偉《リイウウエイ》の信用を獲得し、そうして福建人どもが気を許したところで、羅林《ルウオリイン》にとってなにか大切なものを一気に奪い獲ったに違いない。

〝劉偉《リイウウエイ》〟と〝羅林《ルウオリイン》〟を結ぶルートを断ち、その断ったルートを直で田臥組に繋ぐという荒業を、柴崎はやってのけたのだ。

「……なあ粕谷、粕谷一郎として生きたければ、自分の命をおびやかす福建人どもを、皆殺しにするしかない。それがおまえのミッションだ」

　こうして何もかも柴崎の手の内で転がされているのだと、粕谷は内心で呆れるほかなかった。なんと人の使い方がうまい。要するに、不要となった福建人を殲滅《せんめつ》するための戦闘員のひとりとして、自分は生かされたにすぎない。くすねたＭＤＭＡの件もたしかにあるだろうが、柴崎が福建人どもからくすねたのは、なんと麻薬ルートそのものだ。桁が違う。が、言うまでもなく粕谷に選択の余地などはない。

「分かりました」

「よし」

　そのとき、不意に柴崎の視線が粕谷を通り越し、ベッド際まで突き抜けるように走った。まるでレーザーのように焼けつく視線だった。粕谷は、ほとんど無意識にその視線の先を追った。

　窓際にあるもうひとつのソファーに、くたびれたコートを羽織ったまま、漫画雑誌を眺めている男がいる。粕谷は、まったく気づかなかった。

　その男は、暴力団対策課に所属する刑事、高峰岳だった。

「高峰さんがおまえを手伝ってくれるそうだ。粕谷、感謝しろよ。繰り返すが、おれがおまえを殺そうとしていたのは、マジで本当だ。ほかにも代案があったからな。それにストップをかけ、生かした上で、おまえの使い道の提案をしてくれたのは、ほかならぬ高峰さんだ」

　そうだ、こいつがいた。こいつなら柴崎に意見できるかもしれない。

　高峰岳は漫画雑誌から視線を上げ、無表情にこちらを見つめている。この刑事のことは、いまだによく分からない。

11

やがて高峰は、粕谷から柴崎に視線を移した。

「柴崎、それで、〝60％〟のほうはどうするんだ？　捜二の動きはもう分からんぞ」

「心配するな。そっちはおれにまかせろ」

粕谷は今、複雑な気持ちになっている。

なんであの刑事が自分を救い、かつ、こっちの手伝いまでしようとしているのか。刑事が殺しを手伝う？　いったいこいつは正気なのか。理由がまるで分からない。

――まあいい、いずれ分かるときがくるだろう。

粕谷はそう吹っ切った。

いずれにせよ、これからおのれの名を守るために、生死を賭けた戦いをするのだ。粕谷はそう覚悟を決める。

久しぶりに沸騰した血流が全身を駆け巡っている。

12

過去に《佐々木》と名乗っていたここのボス、すなわち指定暴力団、田臥組若頭の柴崎純也が、不意にこの投資コンサルティング会社〝60％〟に現れたのは、ちょうど定時の午後七時を回り、オフィスの空調を止め歩いていたときだった。

後藤喜一は、この珍しい訪問者に一瞬戸惑い、しかし次の瞬間には、慌ててお茶の準備に走っていた。

大ボスが突然やってくる。どう考えても良い話のはずはない。心臓を持ち上げられたような不安感があった。

女性スタッフは産休中で、ほかのスタッフも、すでに帰宅したあとのことであり、後藤はただひとりだった。

「すぐ帰る。気遣いは無用だ」

柴崎は微笑みながら、応接ソファーに腰を下ろす。

入口に設置してあるベージュ色のソファー。柴崎と同じく、田臥組に属している粕谷一郎が最近へらへらと呆けていた定位置だ。

柴崎は煙草に火を点け、ふと何かに気づいたように振り向いた。

12

ソファーの右奥にある窓を見ている。それにつられ、後藤も視線を送ってみる。

すると、そこには漆黒の闇に浮かぶ満月があった。大きい。静謐な青い満月がぼんやりとこちらを窺っている。音のない、静かな夜だった。

しばらく満月を見つめていた柴崎は、やがて興味を失ったように向き直り、《座れよ》と、後藤に顎を振った。

「お茶はいい。気遣いは無用だと言ったろう」

後藤は結局手ぶらのまま、この妖しげな魅力を放つ男の向かい側に腰を下ろした。ソファーの軋《きし》む音が異様に大きく感じられた。

背筋を伸ばして柴崎の正面に向き合うと同時に、後藤は息を呑んだ。

その鳶色の瞳から放たれる輝きが、どうしようもなく後藤を緊張させる。電話で話すときとは比べものにならない、なにか得体の知れない圧力があった。

――これをオーラとでも呼べばいいのか……。

地下社会で生きる男達――そのボスとは、こういうものなのか。

後藤は、辛うじて柴崎を見返してみる。

悠然とソファーに佇むその姿には、すでに老練とした貫禄すらある。同時に、ルネサンスの画家、ラファエロの人物画を見ているような不思議な静けさも同居している。

すでに空調を止めていた室内に、次第に夜気が満ち始め、なぜかしら外から覗く満月との距離が、異様に近くなってゆく錯覚に陥った。

空調を止めただけでは説明のできない、人の意識に似たような、何かしらの思念が充満しているような感覚。それはどこか時間が止まっているような感じでもある。

怖い――。後藤は、純粋にそう思った。

「……後藤さん、入口に張り紙をしてくれ。文面は、《社員研修のため、しばらくの間お休みさせていただきます》」

「かしこまりました」

ほとんど自動的に返事をしたが、内心では意味不明の嵐が吹き荒れている。

研修？　休業？　どういうことだ。

ふと思ったのは、やはりあの年末に現れた二人組のことだった。

後藤の脳裏に二人組の姿がよみがえる。一言も話さずに何かを探していた二人。粕谷には報告を入れていたが、何の回答も得られないまま今日に至っている。あの二人組が今回の休業に関して、何かしら関わっているとしか思えない。

しかし後藤は用心深く、あえて何も口に出さずにいた。

なぜ粕谷ではなく、組織のトップである柴崎が、ここへ来たのかがまだ分かっていない。この投資コンサルティング会社〝60％〟の運営は、自分に任されていると粕谷は言っていなかったか。ならば余計、何も分からないうちから下手なことを言わないほうがいい。後藤はそう判断した。

「堅気の従業員達には、今日明日中に連絡を。休業期間は未定だが、その間の保証として、就業規則および労働規準法に則って、必要な手当を支払う」

「かしこまりました」

柴崎の言う堅気に、自分は入っていないのだと後藤は思った。

12

ならばと思い、後藤は慎重に口を開いた。

「休業の理由を聞く権利が、私にありますか？」

「もちろん」

柴崎は頷き、続けた。

「後藤さん、むしろあんたにも知っていてもらいたい。今、この会社は、とある捜査機関の監視下にある。だが、いずれその監視の目も消えるだろう。でもその間、こちらの動きをそのままその捜査機関に晒すのはちょっとまずい。ひょっとしたら、監視が解けるまで、少し日数がかかるかもしれない。監視している機関と、それに圧力をかける国家の機関が別物で、その圧力をかける側の機関は、動き出すまでに少々時間がかかるってわけなんだ」

柴崎が目で、《分かるだろう》と語りかける。

柴崎は、もう一度確認するように後藤を見る。あんたには分かるはずだ、と。

たしかにある程度、予測がついている。この会社には、多くの有力者が出資金を出しているが、なかでもある政党（無論迂回に迂回、偽名に偽名を重ねた上で出資している）の運営資金の一部まで預かっていることは、極秘中の極秘だった。

後藤はこのファンドの代表者として、その金の流れを完全に知り尽くしている。金の行き着く先も知っている。それは非常に恐ろしく、かといって会社の責任者として目を逸らすわけにもいかず、かつ同時に、奇妙な優越感を抱《いだ》いたりもしていた。

この国の誰も知らない薄汚れた暗部を知っている優越感。表向き一応平和なこの国が、その実、闇深い国であると知っている優越感。

柴崎は、《とある捜査機関》と言った。

捜査権を持つとなれば、おそらくは警察か検察、あるいは麻薬取締部を有する地方厚生局とか。ここ〝60％〟では、麻薬売買で得た収益を洗浄している。

いずれにせよ、これら捜査権のある機関のどれかが、この投資コンサルティング会社〝60％〟の秘密の一端に食らいつき、しかしながら真実に辿り着く前に、もっと巨大な国家権力に葬られるという筋書きなのだろう。後藤はそう思った。

そしてそのために、動き出す闇の歯車がある。こうして誰にも気づかれぬまま、ひっそりと、社会の裏側で、誰かが――いや、大勢が、死んでゆくのだろう。

後藤はふと思う。柴崎から放たれる強烈なオーラは、そんな危険極まりない国家中枢機関と繋がっているという、そんな自信から発生しているのかもしれない、と。

「後藤さん、どうした？」

「いえ、なんでもありません。ところで、粕谷さんは」

なぜかしら息が詰まるような感覚を覚え、後藤は思わず話を逸らした。柴崎はそんな後藤をじっと注視している。

「粕谷は、好きか？」

質問の意図が分からないまま、後藤は答えた。

「ええ、嫌いではありません。やくざにしては、優しすぎますから」

「的確な観察だ」

柴崎は、もう一度窓の奥に目を向ける。

12

その横顔に、花束から舞い落ちる花びらの幻覚を見た。実際に見たわけでもないのに、粕谷から聞かされたシーンが重なる。

「——後藤さん、イタリア南部、連合軍に追い詰められ、敗走してゆくドイツ兵が、その敗走途中に何をしていったのか、分かるか？」

突然何を、と後藤は思った。冷静になれ。柴崎に翻弄《ほんろう》されてはならない。

「……いえ、分かりません」

「南部の紫色の田園の丘に、太陽が沈んで夜の帳《とばり》が下りる。後藤さん、想像してみてくれ……。頭上を見上げれば、美しく星が輝いている。しかしまだ空と田園の地平、その境目には、なおも太陽の残り火が滲んでいる。そして遠く、その先に目を凝らせば、中世から残っているほとんど瓦解した小さな城、住民達の住居、羊や家畜の舎などが、影となって点在している。音といえば、肩を落とした敗戦兵達が田園を踏みしめて練り歩く音だけ。美しくも静かな夜。そんな中をドイツ兵達は、弾の切れた銃をお守り代わりに背負って、なおも歩む。ときどき母を想い、子を想い、恋人を想うかもしれない。が、彼らは連合軍に追い詰められて、もはや死と隣り合わせ。目の前には美しい異国の田園風景。そんなときドイツ兵は、いったいなにをしたのか？」

後藤は、柴崎に言われた通り、第二次世界大戦末期、イタリア南部、夜の帳の下りた直後の田園風景を想像してみた。その景色のなかを這い回る兵士の影も。

「ドイツ兵達はな、住民の家に忍び込んだんだ。そこがすでに誰もいない、もぬけの殻であることも知っていた。ドイツ兵達は、そこで疲れ切った身体を休めるようなことはしなかった。もはや指一本動かすことすら耐え難いくらい疲れ果てているのに、彼らは、気力を振り絞って、せっせと爆弾を仕掛けたんだ。戦争が終われば、住民達が我が家に戻ってくることを知っていたからだ……」

後藤はゴクリと唾を飲む。

「後藤さん、鉛筆爆弾というのを、知っているか」

「……いえ」

「兵士達は、家の入口なんかに、そいつを仕掛けたりはしなかった。後藤さん、鉛筆爆弾というのはな、とても小さいんだ……。こんなもんだ」

柴崎は煙草を挟んだままの右手で、親指と人差し指を広げてみせた。それは十センチ程度だった。

「目覚まし時計の中にだって仕掛けられるさ。やがて戦争が終わり、住民が我が家に帰ってきて、荒れ果てた部屋から戦争の残痕を箒《ほうき》で払いのけ、家の骨組みを点検し、ようやく久しぶりに我が家のベッドに寝転んで、幸福を噛みしめながら目覚まし時計に腕を伸ばしたとき、仕掛けが爆発することを彼らは望んだんだ」

いったいなんの話だ。

「——まだある。あるドイツ兵はな、ピアノの裏蓋に鉛筆爆弾を仕掛けた。疎開先から我が家に帰り、命と同じくらい大切なピアノが無事であったことに安堵して、その蓋を開けたとき、跡形もなく吹き飛ぶように……。またある兵士は、女の子のぬいぐるみの中に仕掛けた。五歳の女の子が至福の笑顔で、《ただいま》とぬいぐるみを抱き締めたとき、すべてを消し去るために。後藤さん、彼ら兵士の戦争はすでに終わっていたんだ。敗走に敗走を重ねて疲れ切った身体を休ま

12

せもせず、なぜ彼らは、そんな真似をしたんだ？　わざわざ？」

　後藤にはその理由が分かっている。ただ、うまく言葉に言い表せなかった。

「兵士達は、もはや失ったものを取り戻すことができなかった。その美しい田園風景の中には、絶望だけが漂っていた。後藤さん、すべてを失った者の目というやつは、遠くに見えるのがたとえ荒れ果てたボロ家だとしても、そこにいずれ暖かい灯がともる未来が見えるんだ。自分達が喪失したものを、いずれ手に入れる人々が、その目に映っている。そこには憎しみしかないだろう。その憎しみ、憎悪という原動力が、彼らのボロボロの身体を動かしている。ただの憎悪じゃあない。ただ家を吹っ飛ばす程度じゃあ到底おさまらない、陰湿で、冷血で、とてつもなく深い憎悪だ」

「柴崎さん、何が言いたいんです」

　後藤の頭に浮かんでいたイタリア南部の美しい田園風景が、爆発音と硝煙と、ちぎれたぬいぐるみの切れ端と、太陽まで吹っ飛んでゆくグランドピアノの蓋に変わったとき、後藤は柄にもなく柴崎をきつく見返した。想像することによって伴った痛みが、柴崎への恐怖をわずかに緩和させている。

「分からないか、後藤。人とはそういう生き物なんだ。持っている者と持っていない者、勝った者と負けた者、地上に棲《す》む者と地下に棲む者、それらはみな、必ず憎しみ合う。たとえ抱擁《ほうよう》し合う関係性が一時的に存在したとしても、それは同じ枠組みの世界で生きている間だけで、いずれさっき言ったように分別されれば、掌を返して憎しみ合うのが人間の性《さが》だ。そしてそれがさらに発展すれば、やがては殺し合いに至る。後藤、どうでもいいことだが、だから戦争も紛争も無くならないんだ。そして今、おれ達も分け隔てられ、国家間に比べれば、とても小さいにせよ、やはり戦争をしている。後藤よ、ひとつおまえの勘違いを正そう。この投資コンサルティング会社〝60％〟に金を預けている連中の多くは、地上の住人だ。客でも仲間でもなんでもない。後藤、おれ達はな、地下の住人なんだ。分かるか？　地上の住人は、おれ達の敵なんだ。やつらの金を今のところおまえが増やしてやっているのは、最終的にすべてを奪うための布石のひとつに過ぎない。地上のやつらを儲けさせ、安心させ、信用させ、いずれは掌を返して、すべてを奪う。そして場合によっては殺す。たとえそのために長い年月がかかったとしてもな。後藤、おまえはおれ達の仲間か？　それとも、敵か？」

——おまえは、まだ地上の住人のつもりなのか？

後藤にはそう聞こえた。

「後藤、おれは今、おまえに本音で話している。たしかに当初は、この会社の運営のために、おまえを傀儡人形として利用するだけの予定だった。だが、今、おまえに問う。おれ達の本当の仲間になるか。地上の住人へ戻ることを、自ら拒否できるか。死ぬまで地下の住人でいる覚悟があるか。あるならば、おまえはおれ達の仲間だ。後藤……おれの言葉は、信じられないか？」

後藤は考えた。

柴崎が自分を脅迫していることは言うまでもない。地上の住人は自分達の敵であり、敵であればいずれ殺すと、たった今柴崎は宣言したばかりだ。したがって、地下の住人にならないときは、おまえを殺すほかないと、柴崎は断じたに等しい。

後藤は、その脅迫とは別に、柴崎の言う《地上》という存在について考えてみた。もちろんそ

12

の言葉は比喩に過ぎない。地上とは、日常にごくありふれた普通の社会のことだ。

人生の長い年月、学生時代すらも含め、自分は何に従って、なんのために無理矢理競走馬として走らされてきたのだろうか。法律か、社会か、自由経済か、あるいは国そのものか。いずれにせよ、そのすべてに定められた枠組みというものがあり、その枠組みの中にこの身を押し込んで、窮屈に、定められたコースばかりを走ってきた。

今思えばなぜだろう。人間性というものを限られた最小のものにされても黙って従っていたのは、なぜだろう。

前の職場、銀行でもそうだった。寛容の欠片もなく上に糾弾され、勇気を振り絞って意見すれば、容赦なく異動させられる。言葉尻ひとつにも気を配り、つらく、きつい仕事はすべて自分ら現場へと回される。哀しい想いなど数知れない。

それに比べて彼ら地下の住人はどうなのか。

ある日、粕谷がこう言った。

《後藤、おまえはいったい何が楽しゅうて生きとるんや》

その後、ふたりで誕生日を祝い、真っ昼間からワインを開けた。楽しかった。

《後藤、ええか、ここはおまえの会社や。おまえが社長なんや。おまえが会社のルールをつくれ。この会社をほかにはけっしてない、魅力的な会社にしろ――》

この会社を魅力的な会社にしろと、彼は言った。

たしかに彼ら地下の住人には、一切の保障というものがない。そしてその代わりに、確かな自由がある。では、その保障とはいったいなんなのか。

後藤は今、理解しようとしている。保障とは、潜在的に理解し難いものに対する怖れ、まだ見ぬ未来に対する不安、ときには神罰に対する畏《おそ》れ、あるいは他人に対する疑心暗鬼――そういった怖れや不安を解消するために結局のところ、行動制限を行うことが保障なのではないか。

大胆な行動は保障できないのが社会だ。ならば、答えはおのずと見えてくる。いまの自分に保障など必要ない。

後藤は、顎を上げて宣言した。

「私は、自らの意思を持って、地下の住民となります。柴崎さん、私を貴方の仲間にしてください。地上にわずかばかり残してきたものもあるかもしれませんが、そのすべてを捨ててかまいません」

「後藤喜一。いずれその名前すら捨てることになるかもしれない。それでもいいか」

「結構です」

「分かった。ようこそ、おれたちの世界へ」

柴崎は手を差し伸べ、後藤はそれを強く握った。冷たい冷気はすでに消え去っている。

「後藤さん、ところで庄子製薬の株、忘れてないいな？」

「はい、一度は暴落しましたが、柴崎さんがおっしゃるには、また上昇するんですね？」

「そうだ、厚生労働省の認可取り消しに関する訴訟は、来月初めにスピード決着をする。厚生労働省側に不正なミスがあり、そのミスを認めて、取り消しの取り消しさ。後藤さん、ファンドの休業中も、そこだけはチェックしておいてくれ。そして、あんたの判断でかまわない、株価の高騰が頭打ちになったと判断したとき、残らず売ってくれ。全部だ。その儲けの２％が、おれ達の

12

仲間となったあんたの取り分だ。これからは雇われ社長の身分じゃない。金も成果報酬だ」

「2％……」

後藤は驚愕を隠せなかった。どう安く見積もっても、数百万、ひょっとしたら、数千万単位になる。

「もうひとつ、頼みがある。あんたの銀行時代の顧客で、町医者はいなかったか。医師免許を持ったやつだ。仲間に引き入れたい。金で転びそうなドクターに心当たりはないか」

医者——。心当たりがないわけではない。医師という職業に就いている人物は、実のところ銀行融資についても案外無頓着で、金遣いの荒い者も多い。柴崎ならば簡単に落とせるだろう。

「かしこまりました。リストアップしておきます」

「たのむ」

おそらくは麻薬絡みだろう。後藤はそう推測する。

「ところで後藤さん、どこか、外国のワイナリーでも買うか。それともあんた自身がオーナーとなって、あんた好みのワインを取り揃えたバーでも開くか？　なに、潰れたってかまわないさ。いやまて、潰れないか。後藤さん、あんたが店を開くとなれば、客はこのおれ達だ。ならば、けっして潰れやしないぜ」

そうして柴崎は弾けるように笑った。この会話、この雰囲気、この感覚——。無論後藤は、柴崎が広域指定暴力団の幹部であるという事実を忘れてはいない。しかし、この男にだったら騙されてもいいと思わせられる何かがある。

「粕谷が言ってたぜ。あんたは確かな舌を持っているって。ワインの趣味も悪くないと。あいつ、もんだな」

煙草吸うくせに、ワインにはうるさいからな。その粕谷から褒められるとは後藤さん、たいした
「恐縮です。粕谷さんには叱られてばかりでしたから。そうだ、柴崎さん、その粕谷さんは、今日はご一緒ではないのですか?」

「後藤さん、最近の粕谷、おかしかったろ?」

「正直、ここ最近の粕谷さんの言動は、かなり妙でした。いや、私が柴崎さんにこう言ったことは、粕谷さんには内緒にしておいてください」

柴崎は、ニッと白い歯を見せた。

「あの馬鹿、クスリでラリっていやがったから、少々ヤキを入れてやった。まああんたのことだ。ある程度予想していたとは思うが」

やはり薬か。そう思い、後藤は短く頷いた。同時にふと柴崎のヤキなるものを想像し、一瞬で総身《そうみ》の毛が逆立った。粕谷に同情せざるを得ない。柴崎のことを語る粕谷の顔は、まるで恋する乙女だった。きっと切なかったに違いない。粕谷は現在、動ける状態にあらず。

「後藤さん、ここの会社名〝60%〟の本当の意味は、もう気づいているな?」

ハッと後藤は息を呑む。

「はい。承知しております」

「言ってみろ」

「換金率、です」

「なんの?」

12

「表に出せない金を、表に出せる金に換金する——いわゆる、マネーロンダリングの、換金率です」

「そうだ。表に出せない金を一億預かって、真っさらな金にして、六千万バックする。後藤さん、今までのマネロン換金率の相場って、いくらぐらいだと思う？」

「……すみません、分かりません」

「30％から、40％ぐらいってとこだ。一億預けて、三千万から四千万しか戻ってこない。後藤さん、うちは60％——つまり六千万戻せる。それが政治家連中からベンチャーのやつらまで、うちが独占できた理由だ」

「はい」

「でも、最近は仮想通貨や、租税回避地経由のネットバンキングなど、マネロンの手法も多様化してきたせいで、うちの換金率に匹敵するライバル会社も現れてきた。後藤、わかるか？　これからは信用の問題だ」

「……信用」

「そうだ、投資コンサルティング会社〝60％〟は、その名の通り、業界屈指の高換金率を維持しつつも、それでいてただの一度も事故、すなわちマネロンの発覚、および顧客情報流出など、客に対して不利益を与えたことがない——。それが競合他社に差をつける看板となる。おれ達は、ライバル会社との生存競争に勝っていかなければならない。言った通り〝60％〟の顧客は、未来のカモだ。今他社に抜かれるわけにはいかない。つまり後藤、ミスは許されない。あんたには寝る暇もないってくらい仕事をしてもらう」

一度は去ったはずの恐怖がまた舞い戻り、後藤は、知らぬ間に身震いする。

「後藤、甘えるなよ。成果報酬2%は、伊達《だて》じゃないんだ」

柴崎の底知れぬ眼差しが後藤を捕らえたまま放さない。その恐ろしさに、後藤は思わず話題を逸らす。

「わかりました。精進いたします。ところで柴崎さん、休業の間は？　私は何をすればよろしいですか。庄司製薬の株価の動向を注視することと、転びそうな医師のリストアップをすること、それ以外にということですが」

柴崎の色素の薄い瞳は、見る角度や外部の明るさによって様々な色合いをなす。今日の柴崎の瞳は、淡いブルーに見える。

「いい質問だ。先程言ったように、休業期間中は、権力同士の綱引きが行われている。それは静観でいい。その間だけ、あんたには手伝ってもらいたい別件がもうひとつある」

「なんでしょうか」

「粕谷と高峰さんの仕事を、手伝ってやってくれ」

13

粉雪が舞う深夜の繁華街は、いまだに年明けを祝う多くの人々と、去年より確実に多くなったネオンで埋め尽くされている。

ＰＭ11：58。

もうじき終電の時刻を迎える。

しかし、この人波が退く気配はない。まだ正月気分なのだろう。

高峰岳は、柴崎が所有するカモフラージュ用、偽タクシーの後部座席にもたれ、無言で煙草を吹かしている。

窓から覗く原色のネオンが、どぎつい。毒々しい欲望の色だと、高峰は思った。

運転席には、無言でハンドルを握る粕谷一郎がいる。その背中の襟元から、白い包帯の切れ端が覗いていた。

「粕谷ぁ、背中、まだ痛むのか？」

「今は大丈夫です。痛み止め、飲んでますから」

「痛み止めって、それ、麻薬じゃねえだろうな」

粕谷がルームミラー越しに睨んでくる。

「あのな、そういう冗談はよしてくれ」

柴崎曰く、粕谷が麻薬に手を出すことは、もうないだろうとのことだった。

麻薬初心者の約七割が再犯を繰り返し、やがては立派な麻薬常習者へと堕ちてゆく昨今、そんな恐るべきドラッグの世界から、柴崎はたった数日で粕谷を更生させたという。

高峰が所属する暴力団対策課でも、麻薬に関する事案はあとを絶たない。まるで同じ事案がループしているかのような錯覚に陥るほどだ。すなわち、ただヤキを入れられたなどという程度の話では、到底抜け出せない世界が麻薬の世界なのだ。

堂々巡りする地獄と快楽の世界。そんな世界を熟知しているに違いないあの柴崎純也が、この粕谷に施した治療方法とは、いったいどういうものだったのか、実に興味深い。

麻薬密売を主力のシノギとしている柴崎からすれば、ドラッグから手を切る方法も、ごく当たり前のように熟知しているのかもしれない。今、運転席に座っている粕谷の背中を、高峰は無性に覗いてみたくなった。

本物のタクシーならば、今の時代すべて車内禁煙だ。だが、この偽タクシーには、昔ながらの座席背面灰皿がしっかりと備わっている。

高峰は吸殻を灰皿に押しつけ、今一度ウインドウの外を眺めてみる。

粉雪が舞う寒空のなか、髪をきっちりとセットしたミニスカートの若い女と、スーツ姿の中年男が腕を組んで歩いている。そしてよく周りを見渡せば、どこもかしこも、似たようなカップルで溢れている。

この辺りはキャバクラやクラブが乱立している地域だ。

13

正月気分の抜け切れていないサラリーマン相手に、プロの女達は抜け目なくアフターに誘い、顧客確保に精を出しているってわけだ。

あるいは自分は、そんなカップルばかり知らぬ間に目で追ってしまっているのか。

そうだ、よく見れば、深夜の繁華街には女同士、男同士、その他、大勢小勢、あらゆる老若男女が蠢いているではないか。国籍も千差万別。それなのにカップルにばかり目が向いてしまう自分はどうかしている。高峰は自虐的にそう思った。

「なあ、なんでおまえは、そう女にモテんだよ」

「金をバラまくからです。それだけです」

粕谷は掠れた声で素っ気なく答える。

「それだけでも、ないだろうが」

「いいすか。女は自分のために金を使ってくれることが、一番嬉しいんすよ。どんなに言葉や態度で褒めちぎったり、行動で尽くしたって、大枚払うやつにゃあかなわない。金で落とせない夜の女なんていませんよ」

「そんなもんか。なら、どんだけ金使えばいいんだ？」

「二十万でも三十万でも、百万でも。毎晩財布にあるだけ使うんですよ。昔から言うでしょう、宵越しの金は持たねえって」

「そうか、いいな、麻薬売買は」

「嫌味すか、それ」

ルームミラー越しに覗く、粕谷の目が笑っている。

これからひょっとしたら、まさに今日にでも、福建マフィアのアジトにカチ込むかもしれないというのに、粕谷の目には緊張や怯えの色が見えなかった。

田臥組のマネーロンダリングの拠点、投資コンサルティング会社〝60％〟の設立のときなど、今まで何度かは居合わせたことのある極道者だったが、さすがにここまで肝が据わっているという印象は持っていなかった。

ここにきて、この男は変わったのかもしれない。そう思う一方、あるいはただのやくざ特有の虚勢を張っているだけなのかもしれないとも思う。高峰には判断がつかない。

高峰と粕谷は今、路上に駐車した偽タクシーの車内から、福建黒社会〝羅林《ルウオリイン》〟の首領、王《ワン》芳《ファン》、通称〝胖虎《パンフー》〟の姿を追っている。ここ数日間、胖虎《パンフー》達福建人らの行動パターンを分析している後藤喜一からの情報によれば、今夜胖虎《パンフー》は、このネオンの連なる膨大な数の店のひとつで、同じ福建人の同志達と飲んでいるという。

彼ら福建マフィアは、あまり複数の店に出入りすることを好まず、何年も決まったひとつの店に集まる習慣がある。が、高峰が所属する暴対課で把握していたはずの彼らの会合場所は、すでにもぬけの殻になっていた。柴崎の持つ闇社会の情報網も駆使してみたが、結果は同じで、現在の会合場所は不明だった。

そもそも彼らのアジトそのものが、分からなくなっている。危険な兆候だった。

高峰は、福建黒社会〝羅林《ルウオリイン》〟について再調査を柴崎に進言し、警察情報と地下情報を照らし合わせる作業を開始した。

結果、シャブ、コカイン、ヘロイン、ＭＤＭＡなど、彼ら福建人が、大麻とケシを除く、すべ

13

ての違法ドラッグ売買で得た収益の多くを、巧妙に第三者名義のマンションや不動産、テナントの購入等に充てていることが判明している。それはかなりの数に上り、本国に送金している形跡はない。

これが何を示唆しているか――。すなわち彼らは、本格的にこの地に根を張ろうとしているのだ。

地下社会に流通している情報をあまり鵜呑みにするなと、柴崎は忠告するが、柴崎が持つ闇社会の情報は、警察が把握している情報の精度を遥かに上回り、かつ信頼のおけるものだと高峰は思っている。

蛇の道は蛇。ともかく柴崎の忠告に従い、鵜呑みにまではしないにせよ、この情報が正しければ、彼らの新しいアジトはこの街のどこにでもありえる話であり、ならば面倒でも、セオリー通り足を使って張り込み、やつらの新しい会合場所、そしてそこから目的の新アジト所在地まで、一気に掴んでおく必要がある。

そのために元銀行員で、高峰自らスカウトしてきた後藤喜一を柴崎から数日借り上げ、張り込みのイロハを叩き込んだうえで内偵を行わせている。

柴崎曰く、《胖虎《パンフー》ら一味はまだ油断しているはずで、警戒するレベルにまで至ってはいないと思う》とのこと。

ならば相手が油断しているうちに情報を掻き集め、先手を打つ必要がある。

――それにしても。

高峰は偽タクシーの窓に映る自分と目を合わせる。柴崎との会話が、高峰の脳裏によみがえる。

《――もちろん人手が足りていないわけじゃないさ。うちには色々なやつらがいる。殺しを専門とするやつだっているさ。要は、あんた自身が手を汚せるかどうかって話だ……》

柴崎曰く、田臥組が粕谷一郎の粛清を思い止《とど》まったとしても、結局は福建人に殺される運命だという。つまり粕谷を救うためには福建人らを殺すしかない。柴崎はなんと、その役目に高峰を指名した。なんてやつだ――。高峰はそう思った。

《高峰さん、この先はリスクを回避して、足を踏み入れられる世界じゃないんだ……。あんたは警官だ。おれ達とは違うことは分かってる。手を汚す気がないなら、このままフェイドアウトして去ってくれ。気にするな。けっして追いはしない――》

自分に殺しなどできるわけがない。高峰は、当然そう考えていた。だが、いまさら柴崎から離れて、なんの楽しみもなく、ただ自宅と職場を行き来するだけの人生が待っているのだと思うと、それはそれで何のために生きているのか、分からなかった。

去来する喪失感に高峰は身悶えした。

《――高峰さん、おれ達の王国を創るという話、覚えているか》

忘れるはずがない。

そうだ柴崎、あの台詞は嘘だったのか。

ここにきてあいつは、自分を捨てようとしている。あの男の頭の中で、どんなパズルが組み立てられようとしているのか分からないにせよ、自らの手を汚さない以上、高峰にはそのピースになる資格がないと、柴崎は断じている。いずれ組み立て上げられる王国の姿を見る資格がない、と。

《嘘じゃないさ。王国は創る。ただ、すべてを分かち合った者同士が住む王国だ。そう、罪も。

13

おれは、あんたの証がほしい。あんたがおれたちの真の仲間だという、証がほしい》

　高峰は煩悶した。

　スクリーンに投影された、柴崎の残虐行為。

　それを見せられた時点で、すでに高峰に退路はなく、しかしそれは柴崎も同様であり、刑事の自分に決定的な殺人シーンを晒して自らの退路を塞いだのは柴崎自身だ。それに比べ退路が塞がれたにもかかわらず、おのれの手を汚す行為まではしたくない自分。当たり前だ。手を汚す度合いが桁違いだ。それほどまでに殺人という行為は重い。

《高峰さん、気にしなくていいんだ、さっき言ったろう。おれはあんたが去っていったからって追ったりしないって……》

　柴崎が自分を試していることは分かっている。

　高峰は、自分に問う。

　――おまえは後藤、あの哀れな初老の男を生贄《いけにえ》に差し出したとき、柴崎と同じ船に乗る覚悟を決めたのではなかったか。その航路の行く末も、知っていたのではなかったのか。いまさら後戻りなどできないと、すでに知っていたのではなかったか。そしておまえは粕谷という男が、柴崎に心から惚れていることに気づいていた。惚れている男に殺されるのはあまりに切ない。おまえは柴崎に粕谷を殺させたくないのだろう。そうだろう、どうなんだ、高峰岳――。

　揺れ動く針がもっとも修羅道に近づいた絶妙なタイミングで、柴崎は言う。

《もしあんたが手を汚すなら、約束しよう。おれ達はけっして離れることはない。死ぬときもいっしょだ》

「――高峰さん、いたぞ」

不意に声をかけられ、高峰の回想は途切れた。街の喧騒がよみがえる。

偽タクシーのリアウインドウから外を覗くその前に、高峰はまず、ルームミラーを確認してみる。粕谷の眼光があきらかに筋者の目に変わっている。

日付が変わっても酔客の波は衰《おとろ》えない。車に乗っていても、街の喧騒は聞こえてくる。

繁華街の夜に溶け込むタクシーの後部座席から、高峰はネオンライトの下に目を凝らした。

「どこだ」

「あの青い『Ｌｕｃｙ』って看板のところ。あのデブっちょが、王芳《ワンファン》、通称〝胖虎《パンフー》〟だ」

「デブがひとり、背の高いのが三人、妙にちっこいのがひとり……。あの集団？」

高峰は、デジタルカメラを構えた。

「そうだ。あ、今ひとりコンビニに入った。背の高いやつ、ひとりだけ」

高峰はシャッターを切る。

「便所か？　分かった。もう一度確認する。残りはコンビニ前の喫煙所で煙草吸っているやつら、で、間違いないいな」

「ああ、信用しろよ。間違いない。ちなみに、あのちっこいのがチャオズだ」

「……分かった。しかし、みんな日本人と変わらんもんだな」

高峰はデジカメでそれぞれの顔写真を撮り続けている。繁華街のネオンライトが、ファインダー越しの顔に反射している。

13

あのデブが王芳《ワンファン》、通称〝胖虎《パンフー》〟か。黒いダウンジャケットに、幅の広いぶかぶかのベージュのパンツ。虎というより、牛みたいなやつだ。

そしてあのちっこいのがチャオズ。ツーブロックのおかっぱ頭。黄色のど派手なロングコート。なんて恰好だ。いまどきの流行《はや》りなのかは知らないが、高峰からすれば、幼稚園児のレインコートにしか思えない。

高峰はふと思った。なんとなくだが、その立ち振る舞いから、あのチャオズと呼ばれる黄色いコートの小男だけは酔っていないような気がした。注意が必要かもしれない。

ほかの背の高いモヤシのようなやつらは、たぶん用心棒兼舎弟といったところだと思うが、あきらかに酔っている様子から察するに、格別たいしたやつらじゃないと高峰は判断した。

高峰は瞬きすることも忘れ、福建人達の顔を頭の中でスーパーインポーズしてみる。署にあったデータベースの顔と、このファインダーから覗く顔を合成する。この位置からではちょっと厳しい。もう少し距離を詰めたかったが、車から降りるとなると、あのチャオズという小男を警戒しなければならない気がした。ドアを開けた瞬間、あの小男がピンポイントで振り向く予感があった。

先週、署のデータベースを閲覧して福建組織〝羅林《ルウオリイン》〟なるグループの詳細を確認してみた。情報管理には死ぬほど厳しい昨今、たとえ同じ傘の下に属している捜査員であろうと、上司の許可なしで簡単に閲覧はできない。

しかし高峰は、こんなこともあろうかと頭に刷り込んでおいた暴対課課長のパスワードを勝手に行使し、無許可で閲覧した。

その名の通り中国福建省を本拠地とするこの福建マフィア〝羅林《ルウオリイン》〟なる組織は、現在は日本各地の極めて広範囲に出没し、その始まりは例に漏れず、この国最大の繁華街、新宿歌舞伎町《かぶきちよう》だった。

一時期は、日本のやくざ組織にもその名が知れ渡るほど派手な襲撃事件や、残忍な縄張り争いを繰り広げ、実際に相当数の死者も出している。だが、九〇年代後半に結成された警視庁の国際組織犯罪特別捜査隊の苛烈《かれつ》な歌舞伎町浄化作戦の下、この犯罪組織は、地方へ落ちゆくことを余儀なくされ、しかしそれが逆にこの組織の全国浸透を許してしまうという皮肉な結果をもたらしている。

ということは、たとえこの街に根づこうとしている胖虎《パンフー》達を、仮に根づく前に排除できたとしても、またすぐに別地域にいる仲間がやってくる公算が極めて大きかった。

そしてそのとき、排除したのが田臥組であり、かつマル暴刑事一匹が絡んでいたということが後釜の福建人にばれたら、かなり面倒なことになるのではないかと考えていた。

その懸念を柴崎に伝えたところ、ひと言、《そのときは、和彦に任せる》と返ってきた。

和彦――。田臥組組長の田臥和彦。

暴対課という職務上、何度かは会ったことがある。が、これまた変わったやつで、ジョン・レノンのような小さな丸い眼鏡を掛け、長髪を真ん中から分けた色白の大人しそうな男だ。噂では、上部団体である山戸会との義理事を嫌う柴崎に据えられた傀儡《かいらい》組長との話だが、本当のところは分かっていない。

このときの柴崎の口ぶりも、確かに若頭である柴崎のほうが上からものを言っているようだっ

13

たが、かといって柴崎が田臥和彦を見下しているような感じもしない。

しかし、果たしてあの大人しそうな、まるで七〇年代のアメリカンヒッピーのような男に、〝羅林《ルウオリイン》〟排除後にやってくるかもしれない中国マフィアの侵攻など、防げるのだろうか。


やがて、コンビニから出てきた長身の男と合流した胖虎《パンフー》ら一行は、テールランプが連なるタクシーの列には目もくれず、夜のスクランブル交差点を渡り、渡り終えると同時に滑り込んできた白いクラウンに乗り込んだ。迎えの車に違いない。

いやまて、ひとりだけ乗車せず、見送っている男がいる。真っ黄色のコート、チャオズだ。

高峰は一瞬、迷った。が、その間にもクラウンは走り出し、一方、チャオズは車とは逆方向に歩き始めている。考えている暇はない。高峰は、クラウンのナンバーを即座に頭の中に叩き込み、運転席のヘッドレストを叩いた。——車を追え。粕谷はウインカーを点け、不自然なくタクシーらしいゆとりのある速度で車を発進させた。

高峰は携帯を取り出す。

「後藤さん、ご苦労だったな。やつらは車に乗った。あとはおれと粕谷にまかせろ」

繁華街の喧騒をバックに、後藤が応える。

《では私は、あの黄色いコートの男を追います》

「よせ。あんたは速やかに現場から離脱しろ。黄色のコートの男には絶対に近づくな。そして、柴崎に連絡しといてくれ。ひょっとしたら、今日かもしれない、と」

《分かりました》

粕谷は交差点でタクシーをUターンさせ、適度な車間距離を取ってクラウンのケツにピタリとつける。運転の上手い男だった。

ＡＭ０：25。

クラウンは、クラクションの鳴り響く深夜の繁華街から、ＪＲ仙台駅の東口を抜け、やがて国道四号線へと躍り出た。

いまだ正月気分が抜け切らない一月上旬であることが幸いしている。日中の車通りは少なくとも夜間は逆に多く、この時間帯に一台の車を尾行していても、そう目立ちはしなかった。ましてやこの時季にもっとも多くなるタクシーだ。尾行には最適だった。

国道四号線に群れるテールランプの数は、いまなお多い。ひょっとしたら、ツイているのかもしれない。

一発でキメたい――。高峰は願った。

そう切に願う想いが顔に出ていたのか、ミラー越しに粕谷が目を合わせてきた。

高峰は頷き、粕谷も頷き返してくる。

繁華街を歩いていた胖虎《パンフー》達の足取りは、チャオズを除いて明らかに酔っていた。そしてこうして車に乗り込んだ以上、近辺の二軒目に立ち寄る可能性はもはやありえず、またこの時間帯、酒に酔った状態で車に乗ってまで、どこか別の店へ行く可能性も極めて低い。クラウンは、真っ直ぐに彼らのヤサへ向かっていると考えるのが妥当だった。

ＡＭ０：45。

そのまま追跡して二十分が経過し、深夜のバイパスをゆっくりと法定速度で走る車内で、もは

13

や何本目なのかも分からない煙草に火を点けたとき、高峰はふと、思い出した。

「粕谷、そういえばなぁ、後藤がな、この件が片づいたら、おれ達と飲みたいんだそうだ」

「え？　誰だって？」

「後藤だ、後藤、後藤喜一。おまえ、誕生会してやったんだろ？　後藤の。その返礼がしたいってよ」

「ほう、義理堅い爺だ」

「爺はひでえな。まだそんな齢じゃないだろうが」

「しわしわで実際の齢よりも老けて見えるやろ……そうだな、いいな。すべて終わったら、最高級のワインでも開けよか。後藤とソムリエ対決してやる」

「最高級のウイスキーもな」

粕谷がふと、思案顔を見せた。

「……なあ、後藤は、家族と会っとんのかな？」

「知らん。なんで急に？」

「いや、なんでもない」

たぶん会っていないだろう。あの事件を境に、後藤は家族に捨てられている。本人もおそらく納得している。本当は口に出さないだけで、感傷的な思いもあるのかもしれないが、いまの後藤にとって家族と呼べる存在は、自分達だ。本当の家族と別れる痛みを、本能的に緩和させる代替え家族として――。

そしてファミリーのためならば、命を賭けても惜しくない。自分自身がそうであるように。

14

粕谷一郎は、後部座席で横たわる高峰岳をルームミラー越しに覗いている。

ごつい猪首、柔道で潰れた耳、タワシのような不精髭、少し前に突き出た歯。胡坐《あぐら》をかいている鼻から吹き出る寝息で発電できそうだ。そのくせ醜男《ぶおとこ》というわけでもなく、どこか味のある顔立ちをしている。本人が知らないだけで、実はこういう男を好む女はわりと多いことを粕谷は知っている。

この刑事の考えていることが、いまだによく分からない。

粕谷は運転席から首をひねって、今度は直に高峰を眺めてみた。

赤の他人に等しい粕谷の助命を柴崎に進言し、その代償として、自らもこの危険なミッションに駆り出された男が、呑気に寝息を立てている。

その男はなんと現職の警察官。分からない。そして何よりも、この男のこの胆の太さはいったいなんなのだと、粕谷は呆れると同時にイラついてもくる。

いったいどうすれば今この瞬間、鼾《いびき》を掻いて熟睡するなんてことができるのだ。

それとも、結局のところ羅林《ルウオリイン》の連中を始末するのは田臥組の粕谷であって、自分ではないとタカをくくっているのか。

14

粕谷は煙草を咥え、一度足元に潜ってからライターを擦《こす》った。煙草の火が外に漏れないように手で覆い隠しながら、ゆっくりと煙を吐き出す。その後、窓の外に視線を移してみる。

ＡＭ１：45。

真夜中だ。

風も粉雪も、いつの間にか止んでいる。

フロントガラスから覗く夜空は、まさしく満天の星だった。

羅林《ルウオリイン》の連中を乗せた白いクラウンは、国道四号線からやがて沿岸部方面へと左折し、車はそのまま震災後に区画整理されたばかりの新興住宅地に入っていった。街灯さえまばらな新しい区域だ。

この区域の尾行はさすがに目立つと判断し、粕谷と高峰はいったん尾行を断念した。しかしその後、田臥組の舎弟に至急連絡を取り、別の車を用意させた。やがて車を乗り替え、慎重に時間をおいて、ふたたびこの新興住宅地に舞い戻ってきた。そうして一軒一軒、虱《しらみ》潰しに建売住宅を捜索した結果、あの白いクラウンが停まっている住宅を発見したのだった。

羅林《ルウオリイン》の構成員達は、なんと新興住宅地の建売住宅にその拠点を置いていたのだ。

羅林《ルウオリイン》のアジトは区画内の端から二番目のところにあり、両隣もまだ空き地だ。さらにその二軒隣には、昼間ならばカラフルに揺れているに違いないのぼりが突き刺さった、見学用モデルハウスがある。

遮蔽物がないため、そのアジトには不用意に近寄れず、粕谷らは今、碁盤の目のように整理された住宅地内の二区画先から羅林《ルウオリイン》のアジトを窺っている。その距離は、約二〇〇メートルといったところか。

ときおり、柴崎から借りてきたナイトスコープを覗いてみるが、カーテン越しの室内は今も灯りがともったままで、この時間となっても格別の変化はない。後部座席で呑気に寝息を立てている高峰と交代する時刻もまだ先だ。

ときどき窓を開けて煙草の煙を逃がしつつ、粕谷は夜空を眺めてみる。星が瞬いている。街灯がないというだけで、こんなにも星が綺麗に見えるとは。

オプションで取りつけてもらった車内灰皿に煙草を押しつける。古い年式の偽タクシーと違って、いまどきの車はみんな標準装備での灰皿などないらしい。

車の中ほど煙草を吹かすのに適した空間はないと粕谷は思っている。それなのに車内灰皿は標準装備ではない。自分の車のなかで煙草を吸って、いったい誰に迷惑をかけるというのか。

そうしたくだらない愚痴を心中で吐き、それでも苛立ちがおさまらなければ、粕谷は自分の背中を思い出すようにしている。

包帯を替えようと鏡に背中を映したときの衝撃は、いまなお忘れ難い。

肩から腰までジグザグに引かれた幾何学模様のごとき三本の傷は、百年前の手当かと思うほど凄まじい傷痕を残していた。鏡を背に振り返って、《おれは海賊か》と粕谷はひとり自嘲したものだった。戒め代わりに施した柴崎のいたずらに違いなかった。

こんな傷に興奮する女もいるかもしれないが、ともかくはその海賊のごとき傷痕を思い出せば、条件反射よろしく薬への欲求が鎮まる。まるでパブロフの犬だ。

それにしても——。

14

粕谷は、もう一度うしろを振り向く。

「なあ、高峰さん、そろそろ起きろよ」

フガ、と鼾が止まった。

寒いのか、それとも柔道の絞め技の夢でも見ているのか、高峰は横になったまま、首をすくめて襟を閉めるような仕草をしている。そしてようやく薄目を開けた。

「もう、交代の時間かぁ……」

「いや、まだだ」

すると高峰はまた目を瞑《つむ》り、寝言のように呟く。

「……んじゃ、なんだ。おまえが眠くなったのか」

「違う。マジでいい加減起きんかい」

高峰は面倒くさそうに起き上がり、少しきょとんとしたような、まるで子供のような、妙に愛嬌のある顔を粕谷に見せた。

「なんだっていうんだ、おれとお話でもしたいのか」

「ああ、そうだ、あんたとお話がしたい」

「何を」

高峰は、眠そうに背広のポケットから煙草を取り出した。粕谷がライターの明かりに気をつけろと言う前に、高峰はしっかりとライターの火を隠し、ついで、煙草の火も隠しつつ、出っ歯の間から少しずつ煙を吐き出している。日常的に張り込みをおこなっている男の慣れた動作だった。

「高峰さんよ、あんたは、なんだってそんなに落ち着いていられるんや？　まだ夜は明けてへんが、それにしたっておれには交代で眠ることなんてできん。夜が明けよったら——」

「殺しをする。だろ?」

「だったら——」

「おまえだって、さっきまで十分に落ち着いていたじゃないか。おれだっておまえのことを大したもんだと思っていたんだぜ。焦るなよ、粕谷。今は少し苛立っているだけだ。夜が明けてすぐに突入するってわけじゃない。警察の朝駆けってのは、だいたい六時過ぎだ。いや、この季節だと……もっと遅くかな。いいか粕谷、とにかく、明るくなってきたら銃と消音機をもう一回チェックしろ。精密に、厳格に、だ。そしてそれが終わった頃が、多分頃合いだ」

粕谷は呆けたようにあんぐりと口を開けた。

「あんた、なんでそんなに冷静なんや? おれがショボいのか? あんた、ほんますごいわ。かなわんわ、マジで」

「ガキみてえな嫌味いうな。いいか、粕谷。しょうがねえから暴露してやる。おれだってほんの数日前までは、ガキみてえに怯えて吐いてばかりだったんだ。怖い、怖いさ。怖くて眠れやしない。それに無理に眠ろうとすると、あの、柴崎に殺された福建マフィアの顔がふっと浮かんできて、とても眠れやしねえ。いや、昼間だって浮かんでくる。なぜだか飯を喰うときに限って浮かんできて、吐きそうになる。誰のことを言っているか、おまえには分かるはずだ」

粕谷は頷くほかない。

見たわけではない。どうやって殺されたのかも知らない。そのはずなのに、粕谷の脳裏にしっかりと思い浮かぶシーンがある。胖虎《パンフー》の運転手、浩然《ハオラン》が、拷問を受けながら殺されるシーンだ。

14

「……ああ、分かるよ」

粕谷は目を閉じた。瞼の裏側にいる浩然《ハオラン》に両手を合わせる。そして祈りながらも、今まさに、さらなる死者を増やそうとしているのだと考える。おかしくなりそうだった。さっき高峰が言った通り、たしかにはじめは虚勢を張っていた。しかしもう、限界だった。

「なあ、高峰さん……。あんたは刑事やろ？　なんだって殺しまでやるんや？　いまさらやけど」

ふっと高峰の眼差しから光が消えた。光を通さない深い空洞がそこにある。

高峰は、ぼそりと何かを呟いた。

「なんだって？　聞こえん」

「あいつとは、たくさん話した……。そして最後には、あいつめ、こう言いやがったんだ」

「あいつって柴崎さんのことやろ？　柴崎さんはなんて言ったんや？」

「《――人が殺されたり消えたりするのは、地上社会よりも地下社会のほうが実は少ない。そして、殺される理由もはっきりしている。理由がはっきりしているから、殺される本人に不可解な思いはない》と」

「……意味が分からん」

「おれもはじめはそうだった。なんだってこいつはいつもいつも謎かけみたいなことを言いやがるのかって、思った」

粕谷は頷いた。高峰の気持ちがよく分かる。

「粕谷、でもおれは分かった。分かったんだ。たとえばな、麻薬を横流ししたら殺されると分かっている男がいたわけだ。また、互いに利益増大、縄張り拡大のために策謀張り巡らして戦って、その戦いに負けりゃあ、命《たま》ァ取られるって、分かっている男どもがいる。それに比べて、地上の社会はどうだ？　誰も知らないところで権力の歯車が無音で作動し、ひっそりと、自分が消される理由も分からず、人が消されてゆく。そのほとんどが隠蔽されるか、自殺や事故などに偽装されて、ただ静かに、社会から消えてゆく。その数は膨大だ。ゴマンといる。それが地上の世界なんだ。今おれ達が棲んでいる世界とは違うんだ。この地下社会は――」

高峰は、今まで一度も見せたことのない表情を見せた。それは、苦渋の表情というよりも、魂を踏み潰されたような、今にも心臓を口から吐き出しそうな、苦悶そのものだった。

「くそ、もういい。もう聞くな。いずれにせよ、その会話のあと、おれの吐き気は治まった。もういつだって眠れる。もう怖くない、何も怖くない。粕谷、分かるか、表の世界に比べりゃ、今おれ達がいるこの世界のほうが実のところずっと明快なんだ。戦う理由がはっきりしている。殺し、殺される理由もはっきりしてる。ならば覚悟することができる。地上の連中は覚悟することすらできない。消される理由も分からない。どうだ、それに比べりゃあ、ずっとマシだろうが」

やつらのヤサを見つけたとき、急激に高まってきた恐怖が不思議なほどにおさまっている。ガキの頃から粕谷は、この世界は何かがおかしいと思い続けてきた。交差点を歩む人波の隙間から、深く暗い闇が見えていた。その理由が分かったような気がした。

「ありがとう、高峰さん。なんだかスッキリした。おっと、交代の時間や。今度はおれが寝る番や」

「ちっ、てめえだけスッキリして、おれの睡眠時間を奪いやがって」

「へへ、悪《わり》いな。助手席へ移ってくれ」

粕谷はリクライニングシートを倒し、すぐに横になった。

14

車のルーフを見上げながら、粕谷は高峰の話を反芻《はんすう》する。自分でもよく分からなかった地上社会に戻りたくない理由が今日分かった。高峰の話は、すんなりと粕谷の腑に落ちていった。

粕谷はふと、車のルーフに可動部分があることに気づいた。手を伸ばして可動させてみると、満天の星が飛び込んできた。サンルーフ。薬に頼らなくても綺麗だった。

粕谷はやがて目を閉じた。

AM6：15。

「粕谷、そろそろ起きろよ」

その声でハッと目が覚めた。

フロントガラスが朝焼けに染まっている。

繁華街の喧騒から遠く離れた樹林の奥から、朝日が昇る。

近代的な真新しい硬質な住宅街が姿を現し、整理されたプラスチックのような街路樹が歩道に並んでいる。

車載時計を確認すると、交代の時刻は過ぎている。

「とっくに交代の時刻が過ぎてるやないか。あんた、なんでもっと早く起こさなかったんや？」

「なんか、あんまし気持ち良さそうに眠っていたからな。別におれは眠くねえし」

粕谷は苦笑した。

「悪いな。おかげでぐっすりと眠れた」

粕谷は、あらためて標的のアジトに目を向けてみる。

夜が明けて、目の前に広がるのは別世界だ。

鳥の囀《さえず》りが聞こえてきそうな清々しい朝靄《もや》の向こうに、真新しい一軒の邸宅がある。

夜が明けてはじめて分かったが、福建黒社会〝羅林《ルウオリイン》〟のアジトは、なんというか、映画に出てきそうなずいぶんと洒落た建物だった。二階の窓が広々と大きく、何か植物を育てるような温室栽培の空間が備わっているのかもしれない。ああいうのを、北欧ハウスというのだったか。

「高峰さん、人の出入りはなかった、で、間違いないか」

「ああ、間違いない」

粕谷は、助手席の足元に置いていた黒いバッグを開ける。

高峰が身を乗り出して覗いてくる。

「おい、なんだそりゃ？　中身は銃とサイレンサーじゃなかったのか？」

「そのふたつが、くっついたやつや」

バッグから取り出したそれは、直径六十センチほどもあり、黒光りした銃身の幅はコーヒー缶ぐらいの太さがある。

「通称ＭＰ５――。インテグラルタイプってやつで、こいつはサプレッサーと、銃本体が一体化している代物や。一般的なマズルタイプよりも、はるかに消音効果が高い。偶然やが、こんな閑静な住宅街にはピッタリやろ？」

意識せず、関西弁がどんどん出てくる。

「……まさか、短機関銃まで持ってくるとはな」

「計画通りやるで。まずあんたがインターホンを鳴らして令状を出す。新築の家やし、モニター

14

があるはずや。それに向かってそのエセ令状を突き出せ。まさかデコスケ相手に、いきなりぶっぱなすなんてありえん。柴崎さんがあんたを引き入れた理由は、たぶんそれや」

「だろうな。それにやつら中国人マフィアの大半はな、令状を見せても日本語の分からないふりをして、マシンガンみたいに母国語を喋りまくるのが定番だ。よほどの馬鹿でない限り、いきなりマッポ相手にズドンはない」

「よし。そしたらいよいよこいつの出番や」

粕谷は両手にきっちりと構えたＭＰ５を撫でた。

「いくで」

ふと、高峰の顔が曇っていることに粕谷は気づいた。

「なんや、どうしたんや？」

「なあ、粕谷……。やっぱり、やつらを殺す以外に、手はないのかなぁ……」

——今度は、あんたの番か。

粕谷には高峰の胸の内が手に取るように分かる。さっきまでの自分と同じだからだ。

「高峰さん、あんたの気持ちは分かっている。巻き込んじまって申し訳ないとも思っている。けど、やつらを消さなければ、おれが消される。どっちかしか、ないんや」

「……だな。悪かった。忘れてくれ」

ハイブリッド車のエンジンスタートボタンを押す。音もなくエンジンが始動する。

閑静な新興住宅地。樹林の先に垣間見える美しい朝焼けに向かってプリウスが忍び足に進む。

およそ二〇〇メートル離れた地点から、目的のアジトの向かい側まで進み、停止させると同時にすぐさまエンジンを切った。

粕谷は、持ってきたジャンパーでMP5を包み隠し、紺色のキャップを被った。高峰が用意してきた捜査員用のキャップだ。

「準備はええか。兄弟」

兄弟。自然と口から飛び出してきた。

「ああ。それ、似合うじゃねえか」

高峰は、顎で粕谷のキャップを示した。

「早く終わらせて、ワインで乾杯や」

「ああ、後藤が待っている。いいか粕谷、おれがインターホンを押して、やつらがドアを開けるまで、おまえは隅っこで待機だ。俯いてモニターに顔が映らないようにしてろ。ドアが開いたら、速攻で突入だ。その音のない凶器を思いっきりぶっぱなせ。兄弟」

高峰も兄弟と返してきた。

高峰岳。こいつはたぶん、やくざに向いている。きっと進むべき道が違っていたなら、大物の極道になっていたかもしれない。粕谷はそう思う。

ふたりはプリウスのドアを開けて、閑静な住宅街の道路に躍り出た。

冷たい早朝の空気が肺を冷やす。耳が痛くなるほどの静粛。住むにはいい地域なのかもしれない。そんな住宅街を今から血の海にする。が、今の粕谷にはなんの感傷もためらいもない。自分には何ひとつ関係のない住宅街だ。

アジトの一階は、今なお明かりが点いたままだった。カーテンの隙間から、ぼんやりと光が漏

14

れている。消し忘れか、それとも明かりを点けたまま寝る習慣があるのか、もしくはそもそも起きているのか。いずれにせよ関係ないと粕谷は思った。起きていようが寝ていようが、どちらにせよ今から叩き起こすのだ。

「高峰さん、準備はいいか。いくで」

と、そのときだった。

朝靄の空気の中に蜂が迷い込んだかのような音——携帯電話のバイブレーター音が鳴り響いた。それは驚くほど大きく感じた。粕谷は、咄嗟に携帯を入れている胸ポケットを弄《まさぐ》る。自分ではない。高峰だ。

「……誰だ」

高峰は速攻で携帯を取り出して、すでに応答している。

「……誰だ？　——え？」

高峰の眉間が強張る。

「……てめえ……」

粕谷の心中で不吉な予感が蠢いた。今まさに敵のアジトに踏み込もうとしているこのとき、なにを電話なんかしとるんや？　電話の相手は誰なんや？

「……なんだと……」

みるみるうちに高峰の顔が紅潮していく。

「……どういうことだ。てめえ。ふざけるなよ……。なぜ知っている……？」

高峰は突然、辺りを見回し始めた。ぎょろりと視線を一周、二周と泳がせては何かを探している。こんな遮蔽物もない区画整理されたばかりの住宅地に、いったい何があるというのか。

粕谷は、ゾッとする違和感を覚えた。

まさか高峰の電話の相手は、今粕谷達がいる場所を把握しているのか。高峰は電話をしながらこう考えている。いったいどこから覗いていやがる、と。

「……分かった……中止する……」

中止だと？

粕谷の理性が吹っ飛び、反射的に高峰の携帯を奪い取った。

「おまえ誰やねん！　中止ってなんや！　いまさら何言うとんのじゃ、このボケェ！」

やくざの本性が止まらない。怒りがドスの利いた罵りとなって、何が中止なのかも分からないまま、気づけば自分でも制御できないほどキレていた。

粕谷の怒号とは対照的に、冷え冷えとした音声が携帯から流れる。

《……おまえは田臥組組員の粕谷一郎だな。知っているぞ、おまえのことも》

「こっちは知らんわ！　誰やねん、おまえ！」

《おれが誰かは、そこの間抜けな刑事に聞け。いいか、冷静になっておれの忠告を聞かないと後悔するぞ》

「忠告？　おれは忠告なんて聞いてへんで！　言うんならさっさと今話さんかいっ、このボケが！」

電話の向こうから失笑するような、人を小ばかにするような気配が感じられた。

《……あのな、おまえらは、チャイニーズマフィアにいいように操られている。中国人どもは、

14

おまえらが張っていたことなんて、とうにお見通しだ。酔ったふりして、気づかないふりして、おまえらをこの通称『処刑小屋』までおびき寄せたんだ。……いいか、粕谷。目の前の家は、やつらのアジトでもなんでもない。ぎっしりと殺しと拷問の道具がつまった、血と怨念に塗れた処刑場だ。あの家の中でやつらは、きっちりと銃をかまえておまえ達を待ち構えているぞ》

一瞬で頭が真っ白になった。

粕谷は、瞬間的に繁華街に佇むチャオズの姿を思い浮かべた。ひとり酔っていないように見えたチャオズ。違う。全員酔ってなどいなかった。むしろチャオズひとりだけ演技が下手だったということか。とはいえ――。

「それがどないしてん！　こっちは機関銃やで！　チャカなんて屁でもないわ――」

「粕谷！　相手は警察だ！」

高峰が叫んだ。同時に携帯から聞こえてくる音声がさらに冷たくなった。

《……ほう、銃刀法違反だな。いや、殺人未遂か――》

「粕谷、あきらめろ。工藤は――こいつらは、どこからかおれ達を監視している。たとえそいつでやつらを吹き飛ばしても、その瞬間、パクられるぞ」

高峰は粕谷から携帯を奪い取った。

「工藤、なんでおれ達を――なんでやつらをパクらない？　それでも警察か。おかしいだろ？工藤、おまえ、いったい何者なんだ？」

電話はすでに切れている。

15

「行ってしまったヨ」

明らかに外国人と分かるイントネーションだった。

その言葉を背中で聞いた後藤喜一は、まだ薄暗い部屋のブラインドの隙間から朝靄の向こう側へ去りゆくプリウスを、最後まで見送った。角を曲がって見えなくなるまで。

この新興住宅地にある北欧風邸宅の二階の窓から、後藤は仲間の乗った車両を、ただ茫然と見送る。妙な切なさが込み上げ、胸を焦がす。

後藤は今、背筋が直立になるような姿勢で椅子に固定させられている。背後に回されて縛り上げられている両手首の感覚が、プリウスが去ると同時に、ふっと軽くなったような気がした。よほど緊張していたに違いない。椅子の足にくくりつけられている足首の感覚は、すでにない。

「残念だったですネ。彼らに、アナタの解体ショウをお見せする予定だったのに……」

——解体ショウ。

背後から耳元でそう囁かれたかと思うと、すぐに今まで感じたことのない強烈な激痛が脳天を突き刺し、後藤は、堪えきれず絶叫した。

「コノイカリガオマエニワカルカ」

15

足下に敷き詰められている青いビニールシートに、どす黒い飛沫が飛び散った。血。そして血のほか、吐き捨てられたガムのような塊が転がってきた。

「……ふう。ねえ後藤さん、なぜ彼らは、Ｕターンしていったのだと思いますかね？」

その声はくぐもって聞こえた。また別の男の声だった。今度は日本人かもしれない。転がって打ち捨てられているガムのような塊は、後藤の左耳だった。背後のふたりのいずれかが、後藤の耳を食いちぎったのだ。

ありえない痛みと戦いながら、どんよりと後藤は考える。

――人の耳を食い千切るような男達相手に、高峰さんや粕谷さんが罠に嵌まらなくてよかったのかもしれない……。

どんな理由かは知らないが、ふたりが乗ったプリウスは、Ｕターンして去っていった。ついさっきまで、心のどこかであのプリウスに救いを求める自分がいたことは否定できない。しかしそれは、この部屋にいる嗜虐者《しぎやくしや》相手に、ふたりが危険にさらされることを意味している。

高峰は暴力団担当のマル暴刑事であり、粕谷は暴力団の構成員だ。が、ふたりとも、今自分の背後に立っている人物の相手ではないような直感があった。

ふと今、ふわりと舞う黄色いコートの端を後藤は目尻に捉えた。

チャオズと呼ばれるチャイニーズマフィアの構成員だ。自分の耳を食いちぎったのは、おそらく彼だろう。すると、もうひとりの人物はチャオズのボス、胖虎《パンフー》だろう。

背後の人物から伝わってくる気配――呼吸の乱れもなく、興奮の欠片ひとつもなく、ただドーナツを噛むように、人の耳を食い千切るその気配は、後藤の知るかぎり人間の気配ですらなく、心臓の脈動を持たない無機質な機械に近かった。

コノイカリガオマエニワカルカ。その声も、保険会社の無人電話サービスに等しい。

こんな男達を相手にするには、たとえ海千山千のふたりだとしても、荷が重いのではないかと後藤は思った。つまり先程男が囁いた、《解体ショウ》という言葉も、たぶん脅しではないのだろう。

「……後藤サン、どう思いますカ？」

顔の左半分がすべて血管になったような、火で炙られているような激痛は、左耳のみならず、脳髄そのものに鉄杭を打ち込んでいると錯覚するほどだった。顔面の半分が死ぬほど熱いのに、首から下は猛烈に寒かった。耳から流れ出る血流が左肩を濡らしている。身体から血液が抜けていくのが、こんなにも寒いものだと後藤は知らなかった。

あのとき、ただひとり白いクラウンに乗り込まなかった男——その黄色いコートの男を追うなと、高峰は後藤に指示した。だが後藤は、彼らの役に立ちたかった。

今思えば呆れるほど浅はかだった。ネオンに照らされた深夜の繁華街の中でもあの黄色いコートは実に目立った。チャオズと呼ばれているあの小男が、チャイナマフィアグループと別れてどこへ行こうとしているのかを知りたかった。

人混みで二十メートル離れても尾行は容易だろうと、後藤は安易に考えていた。

柴崎に褒められたかった。もうおまえは完全におれ達の仲間だと言われたかった。そうして人波に紛れる黄色いコートを追い続け、気がつけばこのざまだった。

いや、いずれにせよ、事態はそう変わらなかったのかもしれない。後藤はそう考え直す。チャオズという小男は、おのれを尾行している男を捕らえるために車に乗り込まなかったに違いなく、

15

となれば当然クラウンを尾行していた粕谷達についても、その行動はすべて読まれていたと考えるべきだった。

「後藤サン、質問の答えは？」

「……私には、わかりません」

「そうですカ」

背後の男が移動して、目の前のブラインドの角度を調整する。途端に朝日が差し込み、すでに太陽の位置が高くなっていることに気づいた。

そうして目を細めたその先に、逆光をバックにした男達の黒い影がある。少し小太りな体形の人影と、おそらくは身長一六〇センチにも満たない小男の人影。すなわちふたりは、福建マフィア〝羅林《ルウオリイン》〟のボス、王芳《ワンファン》、通称〝胖虎《パンフー》〟。そして同組織の殺し屋、チャオズ。

「チャオズはネ、いますぐアナタを解体して、その残骸を田臥組に進呈するべきだと言っている。けど、ワタシ、その前にちょっとアナタに聞きたいことがある」

激痛と寒さで気を失いそうだった。チャオズの残忍な提案に、胖虎《パンフー》が今のところ同意していないことが幸いなのか、そうでないのか、後藤には判断がつかない。

「ワタシ、柴崎とはけっこう長い付き合い。もう六、七年になる。初めて会ったのは本土、上海の日本料理店。クスリの販路拡大のため、私達を日本に送り込む手引きをしてくれたのが柴崎。あのときの彼は、今より老けて見えた。恰好も野暮ったくて、当時のワタシ達もヒトのことは言えないけど、どこの田舎者かと思ったくらい。その野暮ったい若者が、やがて日本の取引先である田臥組の若頭となって再会するのだから、驚いたっていったらなかった。しかも上海で会ったときに比べ、別人かと思うくらい洗練された感じになっていた。その後、粕谷から柴崎へ担当替えがあったときは、もっとカッコ良くなっていたネ。男でも惚れ惚れするくらいに」

やがて胖虎《パンフー》は、後藤の正面に椅子を持ってきて座り、電子煙草を吹かし始めた。チャオズは腕を組んで立ったまま、妙に艶めかしい視線でこちらを窺っている。

ブラインドの隙間から見える街路樹が朝日を照り返している。

「ワタシ達、けっこう上手くやってきたと思っていたヨ。それなのに、柴崎は、突然理由もなく、ひどい牙をワタシ達に向けてきた。日本の極道には、仁義というものがあったはずではないのですカ？　ワタシ達、田臥組に対して、色々な手助けもした。クスリの取引も手抜かりなかった。香港の口座だって、ワタシ達が用意したもの。それなりに苦労してネ」

電子煙草のかすかな紫煙が、不意に後藤の顔に吹きかけられた。

「下っ端同士がクスリの横流ししていたときも、柴崎の提案通り、リョウセイバイにした。だけど、実はウチの人間だけ殺し、粕谷のほうは生きていた。そもそもクスリの横流しを持ちかけたのは、粕谷のほう。そして何よりも、ワタシ達の本土からの麻薬密売ルートが柴崎に奪われた。ワタシ達、何かしたでしょうカ？　これ、あんまりだヨ。なぜそこまでワタシ達をイジメるノ？」

突如胖虎《パンフー》は、鼻先が触れ合うほど詰め寄ってきた。

「コノイカリガオマエニワカルカ」

今度は右耳に激痛が走った。脳天を貫く痛みに、後藤はふたたび絶叫する。チャオズの唇が後藤の血で赤く染まっている。あきらかにチャオズは楽しんでいる。機械的に見えていたはずの胖《パン》

15

虎《フー》の瞳の奥に、今は燃えるような怒りがある。チャオズは、後藤の右耳を吐き出して、凄惨に微笑む。燃え盛る業火に焼かれるような苦しみに耐えながらも、後藤は思う。

この男の言っていることは、負け惜しみに過ぎない、と。

この男は計略において、柴崎に負けただけだ、と。

半年以上、柴崎率いる地下組織の中に身を置いてきた今、後藤にはそれが分かる。

たしかに暴力や殺し合いなどについては、ひょっとしたら胖虎《パンフー》達の組織のほうが上なのかもしれない。だからこそ粕谷と高峰を乗せたプリウスが去ったとき､後藤はほっとしたのだ｡だが胖虎《パンフー》は、そもそもやくざというものを分かっていない。金。経済活動がすべてだ。地上､地下､問わず､金の匂いがするものすべてを根こそぎ奪ってゆく。そうして勢力を拡大していく。そこに胖虎《パンフー》の言う仁義など微塵《みじん》もない。それが近代やくざなのだということを、後藤はすでに知っている。

後藤はなおも考える。

その狡猾で冷血なやくざの牙は、身内にも向けられるのだろうか……。

後藤は田臥組以外のやくざを知らない。少なくとも後藤の知っている田臥組は、身内だけは大切にする組織だと感じていた。粕谷のほか、鴫原という若者からも、その思いが感じ取れる。

絶対王者、柴崎純也に対する絶対的な信頼。そしてそこから生まれる絶対的な服従。裏を返せば、その対価が柴崎に守られるということなのではないのか。それが揺るぎない結束となって、田臥組を超一流の経済組織に成長させているのではないか。

そう後藤は考えた。しかしそこで問題なのは、果たしてこの自分は、本当に柴崎の身内なのかどうかということだ。

たしかに柴崎は後藤を仲間にすると言った。しかし、今にして思えば、その言葉は本当に柴崎の本心から発せられたものなのだろうか。後藤は不安を覚えざるを得ない。ひょっとしたら、それも策略のひとつに過ぎなかったのではないか、と。

もしも後藤が田臥組に迎え入れられたと思い込んだその過程も、柴崎による計略のひとつに過ぎなかったのなら、後藤もまた、この胖虎《パンフー》達同様、哀れな棄民《きみん》に過ぎない。

――自分は本当に柴崎の仲間なのか……。

後藤の痩せた肋骨《ろっこつ》に、冷たい隙間風が過ぎてゆく。

自分の浅はかさを誰かが嘲笑している。粕谷が笑っている――鳴原が笑っている――高峰が笑っている――。

気づけば後藤は、自らを嘲笑していた。

「後藤サン、なぜ、笑っているのですカ?」

「いえ、どうぞ殺してください。私には人質の価値もないはずですから。生かしておく理由もない。願わくは、どうか解体ショウだけはやめてもらいたい。今もあなた方に齧《かじ》られた耳が痛くて痛くて失神しそうです。これ以上の痛みは、もう勘弁してもらいたい。それだけが私の願いです」

胖虎《パンフー》が後藤を覗き込む。糸のように細くなった爬虫類の目がそこにある。

「勝手なことを言ってもらっても困りますネ。アナタの命をどう使うかは、こちら側にそのケンリがあります。チャオズが提案したように、アナタの身体をバラバラに解体し、そのひとつひとつを柴崎に送ることだって考えています。当然その痛みは耳どころじゃない。でも関係ない。それだけワタシ達の憎しみは深い。とても深い。ただ、アナタは覚悟を決めたようだと推察します。そ

15

それは悪くない決心だとも思う。ワタシは潔い男が嫌いじゃない」

胖虎《パンフー》の台詞の意味は分からなかったが、チャオズは、楽しみの機会を失ったと言わんばかりに肩を竦《すく》めている。

「……私をバラバラにして柴崎さんに送ったところで、柴崎さんの心は痛みませんよ。怒りすらしないだろうと私は見ています」

「ならば、アナタも、柴崎に義理立てする必要はないわけですネ？」

胖虎《パンフー》は立ち上がり、どういうわけか、拘束バンドで椅子にくくりつけられていた後藤の両手を自由にした。紫色に変色していた指先が、次第に感覚を取り戻していく。

胖虎《パンフー》は、膝丈程度の小さなワインテーブルを後藤の前に据え、その上に、黒いノートパソコンを置いた。

見覚えのあるノートパソコンだった。

それは投資コンサルティング会社〝60%〟で使用している、後藤専用のノートパソコンだった。いったいどうやって持ち出してきたのか。〝60%〟には、上場企業にも引けを取らない高度なセキュリティーシステムが導入されていたはずだった。

「ここは、ネット環境も整っていますヨ。まずは、アナタのファンドに預けていたワタシ達のお金を返せ。次に、ファンドにある、ありったけの金をワタシ達の口座に入金しろ。間違うナ。香港の口座だ。アナタはファンドの統括マネージャーであり、またファンドの総責任者であり、そして会社のオーナーでもある。アナタにできないはずはないとワタシ達は考えている。それができたならば、アナタの解体ショウは、中止する」

16

市内中心部にあるタワーマンション。その《1801号室》。

いつもの光景にはない違和感がある。田臥組組長の田臥和彦がいるからだ。

それは本当に珍しいことだと粕谷一郎は思った。

柴崎の趣味でイギリスから取り寄せたコノリーの大きな本革ソファーに、田臥組のナンバー1と、ナンバー2が、すなわち柴崎純也と田臥和彦が、並んで座っている。

田臥和彦が組長で、柴崎純也がその下の若頭だが、実際のナンバー1は柴崎で、田臥和彦のほうがナンバー2だ。ややこしいその事実は、末端の組員達から幹部まで、知らざる者のいない暗黙の事項だ。

噂では柴崎が上部団体への義理事を毛嫌いし、傀儡の組長を擁立したとのことだったが、真相のほどは皆目分からない。

このネット時代ですら、妙に体面にこだわった昔気質なやくざの義理事が今なお存在している。

そしてそれはたしかに柴崎には似合わない。だから組のトップとして田臥組長が義理事に出席すれば、それ以下の役職の者が出席を求められることはまずない。

だが、田臥和彦の組長就任には、もっと深い理由があるように粕谷には思えてならない。今も

16

くたびれたダメージパンツを穿《は》き、七〇年代アメリカンヒッピーのような恰好で、ジョン・レノン風の小さな丸眼鏡をかけているような男に、木家との義理事がこなせるともあまり思えない。

「さて、粕谷くん、久しぶりだね。覚えてる？　僕のこと。ペーパーカンパニーならぬ、ペーパークミチョウの田臥和彦さんだ」

　このテンション――。粕谷の記憶がよみがえる。そうだ、こういう男だった、この男は。

「まあ、粕谷くん。せっかく久しぶりに会ったんだから、そんなに緊張しないでよ。あのさ、僕はね、あんまり腹芸できないから単刀直入に言うんだけど、たしかに僕は君の処分をどうするか柴崎さんから一任されている。意味わかる？　つまり君を生かすか殺すかってことなんだけど」

　そう言いながら田臥和彦はワイングラスをスッと滑らせる。

　傍らで直立不動の姿勢をとっている見習い組員が即座にボトルを傾けたが、極度に緊張しているために手が震え、赤い液体はボルドーグラスの上部まで飛沫を飛ばし、ドボドボと見苦しくワイングラスの底に落ちていった。ワインを嗜む者なら不快に思うはずだが、見る限り田臥和彦は気にしていない。

「粕谷くんさあ、君もホント、おっちょこちょい。とんでもない失態をしてくれたもんだね。馬鹿だね、ホント。あのさあ、ねえ君、ちょっとあれ、レンコン持ってきてよ」

　田臥和彦は、傍らに立っていた若衆にそう命じた。レンコンとは回転式拳銃のことで、すなわちリボルバーだ。

「柴崎さんはね、君達三人がかりならば、少しは中国マフィア連中に対抗できるかなと、ちょっとは期待を込めて試してみたわけ。残念ながらその期待は、見事に裏切られたわけだけど」

「申し訳ありません」

粕谷は、なす術もなく低頭した。柴崎に向けて低頭したつもりだったが、柴崎はソファーに掛けたまま、ものすごい速さでノートパソコンを叩いている。こちらには目もくれない。

柴崎に向けた謝罪にポーズや偽りの気持ちはなかった。心底弁解の余地もない失態だと、粕谷は痛感している。

張っているつもりが張られていて、追っているつもりがおびき出され、何週間も前から綿密に計画を立てたつもりが、すべて相手側に一歩先を読まれていた。田臥組に指詰めという罰はないが、前回のように背中を刻まれるような罰だって、二度もありはしないだろう。

奥から戻ってきた若衆が、不吉に黒光りしているリボルバーを田臥組長に差し出した。スミス&ウェッソンの四十四口径だ。

「えぇ！　五連装？　六連装はなかったの？　これじゃぁ、粕谷くんの命は、ホント運次第だね」

田臥組長は、玩具を与えられた子供のように、ケタケタと笑っている。

「しょうがない。じゃあいくよ。まずは、麻薬の横流し――」

「和彦、その罰は済んでいる」

突如柴崎が鋭く言い放った。しかしその目は相変わらずノートパソコンに縫いつけられている。

「あ、そうなの？　なら今回は尾行失敗の一発だけだね。うん、五分の一か。まあいい線だね」

田臥組長は、五連装のレンコンに一発の弾丸を込める。パチッという無慈悲な音が、粕谷の心臓を凍りつかせる。

16

「――和彦、もう一発だ。後藤を置き去りにした罪」

柴崎は、相変わらず目も合わせない。

その通りだと、粕谷は思った。

後藤とはあれから音信不通になっている。クラウンを追跡していた自分達が謀られていたのならば、当然徒歩でやつらを追跡していた後藤も無事であるはずがない。分かっている。言われるまでもなく分かっている。

そのとき、となりからギシリと嫌な音が聞こえた。

となりに座る刑事、高峰岳が歯を嚙み締めた音だった。真っ赤になって膨れ上がった首と額に青筋を立て、血走った目で宙を睨んでいる。

こいつがいることをすっかり忘れていた。高峰も同じように、自分の愚かさを痛感しているに違いない。

柴崎に言われるまでもなかった。後藤の生死は不明だが、もしも福建マフィアどもに殺《や》られていたならば、責任は自分にある。高峰にもあるだろうが、おのれの責任が薄れるわけではない。本当に救いようのない大馬鹿野郎だ。

「オッケー柴崎さん、なら二発ね。さて、これで五分の二だ。ほら粕谷くん、受け取れ。こめかみでもいいし、咥えてもいいし、好きなように引き金を引け。ルールは連続二回引くこと。これが田臥組のルールだ」

――二回。

背筋が凍りついた。

「分かりました」

粕谷は、田臥組長よりリボルバーを受け取った。

手の震えが止まらない。きっと顔も蒼白になっているに違いない。

――こめかみか、咥えるか……。

迷った挙げ句、粕谷は、咥えるほうを選んだ。こめかみの場合は絶命できず、涎《よだれ》を垂らしたまま、車椅子で一生を過ごす可能性もなくはない。

粕谷は銃口を口の中に入れ、確実に脳を破壊するように、上部へと向ける。

そのとき、柴崎がはじめて粕谷に目を向けた。

「待て。粕谷、一発、抜いていい。おれはおまえらに、羅林《ルウオリイン》の連中はまだこっちを警戒していない、などと余計なことを言った。これはおれのミスだ。したがって弾は、後藤の置き去りに対する一発でいい。けど、引き金を引くのは、あくまで二回だ」

異常なほど発汗した手で、粕谷は弾丸を一発抜く。震えと汗のために抜いた弾丸はすべって床に転げ落ちた。

「ところでさあ、高峰刑事さん……でしたよね？　はじめまして……で、いいんだっけ？　僕、田臥和彦でござる。よろしくね。この地区を管轄するマル暴さんってことはさ、高峰さんのほうは僕を知っているのかな。まあいいや。いやいや、それにしてもデキの悪い者を相棒にさせちゃって、誠に申し訳ござらんです。今、ケジメとらせますんで、堪忍したってください。貴方もワインでも飲みながら、田臥組流のケジメ、ゆっくり見物してってくださいな」

「柴崎」

16

高峰は、妙なテンションの田臥和彦を無視して、柴崎に声をかけた。田臥組長がオーバーアクションで肩を竦めている。

柴崎は、ノートパソコンに向いた姿勢を崩さず、視線だけを高峰に向けた。

「柴崎、結局、粕谷を殺すのか。しかもこのおれの目の前で」

「ひとつ、それを見るのがあんたの罪。ひとつ、まだ死ぬと決まったわけじゃない」

高峰は言い返さなかった。またミシリと歯を鳴らしただけだ。

「なあ和彦……。おれは甘いかな？」

不意に柴崎から話を振られた田臥組長は、しばらく考え、やがて眼鏡の奥の目を細めた。潤いも温もりもない、冷めた眼差し。それは間違いなく極道の目だった。

「柴崎さん、もし彼らが故意に裏切り行為を働いていたならば、僕は容赦しませんね。肢体をバラバラにして、僕の飼っている愛しのピラニアちゃんの餌にしますね。間違いなく。ですが、今回の粕谷くんと高峰さんは、組のために働いたけれども、相手に及ばなかっただけともいえる。むしろ僕は、前回の、粕谷くんの薬の横流しというあきらかな裏切り行為を、柴崎さんが許したことのほうが理解できませんね」

柴崎ははじめてキーボードから指を離し、サラリと笑ってみせた。《キツイなあ、おまえは》。そんな声が聞こえたような気がした。

「和彦、売買目的の横流しじゃあない。こいつはな、自分で使う分の薬をガメてただけだ。なあ粕谷、ちなみに和彦が飼っているピラニアは五百匹もいて、もう気持ち悪いのなんのって。人間の肉の味をよおく覚えていて、鯛《たい》みたいに太ってんだ。いったい何人食わせたんだか。まあいい。

さあ引け、粕谷。もうお喋りは終わりだ。さっさと引くんだ。時間がもったいない」

口内から脳へ銃口を傾けるとき、銃身が歯に当たった。

何度も当たった。カチカチと音がし、恐怖に震えている音が部屋中に響き渡った。――震える音。こんな恐ろしい音を聞いたことがないと粕谷は思った。田臥組のルールは二回。五連装のリボルバーに一発の弾丸を込めて引き金を二回引く。その確率が何分の一なのか粕谷には考えることもできなかった。

前回背中を刻まれたときは、柴崎の愛情を感じた。今回も柴崎は弾丸を一発減らしてくれた。この柴崎の愛情がなければ、田臥組長の言う通り、前回のときにすでに自分はこの世にいなかったはずだ。

ふと、後藤の胡麻塩《ごましお》頭が脳裏に思い浮かんだ。なぜか一緒に飲みたがっていた。粕谷も後藤が嫌いではなかった。

――カチリ。

「おっ、一発目は空でしたねえ！　粕谷くん、いいぞ。こういうときってさ、不思議なくらい一発目にドカンっていくもんなんだ。君、ツイているぞ。さあ続けていってみようかあ！　大丈夫だって、粕谷ちゃんは運持ってるって」

粕谷の耳に田臥組長の戯言は届いていなかった。ただ鐘を物凄い速さで叩きまくるように、心音だか血流だか脳味噌の電気パルスだかが飛び回る音が響いていた。身体がまったく動かない。銃を握った手、腕、首、胴体、足の小指に至るまで、すべてが硬直している。

二回目の引き金が――引けない。身体が硬直している。時間すら硬直している。神様、神様、

16

神様――。

「粕谷、神は、いるぞ。人間を罰するためだけに」

この千里眼の男は、自分の心の声まで聞こえるのか。その千里眼は相変わらずノートパソコンに向けられている。しかしその視線を、粕谷はたしかに感じている。

「神が人間の願いなどを聞くものか。神が創造したすべてを破壊し尽くし、神が創造したあらゆる生物を殺し続けているのが人間だ。人間に天敵はなく、地球上の生物のなかで唯一、無敵だ。人間を罰する存在はいない。神のほかには。なあ粕谷……。おまえがニワトリだったら、喰われるためだけに繁殖され、一生を暗い箱の中で過ごし、はじめて世界の光を見るときに殺されるって、どう感じる？　神に願いやしないか？　人間を殺してくれって。ひとり残らず、皆殺しにしてくれって」

――おれ……が……ニワトリ……ニワトリ……ニワトリ……ニワトリ……。

粕谷の精神に崩壊が近づいている。脳に気泡が生まれ、電気信号が遮断され始めている。視覚神経に何かが接触し、視界が奪われ、代わりに幻が生まれる。光あふれるその幻の奥に粕谷は翼の生えた何かを見たような気がした。粕谷の脳神経は、あと少しで取り返しのつかない損傷を被ることになる。

そのとき――誰かが粕谷のリボルバーを奪った。

その瞬間、粕谷の視界は現世に舞い戻った。

粕谷は見た。

向かいの田臥和彦の目が一瞬で殺し屋の目に変化し、同時に素早く懐に右手を滑り込ませた。

銃。しかし、田臥組長以上の速さで誰かが田臥組長の右手を摑んだ。柴崎。粕谷は、唯一硬直から逃れている眼球だけを動かし、その先に凄惨に歯を剝き出した高峰岳の姿をとらえた。

高峰は、粕谷から奪ったリボルバーを自分のこめかみに当てると同時に、速攻で引き金を絞った。

カチリ。

凍りついていた真空の絶対零度が、温度を取り戻してゆく。

「困るな〜高峰さん。急に危険なことしないでよ。柴崎さんが止めてくれなきゃ、撃っちゃうところだったじゃないか」

田臥組長が懐からゆっくりと銃を取り出す。オートマチックのベレッタ。

高峰の肺から吐き出される熱く長い息が、粕谷の硬直を溶かしてゆく。

「田臥さんよ……。あんたはさっき、粕谷をおれの相棒と言った。だから、一発ずつ罪を分け合った。これでチャラだ。いいだろう、柴崎」

首から上を真っ赤にして話す高峰の顔を、粕谷は呆然と見ている。

「どうなんだ、柴崎！」

柴崎と田臥組長が顔を見合わせた。

やがて柴崎は頷いた。

「よし、チャラにしよう。高峰さん、あんたはおもしろい。あんたはやっぱりおれ達の仲間だよ」

17

署の四階にある暴力団対策課に、高峰岳はいる。

AM8：48。

いつにも増して冷える朝だった。

スイッチを入れたばかりの空調が唸りを上げ、凍てついた早朝の冷気を鯨《くじら》のように吸い込んでいる。

となりの古びた給湯室では、配属されたばかりの新人が慌ただしくお茶の準備をしている。

そのお茶に《薄い》だの、《濃い》だのと、文句を垂れるやくざまがいの捜査員達。彼らは皆一様にノートパソコンを開いたり、新聞を広げたりと、それぞれが穏やかな早朝に馴染んでいる。

違和感しかない。

高峰は今、今まで以上に自分が異質だと感じている。

この平和な光景が、たしかに視覚に映っているのに頭では理解できていない。

湯飲みを握っている同僚の手を切り落としたくなる衝動。

新聞を広げている課長の目をボールペンで突き刺したくなる衝動。

そんな危険な妄想と、こののんびりとした現実との狭間で、ひとりひそかに煩悶している。

自分のこめかみに銃を当てて引き金を引いた感触が、いまなおこの掌に残っている。

高峰はデスクに座りつつ、自分の顔をほかの捜査員達に見られまいと、目の前で新聞を開いていた。が、それもやがて限界がきた。

席を立つと同時に、数人の捜査員達が即座に覗き込んでくる。しかし、誰も高峰に話しかけようとはしなかった。

擦り切れたコートをはためかせ、高峰は、暴対課部屋を飛び出した。そのまま勢いに任せて階段を駆け下り、躊躇することなく捜査二課の扉を開く。高峰は、並べられたデスクを順次目で追った。

「な、なんすか、貴方？」

奥のデスクに座った若い捜査員がキーボードから頭を上げ、茫然としている。少し我に返り、高峰は冷静に尋ねた。

「朝からすまない。暴対の高峰だが、工藤さんはいますか」

「係長すか？　まだこちらにはみえていませんが。たぶん下の休憩室にはもういるんじゃないかな……。係長、出社前によくコーヒー飲んでますから」

「下の休憩室だな。ありがとう」

「あ、いるかはわかりませんよ！」

高峰は急ぎ、一階交通課の脇にある休憩室へと向かう。

自動販売機が並んだ窓際のベンチに、捜査二課に所属している工藤孝義が座っていた。

17

以前まで灰皿が設置されていたところに、旧式の石油ファンヒーターが置いてある。灯油臭い熱風を吐き出していた。

工藤は缶コーヒーを片手に、葉の落ちた寒々しい中庭を眺めている。来訪者に気づいているはずのその背中は振り返らない。高峰は、わざとポキリと指を鳴らした。

「工藤」

「なんだ」

工藤は振り向きもせずに答える。

「おまえの正体を知りたい」

「おまえに明かす義理はない」

「なら、力ずくで吐かしてやるか」

ようやく振り向いた。髪が伸びたようだった。鋭い視線を隠すように前髪が揺れている。

「喜んで受けて立ちたいが、今騒ぎを起こすのは得策じゃないと思うぞ」

「知るか。血へど吐かせてやる」

唸っている石油ファンヒーターに蹴りを入れ、高峰は歩み寄る。工藤は一瞬殺意に近いような眼光を放ったが、それは瞬時に萎縮した警戒心へと変化した。

拳が届く位置まで近寄ったとき、工藤は大きな溜息を吐いた。

「わかった。言うよ。おれは今、二課の管轄じゃない業務に就いている」

「そんなことはとうに知ってら。当たり前だ。薬を捌きつつ、ときどき青龍刀《せいりゅうとう》を振り回しているチャイニーズマフィアを張っている二課がどこにいる。おれは、おまえの正体を知りたいと言ったんだ」

捜査二課の捜査対象は、贈収賄、企業犯罪、特殊詐欺などのいわゆる知能犯事案が主だ。

「自分達が張られていた、とは考えないのか？」

「だとしたら工藤、おまえ、二課の皮を被った監察官ってことか？　いや違うな。ここ最近のおれには尾行がついていなかった。昔は知らんが、最近はついていない。これでもおれは刑事だ。それくらいは分かる」

「その刑事が中国マフィアのトラップに嵌まるのか。少しは感謝してもらいたい。おれが忠告しなかったら、おまえらは今頃山ん中か海の底で冷たくなっている。まあ座れ。おまえの猪首を見上げていると落ち着かない。幸い誰もいない。だが、誰かがここに入ってきた時点でこの話はナシだ」

昔の休憩室には自販機コーナーのほか喫煙室があって、四六時中誰かが入り浸って煙草を吸っていた。灰皿が撤去されたあとは、案の定、人足が途絶えていた。

高峰は、工藤の向かいのベンチに腰を下ろした。

「感謝か。たしかにな。じゃあ本題の前に、いっこ聞きたいことがある。おまえの言う黒社会の処刑場――あの新興住宅の一軒家に、誰かが連れ込まれて来なかったか？　おれたちが行く前の話だ。おまえらはおれ達でなく、あの家を張っていたんだろうが。なら分かるはずだ」

「……なんの話だ」

「ごまかすな。胡麻塩頭の年輩の男が入っていった――いや、拉致されてきた
ただろうが。おまえらはそれを見過ごした。違うか。処刑が行われる家だと知っていて、おまえらはその男を見殺し

にしたんだ」

「おまえら、とはどういうことだ」

「おまえひとりのはずはない。会社はそんな単独捜査を許さない。おまえらのチームは、なんらかの目的があって、田臥組や田臥組傘下の法人、そして田臥と関わりのある外国人犯罪組織なんかを調べていたのだろう。おれだってはじめは、二課イコール後藤の会社、投資コンサルティング会社〝60％〟が標的だと思っていた。〝60％〟に現れた二人組の片割れだっておまえだろ？ しかしもうひとりの片割れは、二課どころか、うちの署のやつですらねえとおれは踏んでいる。たぶんおまえは二課から駆り出された秘匿合同捜査班のひとりだ。それもかなり機密性の高い任務を帯びている。でなければ、署の仲間すら欺くなんて真似はしない」

「それとその胡麻塩頭が、なんの関係がある」

「行確中にイレギュラーな出来事が起きた。投資コンサルティング会社〝60％〟の代表取締役、後藤喜一が拉致されるという現場に遭遇した。それなのにおまえらは、黙認してやり過ごした。はっきりいって信じられない。これがおまえひとりで判断できる問題のはずがない」

「おまえが言うか。警官のくせにやつらを殺そうと目論んでいた野郎が。おまえの行動こそ信じられん」

「そこまで分かっているんなら、なぜおれを逮捕しない。泳がせたところでこれ以上何もでねえ。公判維持の証拠固めなら、もう十分なはずだ。要するにもっと前にも逮捕できたってこった。さっきも言ったが、ここ最近のおれに行確はついていない。そして今もおれは悠々と会社に出勤している。なんでだ」

「知ったところでどのみちおまえはもう終わりだ。ただ時間の問題なだけだ」

「そんなのはとうに知ってら。おれが知りたいのは泳がせている意味だ。いいか聞け。おれはおまえらを道連れにしてやるか、迷っている。後藤は田臥組の組員じゃねえ。今のところ一般市民だ。たしかにマネロン行為に手を染めていたかもしれねえが、外国人犯罪組織から惨殺されようとするところを警察に黙認されるほど重い罪じゃないはずだ。おれに言わせれば、後藤の罪より重い罪を背負っているやつなんて、この署内にだってゴマンといる。後藤は、市民を守るはずの警察から手を差し伸べられず、みすみす凶悪なチャイニーズマフィアの手に落ちた。このことをマスコミが知ったらどう思う」

　工藤の顔が紅潮した。

「……おまえなんかの命を救うんじゃなかった」

「違う。おまえはおれが死んだところで気にするような男じゃない。むしろ後藤より、おれが殺《や》られたほうがマシだと思うくらいの男だ。ただ、まだその時期じゃなかっただけのことだ。今死なれては都合が悪い。それだけだ。違うか」

　高峰は過去、この工藤という男について、警察組織からドロップアウトした挙げ句、自分同様に悪徳警官の道へ突っ走った男なのではないかと考えていた。しかしそれは間違っていた。こいつは、この工藤という男は、警察業務に従事したまま、非人道的な行為に慣れ過ぎてしまっている男なのだ。

「言え。おまえらの目的はなんだ」

「おれが秘匿の捜査情報をおまえなんかに漏らすと思っているのか？」

17

「ああ、マスコミにぶちまけられたくないならな」

「おまえの刑期も長くなるぞ。いいのか」

「なんべんも言わせるな。おれはおまえらを道連れにして玉砕する覚悟がある。そう言ったろう」

工藤の眼光から警戒心が消えている。あるのは憎悪のみだ。

不意に椅子から立ち上がった工藤は、高峰の胸を突いた。

「……分かった。勝手にマスコミにぶちまけろ。おれも腹を括った。捜査情報を絶対におまえなんかに明かしたりしない」

工藤の指を捻り上げ、へし折ろうと思ったが、まだ早いと考え直した。

「じゃあこっちも譲歩してやる。黒社会の連中、〝羅林《ルウオリイン》〟の本当のアジトの場所だけ教えろ。それだけでいい。四六時中張ってたんだろ？　おまえらは、やつらの本当のアジトの所在地を知っているはずだ。あの処刑場にはもう、やつらも後藤もいなかった。別の本当のアジトがどこかにあるはずだ」

「いやだね」

「いいか、よく考えろ。微かな希望だが、後藤はまだ生きている可能性がある。おれがマスコミに暴露しようとしているおまえらの醜聞がなくなるかもしれないんだ。おまえらはたぶん、なんらかの理由があって、監視はできても、直接触ることができないんだろ？　代わりにこっちがやろうってんだ。おれが後藤を救い出したら、おまえらの弱みもなくなるだろ」

工藤の目に、迷いの色が浮かんできている。

「……後藤喜一が仮に生きているとして、どうやって救い出す？　相手は中国黒社会の連中だぞ。おまえの言った通り、銃のほか青龍刀を振り回す滅茶苦茶なやつらだ。はっきりいっておまえなんかに勝ち目はない。分からないのか？　だからあのときおまえに電話してやったんだ。そんなやつらから、いったいどうやって救い出す気だ？」

こいつは今試算している。高峰はそう思った。

「聞くなよ。聞けば、知っていたということが、またおまえの首を絞めることになる。いいか、おれはおまえから何も聞いちゃいない。そういうことにする。これだけは誓う。たのむ、信用してくれ」

高峰は、後藤の胡麻塩頭を思い浮べた。たのむ、生きていてくれ。

「……なら、交換条件だ」

「なんだ？　言え」

「あの会社、投資コンサルティング会社〝60％〟の件だ。あの会社と同様の法人名の会社が今、日本のほか、海外のいたるところで乱立している。〝60％〟なんて法人名が偶然であるはずがない。この理由を我々は知りたい」

はじめて知った。柴崎や粕谷からも聞いたことはなかった。

「知らん。本当だ。だが、おまえも知っているだろうが、あれはマネロン会社だ。だから各国に創立して、互いの外貨を巧く回しているんじゃないのか？」

「おれもはじめはそう思った。だがそれだけじゃない。それだけだったら税率の低い新興国に創立すべきだ。トップクラスに税率の高いデンマークやスウェーデンにまであるんだぞ？　あの

17

〝60%〟が」

「……なら、麻薬密売に関係がある？」

「デンマークやスウェーデンでか？　ありえん。流通にコストがかかりすぎる」

自分の頭では理解できない世界だと高峰は思った。海外の知識などまるでない。

「なら、こうしよう。こっちで調べてみる。そして分かり次第、おまえに伝える。約束する」

工藤は胡散臭そうな視線を放ってきたが、同時に保身も考えているはずだ。こっちが欲しいのはあくまで羅林《ルウオリイン》のアジトの住所だけであり、取引として損はないはずだ。

「……新港《しんこう》だ。住所は――」

高峰は、アジトの所在地を頭にメモした。

18

「ねえ、これってこんなに乗り心地が悪いもんなの？」

助手席のホールド性の高いレカロシートに収まりつつ、田臥組組長、田臥和彦はそうぼやいた。

「走りを追求したスポーツカーと、乗り心地を追求した高級車はまさに対極にある……って、柴崎さんが言ってましたよ」

粕谷一郎は答えた。

ＰＭ11：42。

深夜の埠頭を疾走する柴崎所有のマセラティは、異常なほど乗り心地が悪い。

粕谷は、ハンドルを握りしめながらルームミラーを覗いてみる。暗くて分かりづらいが、後部座席で腕を組んでいる高峰の顔に、表情らしき表情は浮かんでいない。いったい何を考えているのか。

暴力団対策課に所属している高峰岳は、警察情報を駆使したのか、なんと福建マフィア〝羅林《ルウオリイン》〟の現在のアジトを突き止めてきた。それを聞かされたとき、粕谷の脳裏に浮かんだのは、まず後藤の胡麻塩頭、つぎに胖虎《パンフー》の二重顎、そして酷薄なチャオズの赤い唇だった。

リボルバーを咥えたあの感触は、今なお粕谷の喉元にこびりついている。恐怖、屈辱、怒り、

18

憎悪、安堵。

そして今は、後藤の生存に対する、希望。

柴崎は、《まだ後藤は生きているはず》と、自身の推測を語ってくれた。その理由について教えてくれるような人じゃない。しかし、何かしら根拠があるに違いないと粕谷は感じていた。

そうであればすぐにでも福建野郎どものアジトにカチ込みたいと柴崎に直訴したところ、条件付きでＯＫが出た。その条件が、超レアキャラといっていい田臥組組長、田臥和彦の同行だった。

「ねえねえ、そもそも福建省ってどこにあるんだっけ？　北京の近く？　僕、北京には行ったことあるよ。マジで驚くほど大都会！　あれ？　ごめん、それ上海だわ。いて！　マジ舌嚙んだ。やばいってこの車！　なんて車だっけ？」

「マセラティ。柴崎さんはたぶん、色々チューンナップしてサスも替えてますね。けど、マフラーはたぶん純正。この車、スピードと振動のわりに案外静かでしょう。柴崎さんの真似して買った鳴原のマセラティなんて、爆音ですからね。柴崎さんらしい車です」

「そうだ鳴原！　あいつ、最近見てないねえ。生きてんのかな。まぁた柴崎さんの特殊任務にでも就いてんのかなあ？　まったくアレだ、君もそうだけど、鳴原からみれば、柴崎さんは神だもんな！」

田臥組長はトレードマークの丸眼鏡のブリッジを上げながら、助手席で絶え間なくおしゃべりを続けている。まるで遠足へ出かける園児のようだと粕谷は思った。

粕谷はおもむろに煙草に火を点け、煙を逃がすためにウインドウを開けた。

「寒いぞ、煙逃がすだけなら、そんなに開けなくてもいいだろうが」

間髪入れずにうしろから高峰の苦情が届く。

「眠気覚ましだよ、あんた、あんまり寝てないやろ？」

硬いサスペンションに揺れるウインドウの先に、青い半円の月がある。

極道が行動するのはいつも夜。

今、ちょうどＰＭからＡＭに切り替わったところだ。地下社会で生きる住人の活動時間帯が始まる。

「寝てなくはない。大きなお世話だ」

「そうか。ところでいまさらだが――」

「なんだ」

「田臥組の罰を半分こしてくれて、ありがとな」

あのとき高峰は、田臥組流ロシアンルーレットの二発目を代わってくれた。普通、できることじゃない。

「なんで今言う？」

「え？」

粕谷は、ルームミラーを覗く。高峰とミラー越しに目が合った。

「今日、死ぬかもしれないから、今のうちにってか？」

「いや、違う。いやまて、そうかもしれん」

「なんだあ、もう終わりなのぉ？　欲のねえやつですね」

助手席から田臥組長が、笑いながら口を挟んだ。

18

「しょうがないから、辛気臭い話をぶっ飛ばす、とっておきのアイテムをお見せしましょうか！高峰刑事さん、貴方のとなりの足元にある紙袋、それ、開けてみてくださいな」

　ごそごそと背後から紙袋を開封する音がする。

　粕谷は《何だろう》と、ルームミラーに目をやった。すると、丸くて得体の知れない、鉄の塊を高峰が手に取っている。

「なんだ、これ」

「手榴弾。君達、それを一個ずつ両方のポケットに入れちゃって。万が一さ、君達が殺《や》られちゃった場合、僕が手榴弾の入った君達のポケットをピンポイントで狙撃してあげるから。田臥組は、負けることが許されない。死んでも勝つ。分かった？」

　呆れるほかなかった。なるほど、田臥和彦とはこういう男なのか。死んでも負けない。柴崎から信頼されて組長の座を譲られただけのことはある。義理事を嫌う柴崎の傀儡組長との噂もあったが、やはりそれだけじゃなかった。

　うしろから高峰の笑い声が響いた。高峰が笑うのを、粕谷は久しぶりに聞いたような気がした。

「おもしれえ」

*

　相変わらず月が追ってきている。

　震災後、この辺りは緑地となっていた。

海岸から二キロ以上離れてはいるが、耳を澄ませば波の音が聞こえてきそうなほど、静かだった。

震災から丸十一年、今なお死者の魂がさまよっているような気分になる。

マセラティは減速し、やがて停止した。

静謐な深夜に、マセラティの分厚いドアが開閉する音が響き渡る。車から降りると、冷たい風が三人の間を吹き抜けていった。

「驚いたな」

福建黒社会〝羅林《ルウオリイン》〟のアジトは、なんと中古車屋だった。

闇に鈍く輝く磨き上げられた中古車が、見渡す限りズラリと並べられてある。車種はどうやら外車が多い。車は、広大な敷地に余裕をもって並べられていて、一台一台タイヤの角度まで効果的に演出されている。

そのボンネットに、淡い月明りがぼんやりと反射している。

看板もとっくに消灯している深夜の車屋を訪れるのははじめてだったが、よく磨かれた車がなんだか眠っている生き物のようで、不気味だった。

「あそこだ、たぶん」

高峰が指差す先に、プレハブを巨大化させたような二階建ての建物がある。

一階をぐるりと囲む大きな窓にはロールカーテンが下りている。たぶん一階は商談ブースなのだろうと見当をつけ、前を進む高峰のあとに続いて粕谷も歩き始める。

「じゃあね」

18

青みがかった月明りの下で、マセラティのボンネットに腰をかけ、田臥和彦が手を振っている。

「いっしょに来ないのか」

高峰が問いかける。

「うん。悪いね」

「……見届け人ってことか」

「それだけでもないけどね」

「いっしょに来ないで、どうやってこれを狙撃するつもりなんだ？」

高峰がスラックスの膨らんだポケットを叩いた。手榴弾が入っている。

「色々な手があるもんさ。でも、最悪、自分で引いてほしいな。簡単だよ。缶コーヒーのプルタブを引くみたいに」

「そういうことか」

高峰は唾を吐いて、戦場に向かう兵士のように黙々と前へと進んでいった。その手には、しっかりと拳銃が握られている。

粕谷は、しばらく田臥和彦を見つめていた。

――見届け役か……。

柴崎は、自分らが怖気づくと考えたのか。逃げ出すと考えたのか。後藤を見捨てて。

当然か。今まで何度も失敗してきたのだ。

無意識にパンツのポケットを弄っていた。ひょっとするとこれは、手榴弾に似せた時限爆弾なのかもしれないな。粕谷はそう思った。勝つために手段を選ばない指揮官、田臥和彦。そして総大将の柴崎純也の真意は、福建人の殲滅のみにあるのかもしれない。

粕谷は月を見上げた。いずれにせよ、はじめから自分に選択権などない。ならばいまさらどうということはない。

粕谷はそう吹っ切り、高峰の背中を小走りに追う。

夜空の星を覆い隠しているプレハブが、巨大な黒いブロックのようにそびえ立っている。プレハブの西側には階段が備えつけられており、二階へと続いている。一階が車の商談スペースならば、二階は事務所ってところが妥当だろう。つまり目的地は二階だ。

ふたりは息を止め、ゆっくりと、慎重に階段を上り始めた。

階段の中段に差し掛かったところで、粕谷はふと、並べられた販売車を見下ろした。月明りを反射する高級車のルーフとボンネットが輝いている。

「なあ高峰さん、あんた、車に興味あるか」

「まったくない」

「おれもだ。おれは、バイクだ。なあ高峰さん、バイクはいいぞ。風と一体となって、カッ飛ばしているときには何もかも忘れられる。下の高級車一台で、たぶんおれの欲しいバイクが二台は買えるぞ。おれはヤマハ党なんや」

「なら今度、おまえのバイクのケツに乗せてみろ。いいもんならおれも買う」

「あんたをバイクに？　待ってくれ、男のふたり乗りは気色悪いわ」

階段を上り切った先に、引き戸があった。

今一度手にした拳銃を点検し、まずはじめに高峰がそっと引き戸に手をかけた。

18

するりと抵抗なく開いた。なんと鍵は掛かっていない。怪しい匂いがぷんぷんする。

粕谷は、心の中で高峰に問いかける。

――高峰さん、本当にここがやつらのアジトなのか？　だとしたら、これはまた罠なんやないか？

たとえそうだとしても、下には見張り役がいる。もはや退路はない。

ふたりは、そっとプレハブ内へと足を踏み入れた。

月明りをプレハブ内に忍び入れるために、引き戸は開けたままにした。右側にスリッパ立てがあり、左側には絨毯《じゅうたん》が敷き詰められたL字型の通路が延びている。当然土足のまま、忍び足で通路を進む。

突き当たりの右側に、また引き戸がある。引き戸の上には曇りガラス。曇りガラスは、室内が消灯されていることを示している。

高峰は、音を立てないように引き戸に耳を当て、室内の様子を窺った。

頷くような、首をひねるような、微妙な表情を高峰はしてみせた。気配のないところが、むしろ不思議なのだろう。誰もいないのならば、なぜ鍵をかけない。怪しさ満点だ。しかし田臥組長が見張っている以上、前へと突き進むしかない。

ゆっくりとふたつ目の引き戸を開けてみる。さすがにここまでは月明りが届かない。

ふたりは、暗闇の室内にそっと足を踏み入れた。

瞬間、こめかみに冷たい鉄の感触を味わった。

「だよな。やっぱり」

高峰はそう苦笑しながら両手を上げ、粕谷も続いた。

室内が明るくなる。

「ごくろうサン」

ふたりのこめかみに銃を押しつけた男達が笑っている。

それぞれ右にひとり、左にひとり。少なくとも粕谷に銃を押しつけている右の男は日本人ではない。言葉を発する際の独特のイントネーションから、あきらかに外国人だと分かる。もちろん言うまでもなく福建人だ。

殺風景な部屋だった。

窓はなく、クリーム色のプレハブ感剝き出しの壁に書架があり、白いペーパーファイルがいくつも積み上げられている。床は臙脂《えんじ》色のカーペット。その上にパイプ椅子が四つ。

そのパイプ椅子のひとつに、福建黒社会〝羅林《ルウオリイン》〟の首領、王芳《ワンファン》、通称、胖虎《パンフー》が座っている。

なぜか懐かしい顔に粕谷には思えた。

そしてもうひとつの椅子に、胡麻塩頭のうしろ姿がある。

「待ちくたびれたヨ」

胖虎《パンフー》が笑顔で手招きしている。

「後藤！」

粕谷は、後藤の背中に呼びかけた。後藤はなぜか振り返らない。背中を丸め俯いたままだった。どこかそのうしろ姿に違和感があった。やがて粕谷は気づいた。本来耳があるべき場所に、耳が

18

ない。代わりに血の塊がこびりついている。

「座れ」

粕谷と高峰のこめかみに銃を押しつけている男が、パイプ椅子を顎で示す。ふたりは銃を奪われたあと、無理矢理パイプ椅子に座らせられ、拘束バンドで手をきつく縛られた。そのあと、両足もまた同じく拘束バンドで椅子の足に固定された。

「どうせ、柴崎から連絡がきてたんだろ？　馬鹿ふたりが向かうから、よろしくとかなんとか」

「柴崎は裏切り者。アナタ達にとっても、ワタシ達にとっても。ただ柴崎は、このおじいちゃんだけは助けたいらしい」

胖虎《パンフー》が後藤に目をやったあと、粕谷に視線を向けた。肥満した顔の肉が盛り上がり、目が糸のように細くなっている。その一重瞼からわずかに覗く、酷薄な目が恐ろしかった。

「粕谷サン、久しぶり。ワタシ達との取引を退いたあと、田臥組の金融部門に移ったんだってネ」

マネロン会社〝60％〟のことか。しかし実質の業務はすべて後藤が仕切っていて、自分はただのお目付け役にすぎない。極道のシノギなんてそんなものだ。

だが、あの胖虎《パンフー》の目つきには、なんらかの魂胆があるように思えた。伊達に長い付き合いをしてきたわけじゃない。ここは話を合わせたほうが得策だと粕谷は判断した。

「そや。おれは、あんたらとの商売を続けたかったんやけど、柴崎さんに交替させられてしもうた。その後は、あんたらも分かるやろ。あんただってうちのファンドの口座を持って、マネロンに精を出しておったやないか――」

脳天に衝撃が走った。一瞬、目の前が真っ暗になった。

滲む視界に映ったのは、銃を逆手に持った男――粕谷に銃を突きつけていた男の、憤怒《ふんど》の形相だった。

銃のグリップで、きつい一撃を食らったようだった。強烈な吐き気が襲ってくる。

「粕谷サン、言葉遣いに気をつけたほうがいい。ワタシ、アナタがクスリを盗んでいたこと、忘れてない。そのせいで仲間をひとり失ったことも」

「……悪かった。いや、すみませんでした」

脳天から流れ出た血が目に入ってくる。いまは我慢しろ。いまは下手にでろ。いまは痛みに耐えろ。胖虎《パンフー》、そして柴崎の意図が分かるまでは。

「ワタシ達、柴崎の裏切りの代償に、田臥組が経営するファンドの金を貰い受けようと思った。それでこのおじいちゃん、後藤サンを拉致した。けど、この人、使えない。ワタシ達の口座にファンドの金を送金するためのパスワードを解除する権限を与えられていないと分かった。ただ運用するだけ。田臥組は、後藤サンを重宝してはいるけど、信用はしていないわけネ。粕谷サン、アナタなら、ウチに送金するためのパスワードロックを解除できると柴崎が言った。それで柴崎は交渉してきた。後藤サンを生かすことが条件。彼がいないと、この先、マネロンができない。今の金を失っても、すぐにまた稼ぐことができる。彼がいる限りは。ならば送金に応じると。代わりに粕谷と高峰は引き渡すと。粕谷にパスワードロックを解除させて、金を手に入れろ、と。粕谷サン、分かった？」

どういうことだ。ファンドの金を取り仕切っていたのはすべて後藤だ。後藤にパスワードが解

18

除できないはずはない。そして自分はお飾りの目付け役に過ぎない。権限？　パスワード？　そもそもそんなもんあったのか？　まるで分からない。だが。

「ああ、おれならパスワードロックを解除できる。その後に後藤にいくらでも送金させたらええ。けど、送金終了後、おれはどうなるんや？」

時間を稼げ。

「死に方を選べる。楽に死ねる。柴崎は、後藤の解放以外、ほかに条件を出していない。アナタはウチの薬を横流しした。柴崎が許してもワタシ達が許さない」

「そんなんで、おれがパスワードロックを解除するわけないやろ」

「なら、後藤は死ぬ。アナタ、柴崎の命令に背くことになる。それにいずれにせよ、ワタシ達、秘密を吐かせるのは得意」

「粕谷」

高峰が呼んだ。同じように椅子に縛りつけられながら、あきらめたように目を細めている。

「いいじゃねえか、粕谷。腹ァ固めろよ。おれたちは、後藤を救いにここまできたんじゃないか。そうだろ？　柴崎のやつも目的はいっしょだったってこった。おれたちはミスばっかりしてきた。でも後藤はそうじゃない。マネロンや資金運用で田臥組にきっちり貢献している。だからおれたちを身代わりにして後藤を救出する。実に理に適《かな》っていて、あいつらしいじゃねえか」

「高峰岳サン、アナタは警官だったネ。そう、覚悟してる通り、警官のアナタも逃がすわけにはいかない」

「好きにしてくれ。おれはもう疲れた」

「お仲間はこう言っているが。粕谷サン、さてどうする？　断るなら、後藤サンも、高峰サンも、チャオズに引き渡し、生皮を剝いで、肉ダルマにして、犬の餌にするヨ」

「……パスワードを解除したら？」

「後藤は解放する。アナタ達は、こめかみに一発。楽に死ねるヨ」

高峰の真意は分からない。案外本気で言っているのかもしれないが、いずれにせよパスワードなんて粕谷は知らない。

粕谷は辺りを見回した。何か時間稼ぎできる材料はないか。

「チャオズはどこにいる？」

「ここにはいない。それがどうした。下の商品車の中で警戒にあたっているヨ。手下をたくさん引き連れてネ。言うまでもなく柴崎はまるで信用できない。田臥組がここを大勢で襲撃する可能性に備え、武装もしている。もし柴崎達が襲撃してきても、返り討ちにしてやる」

あの商品車の中に、手下が隠れていたのか。まるで気づかなかった。田臥和彦は気づいていたのだろうか。

「なあ、胖虎《パンフー》、おれもまた、柴崎さんに裏切られてここにいるわけや。もうホンマ柴崎に義理立てする必要もないから言うんやけど、本当にあの人が負けを認めて、ファンドの金をあんたに渡したりするやろか？　後藤というただの一般人を救うために？　だって、金のために後藤を仲間に引き入れたわけやろ？　その金をあんたに渡すってのは、本末転倒やないかと思う。違うか？」

「ワタシもそう思った。けど、柴崎にとって、今ファンドに入っている金は、はした金で、後藤

18

サンと組んでいれば、もっともっと大きな金を稼げると言っていた。けど、やはり信用はできない。だから、ワタシ達の口座に入金になるまでしっかりと見届ける。入金にならなければ、生まれてきたことを後悔するほどの生き地獄を見せて、全員殺す。それだけ」

「仮に入金になったとして、ここに高峰さんがおる。あんたの言った通り、高峰さんは警官や。たぶん、柴崎さんが高峰さんをここに遣わせた理由は、あんたに高峰さんを殺させるためやで。あんたもさっき言った通り、高峰さんを殺すつもりになっとるけど、日本の警察ってのは、仲間の警官殺しについては絶対に許さへんで。草の根分けても犯人を捕まえるで。何年かけても。柴崎は、あんたらをこの国の捜査機関に売り渡すつもりなのかもしれん」

「なるほど。それは参考になるネ。でも、ワタシ達の考えは変わらない。まず金。あとのことはあとで考える。粕谷サン、もうおしゃべりはいい。さっさと始めろ」

胖虎《パンフー》の手下が、いつの間にか粕谷の前にノートパソコンを用意している。見覚えのあるものだった。〝60％〟で後藤が使用しているノートパソコンだ。

「……粕谷さん……」

不意に後藤が口を開いた。いつから意識を取り戻していたのか。

「ほお、ちょうどよく目覚めたようだネ。それとも、気絶したふりをしていたのかな？　後藤サン、お仲間がアナタを助けに来ているヨ。美談だネ。我が身を犠牲にして仲間を助けにやってくる。いい話。後藤サン分かっているネ？　粕谷サンがロックを解除したら、例の口座にありったけの金を送金するんだヨ。そしたらアナタはおウチに帰れる」

「……後藤、遅くなってすまんかったな。大丈夫か？　耳、聞こえるんか？」

後藤は振り向いた。土色の乾いた顔に、両耳から迸《ほとばし》った血飛沫がこびりつき、その顔は死体にしか見えなかった。

「……助けに来てもらえるなんて、思ってもみませんでした。私は、柴崎さんに見捨てられたものだと思っていました」

後藤の頬には涙の跡がある。耳を削がれ、痛みに耐えながら、あれからずっと、何日も捕らわれていたのだ。さぞ心細かっただろう。

不思議だった。後藤の心情を理解するとともに、自分の命に対する執着が薄れてゆく。

「見捨てられたのはおれや。おまえやないぞ。おれやで。でもしゃあないわ。おまえは田臥組に貢献しとるけど、おれはヘマばっかりしとるから」

「……ヘマをしたのは、私もいっしょです。だからこうして捕まっている。それも高峰さんに、黄色いコートの男を追うなと言われていたのにもかかわらず……。忠告に従わずにあとをつけてしまったせいで……」

後藤の視線が粕谷を通り越した。その先に高峰がいる。

「後藤さん、気にするなよ。どっちにせよ、拉致られていたさ。というか、もとをただせば、そもそもあんたを引っ掛けて田臥組に引き渡したのはこのおれだ。あんたはそのことについて、一度だっておれに恨み言をいわなかったな。感謝する。そしていまさらだが謝る。おれが悪かった」

自分の命に対する執着が薄れているのは、高峰も同じなのかもしれない。粕谷は、後藤に問いかけた。

「なあ後藤、おまえ、子供、おるんだっけ？」

18

後藤は、不思議そうに粕谷を見つめた。

「……います、が、もう息子にも、縁を切られたのも同然です」

「大事にしたれ。おれな、生まれ変わったら、家族がほしいねん、子供がほしいねん。夕焼けの河川敷でな、紙ひこうき飛ばしたりして、子供と遊びたいねん――」

二回目の衝撃が走った。銃のグリップが後頭部にめり込んだんじゃないかと思った。

「もうおしゃべりは、終わりだと言ったろう」

胖虎《パンフー》の人間とは思えない残忍な目を、粕谷は力なく見上げた。時間稼ぎをしたところで、もはやこれ以上、何も思いつかなかった。

「胖虎《パンフー》、やめろ」

突如ドスの利いた声が轟いた。なんと、後藤だった。

「胖虎《パンフー》、たとえ粕谷さんがパスワードを解除しても、私はおまえの口座に送金しない」

「……なんだってテ……アナタ、頭、オカシクなったか？」

「おまえは、粕谷さんと高峰さんを殺すと言った。ならば送金はしない。絶対に」

「……キサマ……なめやがって……」

胖虎《パンフー》の顔が瞬く間に赤く燃え上がり、醜悪に盛り上がった頬の肉が痙攣《けいれん》しはじめた。両目を剥き、その狂気を孕んだ凄まじい眼光に対して、後藤は怯むことなく真っ向から受け止めている。

粕谷は自分の目が信じられなかった。

「…ふたりの解放を約束しろ。それが送金の条件だ」

胖虎《パンフー》の懐から拳銃が現れた。銃口が後藤の眉間に向けられる。

「……金、もういい、別の方法を考える。キサマ、殺す」

「そうか、殺《や》ればいい。あの世からおまえを呪い殺してやる」

後藤は静かに目を閉じる――。粕谷は叫んだ。

「胖虎《パンフー》！　やめい！　やめいやめい！　やめい！　金いらんのか！　やめんかい！　正気に戻らんかい！」

噛み締めた歯の隙間から泡を飛ばしながら胖虎《パンフー》は後藤に照準を合わせる。

「死ねィ」

その台詞が言い終わらないうちに、人間とは思えない雄叫びを発しながら岩の塊が突進してきた。縛られたままのパイプ椅子の足をゴムのようにぐにゃぐにゃと曲げ、猪首を真っ赤にした高峰が胖虎《パンフー》へ突進してゆく。胖虎《パンフー》は、化け物を見るような顔をして咄嗟に銃口を後藤から高峰に切り替えた。

鼓膜が破裂し、脳を揺らすような銃声が轟いた。

高峰が崩れ落ちる。その背後から、銃を構える胖虎《パンフー》の手下の姿が現れる。その手に握られた拳銃から硝煙が上がっている。椅子に縛りつけられたまま、甲羅を背負った亀のように椅子を背負っている高峰の目から、光が失われてゆく。

「おんどれえええぇぇぇ！」

高峰の雄叫びを粕谷の怒号が引き継いだ。高峰同様に縛られた状態のまま腰を上げようとした粕谷に対して、胖虎《パンフー》は、体重を乗せた重厚な蹴りを放った。縛られているために受け身の取れないその身体は、プレハブの隅にまで吹き飛んだ。

18

粕谷は痛みを堪えつつ、呪詛《じゅそ》を唱えるように言った。

「胖虎《パンフー》よお……おまえほんま阿呆やなあ。まぁた柴崎さんに騙されとるで。なんやねんパスワードって？　そんなもん最初っから知らんわ。実はパソコンすらよう扱えんわい。胖虎《パンフー》、たぶんな、遠隔操作でパソコンをロックしたのは、柴崎さんやで。そんなことできるくらいやから、ファンドの金も、もうないんちゃうかあ！」

粕谷は思い出している。先日、田臥組の事務所でロシアンルーレットを強いられていたとき、柴崎は物凄いスピードでノートパソコンを叩いていた。

「……田臥組のヤツら……キサマらみんな……なめやがって……」

胖虎《パンフー》の手下が、床に伏している高峰に銃口を向けた。とどめを刺そうとしている。喉の奥で言葉がつっかえていて出てこない。粕谷はただ息を止めることしかできない。

「……キサマら、みんな、コロシテ、ヤル……」

突如、気の抜けたメロディが鳴り響いた。

胖虎《パンフー》の携帯だった。この修羅場に相応しくない、甘い愛のメロディ。

即座に着信の相手を確認した胖虎《パンフー》は、さらなる鬼の形相となった。

「柴崎ィ！」

携帯を耳にあてながら胖虎《パンフー》は、言葉にならない罵詈雑言《ばりぞうごん》を叫んだ。完全に正気を失っている。

「柴崎ィ！　聞こえているカ？　覚悟シロ！　今からオマエの手下どもの、断末魔の叫びを聞かせてやる！」

胖虎《パンフー》が銃口を後藤に向けたそのとき、胖虎《パンフー》はなぜか、急に固まった。

「……何ダト？」

沈黙が包む。

胖虎《パンフー》の配下らも含め、誰もが携帯で通話している胖虎《パンフー》に注目している。

柴崎らしき声が、かすかに胖虎《パンフー》の携帯から漏れ聞こえてくる。しかし会話内容までは聞き取れない。

ただ冷たい時間だけが過ぎてゆく。

やがて胖虎《パンフー》は、携帯を握りしめたまま、呆然と待機していた配下らに何かを叫んだ。

福建語のようだった。何を言っているのか粕谷には分からない。が、胖虎《パンフー》の手振りから、何か下を示しているようだと粕谷は思った。下——一階のことか？

ふたりの配下は一階に下りるためか、一斉に戸口へと走った。その瞬間、凄まじい爆発音がし、椅子ごと床に倒れていた粕谷は耳を覆うこともできず、煙がとぐろを巻く視界の中、戸口に駆けて行ったふたりの背中から、バケツ一杯の血液と、赤黒い臓器が飛び出てくるところをスローモーションで見た。

携帯を手にしたままの胖虎《パンフー》は、バラバラに飛び散った配下の肉片を呆然と見下ろしている。

やがて脳天を刺すような耳鳴りから解放されて、粕谷の聴覚が舞い戻ったとき、凄まじい火薬の匂いと、強烈な血の匂いを嗅いだ。そして——。

姿なき男の声が、室内にこだました。

「……下の連中は、すべて始末した……」

それは、真っ暗な戸口の向こう側から聞こえてきた。が、声の主、田臥和彦の姿はない。粕谷

18

も、後藤も、椅子に縛りつけられた身体を捻って首だけを動かし、ブラックホールの暗黒につながっているような戸口の奥に目を凝らした。

真っ暗な戸口の向こうから、またしても田臥和彦の声だけが響いてくる。

「……うちのやつの拘束をほどきな……」

胖虎《パンフー》の携帯からは、かすかな笑い声が漏れている。柴崎だろうか。しかし、その笑い方は奇妙で、まるでピエロか福笑いのようだった。こんな笑い方をあの柴崎がするだろうか。

なおも胖虎《パンフー》の携帯から漏れてくる笑い声は、次第に高揚していき、しまいには、腹を抱えて笑い転げているような感じになった。

「……どうしたよ、胖虎《パンフー》……。はやくほどきなって……」

戸口からはなおも、姿なき悪霊の声が聞こえてくる。

田臥和彦の声も、携帯から漏れ聞こえてくる狂気を孕んだ笑い声も、粕谷の中で同一化している。どちらも人外の声だ。

闇の底から田臥和彦の声が響く。

「ハハハ！　……早くしなってば。ハハハ！　……早くしなってば……」

＊

高峰と粕谷のふたりは、後藤喜一に肩を貸し、三人でプレハブの階段を慎重に下っている。一階に到着すると、ここに来たときと寸分変わらない姿勢で田臥組長がマセラティのボンネットに腰をかけていた。

まるで何事もなかったかのように、笑顔で手を振っている。

「おかえりなさぁい！」

ふと粕谷は、うしろを振り返った。

原型を留めていないふたつの死体と、生きた死体に等しい胖虎《パンフー》が取り残されているプレハブ。その向こう側に、ほんのかすかに夜明けの気配が漂っている。

高峰は、ときおり顔を歪ませている。

「高峰さん、あんた大丈夫か」

「しかし、防弾ベストを着込んでいても、こんなにも痛《いて》えのか。死んだかと思った」

粕谷は、高峰の背中を点検してみる。やがてコートの肩甲骨部分に焦げ穴を発見した。

「こっちからしたらどこに当たったのか分からん。ホンマに死んだかと思った。いずれにせよ、防弾ベストを貸してくれた田臥組長に感謝や。……しかし、あんたとんでもない馬鹿力やな。鉄のパイプ椅子が漫画みたいに足曲げて歩いとった……」

時刻を確認すると、ＡＭ５：55。

今一度プレハブを見上げ、粕谷は、先ほどの光景を思い浮かべる。携帯を肩と耳で挟みながら、ひとりずつ拘束を解く哀れな胖虎《パンフー》の姿。手を動かしながらも携帯の向こう側へ、必死になって慈悲を乞うているその姿。子供達には手を出さないでくれ。子供達には手を出さないでくれ——。

胖虎《パンフー》の哀れな懇願に対し、聞く耳を持たずに響いていた狂気の笑い声。そして戸口からは悪霊の声。その両方が粕谷の鼓膜にこびりついて今も離れない。

18

柴崎は大陸の人間を動かし、中国本土にいる胖虎《パンフー》の子供達を確保したに違いなかった。願わくは、胖虎《パンフー》の子供達が生きていてほしいと、粕谷は心から祈る。

「おふたりさん、ポケットのブツは、ちゃんと置いてきたかぁい？」

黒の上下であったために気づかなかったが、田臥和彦の衣服には凄まじい惨劇の残滓《ざんし》があった。血のほか、皮膚か血管の一部のような肉片も付着している。そしてマセラティのボンネットには、見たこともないほど大型で、妙に角張ったサプレッサーが装着された散弾銃がまるでオモチャのように放ってある。

今もかすかに銃身から煙が立っている。彼にとっては、本当にオモチャのようなものかもしれない。

田臥和彦もまた、柴崎純也同様、別世界に棲む種族なのだと粕谷はあらためて理解した。

「うん、ないね！」

呆然と立ち尽くしている粕谷のパンツのポケットを、田臥組長はポンと叩き、にっこりと微笑んだ。はっと気づいて、あわててポケットの中を弄ってみたが、ポケットの中は空だった。

中に忍ばせていたはずの、手榴弾は——？

「粕谷、覚えていないのか？　あのふたりに銃を取り上げられた際、手榴弾もいっしょに取り上げられただろうが」

高峰はそう言うが、粕谷にはまったく覚えがなかった。

しっかりと神経を張り巡らせていたつもりでも、反面恐怖に支配されていた証なのだろう。すなわちこれが自分の限界なんだと、粕谷は納得する。

「後藤さぁん、はじめましてになるねぇ。耳、大丈夫？　聞こえるのかな？　僕は田臥和彦。田臥組のお飾り組長さぁ。これからよろしくね！」

七日ぶりに解放された後藤は、今なお放心している。

胖虎《パンフー》の配下ふたりの身体が破裂し、臓器をまき散らした際、後藤は魂を抜き取られたような声なき悲鳴を放った。驚くべき強さを見せた自分の言動さえ、もはや覚えているのかどうか疑問だった。

無理もないと粕谷は思う。凄惨な場面を見慣れているはずの極道ですら、目を背けたくなるシーンの連続。ましてや今まで暴力とは無縁だった男には、ショックが大きすぎる。

「そういえば、粕谷ちゃん、柴崎さんからの伝言。《おまえを拉致るのは本当に簡単だな》、だって。なんか意味分かんないんだけど。ねえこれ、どういう意味？」

放心状態の後藤と田臥組長の軽快さが、粕谷の目にひどく対照的に映る。

「田臥さんよ、あんたはお飾りの組長なんかじゃない。この街で最強の男かもしれん。柴崎とは違った意味でな。ところで、この販売車に潜んでいたというマフィア連中はどうなったんだ？

いや、聞くまでもないことかもしれんが……」

高峰の問いに、田臥和彦はニッと白い歯を見せる。そして子供のように含み笑いをしながら一台の商品車を指差した。

ＲＶ系の排気量のでかいアメ車。粕谷は、そのアメ車の車内を覗き込み、一瞬で凍りついた。吐かなかったのは、スモークシールドのためによく見えなかったおかげだろう。不意にどこかで見た記憶がよみがえる。そうだ、古い絵巻物の地獄絵図だ――。

18

人間らしき死体がいくつも折り重なり、ぎゅうぎゅう詰めに車内に押し込まれている。何体あるのだろう。見当もつかない。

プレハブの二階に監禁されていたとき、争うような物音など何ひとつ聞こえやしなかった。田臥和彦は、物音ひとつ立てず、たったひとりで、この鬼畜の所業をやり遂げたというのか。

「おふたりさん、時間稼ぎしてくれてありがとうね！　おかげでじっくりゲームできたよ。でも――」

田臥組長の目が急に人外の目となった。化け物の目だった。

「ひとりだけ、取り逃がしちゃった。ちっこくて、すばしっこいやつ。まあいいさ。いずれ探し出して退治してやる。必ず……」

高峰は煙草を取り出して、ライターを擦った。その手が震えている。

「……いつだったか、柴崎と兄弟分になったような気になったことがある。それは、おれの勘違いだった。柴崎と兄弟分になれるような男は、あんたのような男なのだろう」

ニンマリとした笑顔で応え、田臥和彦は時刻を確認した。

「さて、そろそろ掃除屋がやってくる。僕達も行こうか」


マセラティの狭い後部座席に放心状態の後藤を押し込み、帰りは四人乗車となって、夜明け前の国道四号線バイパスを疾走した。

ふと、後方から地震のような地響きと、雷が落ちたような、くぐもった重低音が響き、走行中のマセラティも少し震えた。

ほとんど人事不省状態にある後藤は別にしても、ほかの三人も誰ひとり、うしろを振り返って確認しようとはしなかった。粕谷達のポケットに忍ばせていた手榴弾で、胖虎《パンフー》が自爆したのだと誰もが分かっている。

ふと、田臥が言う。

「ねえみんな、お腹へってない？　焼肉食べにいこうよ！　大丈夫！　この時間でも開いている店を僕は知っているのさぁ！」

「……田臥組長。その前に後藤を病院に連れてってくれませんか」

19

自宅アパートのインターホンが鳴ったとき、高峰岳は、夢の中でプレハブを徘徊していた。インターホンの音が夢の中で光へと変換され、やがて胖虎《パンフー》の顔も、耳のない後藤の横顔も、田臥和彦の顔も、眩い光の中へ吸い込まれてゆく。

インターホンはしつこく鳴り続けている。

やがて覚醒した高峰は、現実の置き時計を見て、今がＡＭ７：00ちょうどであることを確認した。ネットショッピングの商品を届けにくる時刻には早すぎる。

インターホンは、なおも鳴り続けている。

玄関の扉を開けると、朝日を背負った逆光の中に予想通りの顔があった。高峰は問いかける。

「フダ（令状）あり？　なし？」

「なし、だ。でもどっちにしても同じだってこと、あんたには分かるだろう」

そう言う工藤孝義の背後には、はじめて見る顔があった。県警のやつではない。しかし、高峰はどこかで見たような感覚を覚えた。だが、すぐには思い出せなかった。

——こいつかな、指揮官は。

「ああ。でも任意だったら、歯ァ磨いて顔洗う間くらい、待てるよな。さっき、起きたばっかかなんだ」

工藤が背後の男に視線で問いかける。案の定、その仕草で男が工藤の上役であることが分かった。

高峰は、その男に睨みを利かせてみる。下っ端の極道なら震え上がる、暴力団対策課捜査員のガンだ。

――ほお。

男の表情に変化はなかった。ひょっとしたら、案外場数を踏んでいるのかもしれない。しかし見たところ、年齢は工藤よりたぶん若い。それでいて工藤の上司なら、総合職試験に合格したキャリア組の可能性もある。

いかにも捜査員らしいジャンパー姿の工藤とは対照的に、男はきっちりとスーツを着こなし、髪も短く清潔に刈り上げている。現場馴れしてるキャリアなど見たことがない。高峰はそう思ったが、すぐにもはやどうでもいいことだと気づき、自ら思考を停止させた。

「五分だ」

男の意向を確認し、工藤が宣言する。

捜査二課の仮面を被った工藤の顔は、以前はほんの少しだけ覗かせていたはずの素顔を今は欠片も見せず、完璧なまでに役人のそれだった。真っ先に人間からＡＩに引き継げる仕事は司法警察業務なのかもしれないと、高峰は昔から思っている。

そうして一旦ふたりを閉め出し、鍵をかけ、高峰は部屋へと戻った。

途端に生っぽい湿度を感じ、アパートの生活臭を一気に嗅いだ。女房と別れたあとに引っ越し、

19

以来、男一匹で長年暮らしてきた１Ｋのアパートだ。

高峰は、固定電話の下の引き出しから、小型のリボルバーを取り出した。以前田臥組の事務所で、粕谷一郎に強いられたロシアンルーレットを交替してやったとき、嘘か真かその勇気を褒め称えられて柴崎から貰った拳銃だ。

その銃を力なくぶら下げながら、高峰は洗面所へと向かう。

鏡に向き合うと、自分でも驚くほど憔悴《しょうすい》した顔があった。

そういえば、髭を剃るのも忘れていた。

無断欠勤四日目の髭面に、高峰は、銃身を構える。

三日前、新港の中古車屋――福建黒社会〝羅林《ルウオリイン》〟のアジトで起こった筆舌に尽くし難い出来事。何人もの死者を出したにもかかわらず、単なる爆発事故として、地元新聞にたった数行の記事が出ただけで完結した。田臥和彦は掃除屋を呼んだと言ったが、それだけで説明できるものではない。どんな力学が作用し、どんな立場の人間達が暗躍したのか、高峰には想像すらできない。

暗く深い、地下の底の底で呼吸している田臥組若頭、柴崎純也の触手が、しっかりと地上のてっぺんにまで伸びている証だった。

高峰は、リボルバーをこめかみに当て、鏡に映る男と目を合わせる。

柴崎と同舟した先が、こんな結末だとは思いもよらなかった。いや、地上を賑わす悪徳警官となって、世間に晒されるゴールもあるとまでは予測していたはずだった。だが、それに耐え切れず、自ら幕を引いてカーテンコールを望む自分がいるとまでは予測していなかった。

引き金に指をかけ、目を閉じたとき、タイミングよく玄関の扉が叩かれた。

「高峰！　五分だ！　もう五分経った！　開けろ！　すぐにだ！　おまえには果たすべき役割がある。妙なことを考えるな！　開けるんだ！　高峰！」

扉越しに叫ぶ工藤の声が切迫している。が、高峰の頭にはぼんやりとしか響かない。めんどうくさいと思いつつ、しかし、果たすべき役割ってなんだと、頭の片隅で漠然と考えた。罪に対する罰の量を測るために送検し、やがて裁判という名のジャッジを受け、服役することか？

そんなつもりはさらさらない。

高峰は目を閉じ、リボルバーの引き金に力を込めた。

「高峰！　開けろ！　柴崎の正体を知りたくはないのか！」

――柴崎の……正体。

高峰は目を開けた。少しだけ迷いのある顔が鏡に映っている。柴崎の正体。いまさらなんだというのか。やつは広域指定暴力団二次団体の若頭で、この街に蔓延る地下社会のフィクサーだ。柴崎のことはよく知っている。映画が好きだということも。案外茶目っ気のある男だということも。ここまで知っている自分が工藤に教えてもらうことなどあるだろうか。

――柴崎の正体。

いや、分からないこともたくさんある。

工藤は、フダ――すなわち令状はないと言った。となればこの先もやりようはある。

幕を下ろすのはいつだってできる。工藤は身柄を確保するためにまやかしの言葉を吐いているだけかもしれない。が、しかしそうでないかもしれない。もやもやして死ぬのは嫌だな。高峰は

19

そう思った。

「待ってろ。今いく」

高峰は柴崎からもらった拳銃を洗面所の小窓から放り投げた。

急いで顔を洗い、歯を磨いた。


「さっき、何してたんだ……」

黒塗りの警察車両の後部座席に座り、高峰はただ黙って窓の外を眺めていた。となりに座っている工藤がなおも尋ねてくる。

「五分って言ったのに、長い身支度だったな。何してたんだ」

「歯磨き粉を探していただけだ」

窓の外を眺めたまま、高峰はそう答えた。通勤途中の人達がふわふわと歩いている。工藤はその後何も言わなくなり、やがてＡＩに戻った。

交差点を左折したところで朝日が車内に入り込み、高峰は目を細める。時刻を確認してみると、ＡＭ７：25。

フロントガラスの向こうに、朝日を照り返すランドセルを背負った子供達がいる。制服の学生もいる。なんだか久しぶりに穴倉を抜け出し、地上の社会を覗いているモグラのような気分になっていた。

警察車両は通勤ラッシュの大通りを避け、署に向かう道とは逆の狭い路地に入り込んだ。警察官は仕事柄、ほとんどの者が道に詳しい。後部座席に座る高峰の頭の中でも、署までの迂回路が自動的に出来上がっている。

　ところが、高峰の頭の中で組み上がっている迂回路から警察車両が外れた。おかしいと思い、工藤の横顔を覗いてみたが、ＡＩの表情を推し量ろうとしても無駄だった。

　警察車両の運転席には、工藤の上司と思われる例の男が座っている。普通は部下がハンドルを握るものだが、後部座席で自分が暴れ出した場合などを想定し、剣道の有段者でもある工藤を後部座席にしたのだろうと思っていた。が、ひょっとしたら別の理由があるのかもしれない。

「おい、工藤、どこへ行くんだ」

「私も正確な場所は知らない」

「会社へ行くんじゃないのか？」

　そのとき、ハンドルを握る男がはじめて口を開いた。

「工藤警部補もこれから行く場所をご存知ではありません。ですが、もうすぐ到着いたしますので、ご安心ください」

「へえ。ところであんた、県警のもんじゃないね？」

「今のところ所属氏名は明かせませんが、あなた方と同じ公務員ですので、ご安心ください」

　公務員だから信用できないんじゃないか。高峰はそう思ったが、口にはしなかった。

　男の言う通り、警察車両はその後十五分ほど走ったところで停車した。

　一方通行の狭い路地だ。公務員を自称するその男は、一瞬辺りを探るような、何かを確認するような目つきをし、その後ハザードを点けてバックで路面の小さな駐車場に車を停めた。

　車を降りると、すぐ横に五階建ての茶色い商業ビルがあった。

19

築二十年は経過していそうな古い煉瓦《れんが》造りのテナントビル。いくつかの法人名が刻まれた看板が郵便受けの上に備わっている。

自称公務員男を先頭にエレベーターに乗って、四階で降りる。法人名を記載した看板には、たしか四階の記載はなかった。

「どうぞ」

工藤の上司と思われる男は、社名も何も書かれていない空きテナントの扉を開け、高峰を室内へと導いた。

スチールデスクとパイプ椅子が四つ、その上にはノートパソコンがある。何かが高峰の神経に障り、身体が勝手に拒絶反応を起こした。なぜだと逡巡し始めたとき、例のプレハブの事務所に似ているのだと高峰は覚った。

三日前の惨劇。何の変哲もない、どこにでもある事務所。

ほらみろ、もしもこの先も生き続けるなら、こんなゴマンとある事務所に足を踏み入れる度に、ぞっとするような血と硝煙の匂いを嗅ぐことになるんだぞ——。高峰は、自分にそう忠告する。

「高峰警部補、携帯を預からせてもらう」

うしろ手に扉を閉めながら、工藤が言った。

「なぜ」

「録音させないためだ。悪いが、身体検査もさせてもらう」

高峰は、携帯を工藤に差し出し、壁に向かって両手をつけた。身体の隅々まで弄られる。

「ＯＫです。ではどうぞ、かけてください」

まったく理不尽な展開だが、理由など答えてくれるはずもない、完全一方通行の相手に無駄な質問などせず、促されるままに高峰は着席した。

「それでは始めます。はじめにお断りしておきますが、見ての通り、これは正規の取り調べではありません。言い方を換えれば、我々は取り調べを必要としないほど、すでに貴方の身辺を把握しているのです。本日貴方は、令状の有無について言及しましたが、もし逮捕状を請求するとなれば、即日交付されることになるでしょう。急ぐ必要もないということです」

言われるまでもなく分かっている。

「ところで、工藤警部補との約束はどうなりました？」

「約束？」

「投資コンサルティング会社〝60％〟の海外乱立の理由です。貴方は、《こっちで調べて報告する》とおっしゃったのではないのですか？」

「すまん。完全に忘れていた。本当だ」

「では、その理由について、今も心当たりはないと？」

「ない。忘れていたのは本当にすまないと思っている。しかし、会社に連れていくふりして、こんなところに連れ出したことでお互いさまになった。だからさっさとそっちの本題に入ってくれ」

「結構。では単刀直入に。我々の目的は、指定暴力団山戸会系二次団体田臥組若頭柴崎純也の逮捕および起訴です。そして貴方には、逮捕後の公判にご協力願いたい」

「逮捕後の公判？」

19

「はい。柴崎純也を逮捕するにあたっては、すでに証拠固めも終了し、書類もすべて整っています。逮捕は容易でしょう。しかし、その後の公判について、柴崎はあらゆる人脈を駆使し、おそらく相当優秀な弁護団を結成してくるものと思われます。政治がらみの横やりが入る可能性も往々にしてあります。いずれにせよ、公判が始まれば、弁護団は我々が提示した証拠の入手経路について追及してくる可能性が高い。高峰さん、違法に入手した証拠は、裁判記録から抹消されることはご存知ですね？」

「……ははぁ、あんた、公安畑の人か？」

公安関係の捜査目的は多くの場合、犯人逮捕ではなく情報収集にあり、その捜査手法もかなりきわどい。令状なしの盗聴、盗撮、不法侵入、ウイルスによるＰＣへの不法アクセスなど、イリーガル行為のデパートだ。

男は、不意に笑い声をあげた。その笑顔にあどけなさがあった。そのときもまた、やはりどこかで見た顔だと高峰は思った。

「ウケますね。刑事部の職員にとって、よほど公安の印象は悪いんでしょうね」

「おかげでだいたい読めてきたよ。投資コンサルティング会社〝60％〟に現れた二人組の片割れは、あんただろ？　大方、盗聴器を仕掛けるか、もしくは〝60％〟に備わっているセキュリティーをチェックしに来たんだろう？」

男は目で頷いただけだった。

「お話しした通り、私の所属部署も明かせませんし、想像も自由です」

「ああ、勝手に想像させてもらうよ。で？　柴崎の逮捕送検後の裁判におれが出ろってか？　はっきりいって意味が分からん。どんな段取りなんだ？」

「貴方は警察庁から命じられた特命のカク秘任務のため、数年前から不良警察官を装って田臥組若頭柴崎純也の懐に入り、麻薬密売の証拠を得るための潜入捜査官だったことにします。我々があらゆる手段で得た証拠は、貴方が潜入捜査の職務期間中に得た証拠ということにしてください」

「……何を馬鹿なことを。警察官のおとり捜査なんて、認められていない」

「勉強不足ですね。薬物事犯のケースについては、ちゃんと認められています。それにご安心ください。書類はすでにすべて整っています。何年何月何日何時何分、高峰警部補が極秘潜入捜査中、どこで得た証拠か、明確な公文書として、時系列で存在しております」

携帯の没収と、隠しマイクなどの通信機器の所持品検査をおこなった理由がよく分かる。

「ぜんぶ偽造文書だろうが。バレたら警察の威信は地に落ちるぞ？　あんたの予測では、柴崎は最高の弁護団を雇うんだろ？　このケース、弁護士は間違いなくマスコミをうまく利用してくる。ましてや警察だって一枚岩じゃない。どこから漏れるか分かったもんじゃない。そんなこと、あんたらには言うまでもなく分かっているはずだ」

警察という役所がこういう役所だということを、高峰はずっと以前から知っている。不正が不正によって隠蔽され、ときには不正の共有を強いられ、断れば容赦なく孤立する。

男は懐から煙草を取り出し、慣れた手つきで火を点けた。そして高峰にも煙草を勧めてきた。高峰はめずらしいと思った。キャリアで煙草を吸う者は稀《まれ》だ。愛煙家では、出世できない世界だからだ。

19

美味そうに煙を吐き出しながら、男は、ちょっと凄みのある目つきをしてみせた。

「……やつの失敗は、現在の日本の暴力団が、如何に裁判に不利かってことを知らなかったってことです。高峰さん、心配はいりませんよ。なにしろ被告人の現身分は、指定暴力団の一員なんですから。知っての通り、暴力団員の有罪率はほぼ１００％、かつ検察の主張通りの判決だって、70％を超える。論理的整合性のある証拠さえ揃っていれば、かつ、その出処も同じく理論上の整合性があれば、やくざに勝ち目はありませんよ」

どこかに違和感があった。

「現在の日本の暴力団と言ったな？　柴崎は、その不利を知らないと？　どういうことなんだ」

「言葉通りです。やつは恐ろしく日本という国の制度や法、政治や経済にも詳しい。だが、日本における法による絶対的正しさが、ほとんど唯一、暴力団員についてだけは無効であるということが、むしろ日本の厳格な司法制度を勉強しすぎたせいで分からなかったのです。たしかにこの矛盾は、外国人には難しい」

「外国人？」

「高峰警部補、《背乗《はいの》り》という犯罪を知っていますか。——そうです、戸籍を乗っ取って、その人間になりすますことです。この辺のノウハウは、田臥組の上部団体、山戸会の十八番《おはこ》といってもいいでしょう。やつはその山戸会から、犯歴もなく、親族もいない天涯孤独の、かつ、当然指紋もＤＮＡも登録されていない貴重な戸籍を貰い受けました。そしてその山戸会から暗黙の了解を得て、その乗っ取った名前でこの街に田臥組を構えたのです。実務業務のすべてを担う若頭として」

「待て。天下の山戸会を動かせるとは到底思えない。山戸会だぞ？　名前を背乗りするような、わけのわからん男のうしろ盾になるなんて考えられない」

高峰がそう言うと、男は突如吹き出した。くりくりと人形のように目を回しながら笑っている。

「高峰さん、勉強不足ですね。それとも地方の暴対は、世界情勢には疎《うと》いんですかね。そりゃ昔はそうだったかもしれません。でもですね、今の山戸会なんて、世界の犯罪組織に比べれば、下の下のそのまた下ですよ。ぶっちゃけ、我々にだって叩こうと思えばいつでも叩ける。ただ潮時を計っているだけで。そんなどん底の山戸会からすれば、やつが入国したと聞けば、まさしく国賓を迎える態勢で迎えますよ。そしてやつが望むのならば、名義を進呈して地方に組をひとつ作るなんて、造作もないことです。もしやつに貸しを作ることができたら、どれほどの利益となって返ってくるか、計り知れないですからね」

高峰は思い出している。そうだ、自分がここにくることになった理由は、工藤の言葉、《柴崎の正体を知りたくはないのか！》だ。

「……もういい。柴崎――あいつの正体は、なんなんだ」

「柴崎純也、その正体はアジアのエル・チャポこと、麻薬王、〝劉偉《リイウウエイ》〟です」

〝劉偉《リイウウエイ》〟。

高峰は唖然《あぜん》とした。

「劉偉《リイウウエイ》は、たしか高齢で――」

くだらないと言わんばかりに話を遮られた。

19

「劉偉《リイウウエイ》が九十歳くらいで、北京の病院で酸素マスクをつけたまま、瞬きで指示を出しているっていう、あれですか？　たしかにそんな噂が出回っていますし、実際に北京の病院には、それらしき人物がいますよ。それも全部柴崎――もとい、本物の〝劉偉《リイウウエイ》〟が作り上げた演出ですよ。そう、演出。若くてスタイルの良い、かつイケメンの本物の劉偉《リイウウエイ》は、実は四年前まで韓国にいました。劉偉《リイウウエイ》の進出を許したかの国は、ご存知の通りもはや麻薬大国です。まさに今の高峰警部補のように、韓国政府、およびその捜査機関も、劉偉《リイウウエイ》の芝居に騙されて、彼の入国に気づかなかったのです。気づいたときにはもう麻薬一色。あげく、捜査が本格化したときには、すでに韓国を出国して日本に入国していたのですから」

　頭が真っ白になっていた。

「高峰さん、柴崎純也という日本国籍を背乗りした、忌まわしき外国人、通称〝劉偉《リイウウエイ》〟は、中国共産党の工作員とも交流があります。名実ともにアジアの覇権を握りたい中国は、過去の歴史の苦い経験から、麻薬が如何に国力を低下させるかを知っています」

「アヘン戦争のことか？　古すぎるだろ」

「中国人の考え方では、百年前はつい最近です。しかしまあ、我々周辺諸国からすれば、イギリスに復讐しろって感じですけどね。ともかく、そのときの苦い経験から中国は、麻薬が如何に国力を衰えさせるかを知っている。経済大国として自国が栄えるとともに、抜け目のない中国は、同時に周辺アジア諸国を衰退させることも忘れない。麻薬を蔓延《まんえん》させることでね」

「……煙草、もらうぞ」

高峰は男の煙草に手を伸ばし、火を点けた。

「高峰さん、アジアのあらゆる組織、むろん犯罪組織も含めてですが……もっとも強い組織がなんだか分かりますか？　答えはね、中国共産党ですよ。ひょっとしたら欧米諸国も含め、中国共産党は世界最強の組織かもしれない。劉偉《リイウウエイ》は、中国の犯罪組織をひとつにまとめたことから伝説になりましたが、そんなこと共産党の力無しにできるわけがないでしょう。逆に言えば、自国の問題について、中国共産党が本気で片付けようとすれば、できないことなどないのです。軍隊の使用だってできる。高峰さん、〝羅林《ルウオリイン》〟という中国福建省出身者で構成された在日黒社会の組織、聞き覚えがあるでしょう」

聞き覚えがあるどころではない。今もまざまざと目の裏に浮かぶ光景がある。

「当然この組織も、劉偉《リイウウエイ》の下部組織にすぎません。しかし、知っての通りつい先日、この組織は劉偉《リイウウエイ》の手によって粛清されました。理由は簡単、裏切りです」

「裏切りだと？　田臥組側が裏切ったのではなく？」

「そう。しかしそれをお話しする前に、中国共産党の下部組織となったに等しい中国犯罪組織について、先にお話しししておかなければなりません」

「話してくれ」

「現在チャイニーズマフィアの商売可能地域は、周辺アジア諸国に限定されています。ようするに、自国中国では麻薬がらみのシノギが一切できないのです。当たり前ですね。自国は麻薬を一掃させて富国政策を実施し、反対に周辺アジア諸国には麻薬を流入させることによって、国力を衰退させる政策ですから」

キャリアと思われる男は、早くも二本目の煙草に火をつける。ヘビースモーカーだ。

19

「実に上手いやり方ですね。犯罪組織を締めつけた結果、起こりうる窮《きゅう》鼠《そ》猫を嚙むといった事態を防ぐことになりますし、一方、自国の秩序を向上させることにもなります。ところが、この羅林《ルウオリイン》なる在日犯罪組織は、それを破った。もともと日本在留が長い組織ですから、母国の力を甘く見たのかもしれませんね。羅林《ルウオリイン》が手を染めていたのは、簡単に言うと麻薬の逆輸入です。中国から日本に密輸した麻薬を、また中国へ逆輸入。劉偉《リイウウエイ》は、日本のやくざと手を組み、安価な麻薬を日本に流入させつつ、同時に日本のやくざ組織に化けることによって、羅林《ルウオリイン》の裏切り行為の証拠を摑んだ。そりゃ簡単ですよ。卸元と買い手が実のところ同一人物だったんですから。いまどき仮想通貨や闇で流通しているWEB決済なんかも使用せず、昔ながらの地下銀行をわざわざ拝借し、羅林《ルウオリイン》の入出金もすべて洗い出した。もうお終《しま》いです。その結果が、三日前の惨劇です」

「待て。なぜその惨劇がおこなわれた地域が、この街なんだ？　なぜそんな世界的に有名なアジアの麻薬王が、わざわざこんな辺鄙《へんぴ》な日本の片隅の地方都市にやってきたんだ？」

「我々の推測では、山戸会に流れる麻薬、すなわち結果としてこの日本全土に蔓延る莫大な量の麻薬は、この街から劉偉《リイウウエイ》を通じて山戸会に流入しているものと推測しています。しかし残念ながら、その流入経路はいまも特定できておりません。そしてその麻薬流入経路の全容解明も、今回の柴崎純也、すなわち〝劉偉《リイウウエイ》〟逮捕の目的のひとつです」

「というと？」

「我々は、麻薬の水揚げ場所の特定、および山戸会へ卸される麻薬の一連の入手経路の証拠を摑み、アジアのみならず、世界各国に対して中国の卑劣な行為を喧伝し、世界的な中国非難を巻き起こしたい。仮にそこまで持っていけなくとも、対・中国の外交カードの強烈な一枚として、確保しておきたい。そのために劉偉《リイウウエイ》を逮捕し、最終的には日本のみならず、国際的な司法の場へ引き摺り出したいのです。劉偉《リイウウエイ》に、この街のどこから麻薬を密輸しているかを吐かせたい。そしてその司法の場から、万が一にもやつに逃れられるという事態を回避するため、貴方の協力を必要としているのです」

20

青葉《あおば》区本町《ほんちょう》にある宮城県警本部、その四階を占める警備部のフロアに、この春から新設された一室があった。

まだ表札はない。

その一室に工藤孝義はいる。

真新しい木材の香りを感じる。

工藤は、窓を開け放った。

四階から見下ろす正面入口には、春の緑が色づいていた。爽やかな早春の風が吹き抜け、工藤の頬を撫でる。こんな穏やかな季節とは裏腹に、工藤は疲弊し、憔悴している。

最終的に高峰岳警部補は、協力すると言った。

宮城県警中央警察署暴力団対策課所属の悪徳警官として、数々の違法行為に関与し、もはや逃げられないと観念している警部補に対し、ほぼ真逆に等しい功労警察官に仕立てる餌を与えたのだから、協力は当然だと工藤は今も思っている。

すべては潜入捜査官としての命令に従い、署内の同僚にも明かすことなく、危険を顧みず、忠実に任務を遂行した警察官の鑑《かがみ》——。取引に応じるのは当たり前だった。それなのに。

〝劉偉《リイウウエイ》〟を取り逃がした。

たしかに高峰のせいではない。あの商業ビルの分室に彼を連行した日から、アジアの麻薬王こと〝劉偉《リイウウエイ》〟の逮捕決行の当日まで、高峰は同ビルの四階に軟禁状態にあったのだ。

あらためて所持品検査をおこない、当然携帯も預かったままだった。あのビルは名義は違えど、実は実質の所有者が警察庁であり、四階の別室には、留置可能な監視カメラ付きの簡易宿泊施設まで用意してあった。すなわち、高峰から劉偉《リイウウエイ》に情報が漏れるはずはなかった。

そして劉偉《リイウウエイ》には、秘匿合同捜査班による高度な内偵チームが張りついていた。なおかつ、田臥組事務所内にも盗聴器が仕掛けられていた。

さらには自分には知らされていなかったが、劉偉《リイウウエイ》が粛清に乗り出すに違いないと踏んでいた在日黒社会組織、〝羅林《ルウオリイン》〟側にも、内通者を飼っていたらしい。まさに隙のない監視態勢だった。

それなのに。

〝劉偉《リイウウエイ》〟は、青葉区二日町《ふつかまち》を国分町方面に歩いている最中、忽然《こつぜん》と姿を消した。時刻はPM11：22。逮捕を決行する約七時間前だった。

不意に扉がノックされた。

警察庁警備局外事情報部外事課第4係に所属する笹井啓介《ささいけいすけ》警視正が姿を現した。

「笹井さん、おれの行き先は、田舎の駐在所ですか」

20

開口一番の工藤の皮肉に対し、笹井啓介警視正は、同情を込めた眼差しを向けてきた。

「笹井さん、聞いているのか」

タメ口になってしまったと気づいていたが、訂正する気もなかった。

「工藤さん、今夜は空いていますか？　私は近々本部へ戻らなければならないかもしれない。この街が嫌いではなかった。正直、名残惜しいです。一杯奢《おご》らせてほしいと思っています」

「酒なんかで騙されない」

笹井は、見かけによらず大の風俗好きだ。この街には笹井のお気に入りの風俗店がある。名残惜しいのはそっちだろう。

「工藤さん、処分待ちの立場は、私もいっしょです。本部に戻ったところで、私に居場所があるのかと内心慄いています。そして何よりも悔しくてたまらない。劉 偉《リイウウエイ》は、きっともう国外に逃亡しているでしょう。けど、やつがつくった麻薬ルートは今も残っている」

工藤の堪忍袋の緒が切れた。

「みんな消えたじゃないか！　田臥和彦も！　粕谷一郎も！　〝60％〟の後藤喜一すらも！　たしかに幹部を除く末端の組員は軒並み逮捕されちゃいるが、あいつらは何も知らされちゃいない！　要は、やくざの幹部どもがまるごと姿を消したんだ！　しかも、暴対の高峰まで、おととい消えやがった……。唯一、おれの任務を知っていた二課長からは、警察史に残る汚点だとまで言われたよ」

〝劉 偉《リイウウエイ》〟が消えたあとも、当然言うまでもなく、田臥組組長の田臥和彦、同幹部の粕谷一郎、同団体フロント企業代表の後藤喜一らには監視の目が光っていた。

まずはじめに、田臥和彦の行確班が失尾し、次に粕谷一郎、次に後藤喜一の行確班も、続けて失尾した。ありえない。

さらには、分室の簡易宿泊施設に軟禁状態にあった高峰岳。彼の拘束期間は当初劉偉《リイウウエイ》の逮捕予定日までだったが、劉偉《リイウウエイ》が消えた状況ではいつまでも軟禁状態を続けるわけにもいかず、釈放された二日後、高峰は自宅アパートから忽然と姿を消している。言うまでもなく、こちらにも監視の目はついていた。

「おたくの署長も知っていますよ、知らないふりをしているだけで」

「あんな腰掛けの自己保身男なんてどうでもいい！」

「まあ工藤さん、こっちも同じですよ。こっちはこっちで、外事史上、最大の失態だと言われました」

笹井は、部屋を見回した。窓から入り込む早春の風に目を細めている。

「いい部屋だ。眺めもいい。ここは宮城県警だけに創設される、警備部と暴対と、生安の合同捜査室になるのでしょう。貴方がここに残れるように私は尽力したい。その件について今夜、話し合いましょうよ」

＊

ＰＭ９：10。

繁華街のやや外れにある割烹料理店で、工藤と笹井のふたりは額を寄せ合っている。

20

ここも高峰を軟禁していたビル同様、警察庁警備局の息が掛かっている店だという。さすがにその分室のようにビルごと所有しているわけではないだろうが、係長の立場にある工藤からすれば、管轄外の地域にも予算を投入できる警察庁とは、どれだけの資金があるのかと忌々《いまいま》しくなる。

個室から眺める日本庭園は風流だった。手入れの行き届いた木々の緑がライトアップされ、小さな池の水面には、煌《きら》びやかな早春の若草が鏡のように映し出されている。

「――工藤さん、この合同捜査班は、けっして悪いチームではなかったと思います。私は明日にでもお偉方に、班の存続を打診する予定です」

「おれだって同じだ。このままでは終われないと思っている」

ふと盃を置き、笹井は急に声を潜める。

「……工藤さん、実は、貴方にも知らされていないウチのスタッフが、まだ動いています」

笹井は突如、驚くべきことを打ち明けた。

「マジか？　誰だ？　ウチの会社の人間か？」

もはやタメ口も気にしない。宮城県警の者かと確認してみる。

「違います。うち、つまり警察庁の者でもなければ、警察官ですらない。下請けの協力者です。名前は勘弁してほしい。貴方を信用していないわけではないが、私の勘では、劉偉《リイウウエイ》は日本を離れる際、その下請け協力者の始末をだれかに託している可能性があるとみています」

「誰に？」

工藤は盃に手をつけた。喉の渇きを潤したかった。笹井は地元の有名どころの日本酒だと言うが、味なんてどうでもよかった。

「誰かは分かりません。しかし、劉偉《リイウウエイ》には、日本国内にも大勢の協力者が存在していることが判明しています。その中には、医療従事者もいる。しかも、その多くは金銭——すなわち利害関係による主従ではなく、純粋に尊敬や憧れの対象として、劉偉《リイウウエイ》に主従している。これが一番やっかいだ。狂信的な集団だと言っていい」

腑に落ちる話だった。柴崎——いや、劉偉《リイウウエイ》に取り込まれているのは、暴力団員や地下組織の人間のほか、たとえば後藤喜一のように元はただの一銀行員だった男や、それこそ我々の汚点、高峰のような現職警察官だっている。そのほか、もっと多くの信奉者がいても不思議はない。彼らは皆、金の魔力だけに惹かれているわけではないのだ。

笹井警視正のペースが速くなっている。

すでに二合を空け、早くも三合目を注文しようとしている。たぶん三十半ばの年齢だろうが、ベビーフェイスに似合わない妙にギラついた目が、ちょっとやばい感じに据わってきた。任務期間、上司であればこそ仕方なく何度かいっしょに飲んだが、あまり同席したいタイプの男ではなかった。

「たとえば、田臥組組長の田臥和彦なんかも、劉偉《リイウウエイ》の協力者ですよね。あいつはまぎれもない快楽殺人鬼ですよ。ただし組織の連携が見事で、いつも証拠がきれいに消されていて、今までは起訴にまで持っていけなかった。今まさに私の協力者を狙って地下に潜っているのは、あの田臥和彦かもしれない。工藤さん、知っていますか？　田臥和彦が関わったとされる殺人事件の現場は、物凄い。頭から爪先まで全部の皮膚を剝いで殺したり、生きたまま身体をバラバラにすることだってざらにある。またね、目をくり抜いて口の中に突っ込み、耳をライターで炙る。そうす

20

なんですよ」

ると、当然髪にも燃え移るから、結局、最後には火だるまになっちゃう。そんな殺し方をする男

工藤は、ゾクリと背中が冷えるのを感じた。

笹井は酒が入ると、饒舌《じょうぜつ》になる性分なのかもしれないが、それにしても楽しく話せる話題ではない。警察官のなかには凄惨な事件現場に慣れ、一般とは異なる感性に目覚める者もいると聞く。これまでの笹井の現場経験は想像するしかないが、いずれにせよ、一刻も早くここを立ち去りたい気分になった。

「そんなことより、おれは自分の処遇が気になる。あんた、うちに新設される部署に、おれを入れ込みたいと言ったな？　そんなことがあんたにできるのか？」

「可能性はあります。それについてはあらためて話し合いましょう」

「今話してくれればいいじゃないか」

「ここは間もなく閉店ですし、私はちょっとこのあと用事がありますので」

仕方なく店を出て、工藤は笹井を見送った。

新緑の季節といえど、東北の夜はまだ肌寒い。笹井はコートの襟を閉め、風俗店が乱立している方角へと消えてゆく。

——この風俗野郎め、知らないとでも思っているのか。

工藤は、内心で罵りながら帰路に就いた。

＊

翌日は雨だった。

工藤は一階の給湯室で、窓を叩く雨音に耳を澄ましながら、カップ焼きそばにお湯を注いでいる。

その後、自身の所属課には戻らず、そのまま給湯室となりの休憩室に向かう。休憩室のベンチに座り、三分待つ。最近まで設置されていたはずの石油ファンヒーターが撤去され、なぜか代わりに季節外れの扇風機が置かれていた。六月にはまだ早い。

カップ焼きそばを食べながら、工藤は、雨露に濡れた中庭を呆然と眺めている。

雨音が次第にぼやけてゆく。

三階、捜査二課のデスクには戻りたくなかった。

署長か、もしくは二課長か――。どちらかが、工藤の秘匿任務は終了したものとみなし、噂し合ったに違いなかった。

工藤は怒りを覚える。職員の個人情報について、警察ほど噂が広がる組織はない。普段から秘匿の捜査情報で花を咲かせることができない代わりに、会話というコミュニケーションの多くが個人のゴシップであったり、人事関係の噂話だったりする。それでなくとも嗅覚の鋭い集団なのだ。同僚や部下達にも、工藤の噂が耳に入ったのだろう。

ふと、工藤が飯を食っている休憩室に誰かがやってきた。その男は、工藤の姿を確認すると同

20

時に、あからさまに踵を返した。

工藤はキレた。

食べかけの焼きそばを男の背中目掛けて投げつけ、肩を怒らせて立ち上がる。

「おれがいると休憩室が使えないのか。その態度はなんだ。なめているのか」

衣服が焼きそば塗れになっている男の胸倉を摑み、工藤は凄む。

「……か、鏡、見てみろよ、あんたの日、腐ったタマネギみたいだ」

「なんだと……」

騒ぎを耳にして、交通課の連中がやってくる。工藤は手を放し、同時に男もするりと身を躱《かわ》した。

「クリーニング代、あんたの机に領収書を置いておくからな」

捨て台詞を吐いて、男は去ってゆく。工藤は、交通課の連中に力なく手を振った。

「……なんでもない、悪かった。行ってくれ……」

交通課の職員も騒ぎを起こしているのが工藤だと分かると、目を逸らしつつ足早に去ってゆく。

汚れた床を掃除しながら、工藤は痛恨の思いに駆られる。

——なんでこうなるんだ……。

分かっている。分かってはいる。署のやつらは皆、自分に欺かれたと思っている。だが仕方がないだろう——！　工藤はそう叫びたい。

秘匿任務であればこそ、当然数々の嘘を吐くほかなかった。彼らだって警官だ。任務の重要性を分かっているはずだ。しかしそれでもわだかまりが残るというのか。いや、特命を命じられたのが、なぜ自分ではなく、工藤なのだという男の嫉妬もあるのか。
いずれにせよ、こうして秘匿任務のあとには、必ず陰湿な空気が漂うのだ。
ましてや任務失敗のときには。

21

工藤孝義は、生理的に嫌悪していたはずの笹井啓介警視正からの連絡を心待ちにするようになった。身の置き場のなくなったこの牢獄から、唯一自分を誘い出してくれる人物だからだ。

笹井の階級は警視正であり、署長と同じ階級だ。警察組織ほど上意下達の徹底した組織はまずない。警視正である笹井の呼び出しに対して、不平を申し立てられる人物はいない。少なくとも署内には。

以前のように携帯のコール音を潜めることもなく、工藤は、堂々と正門から出て笹井のもとへと向かう。その様子を覗き見している同僚らの態度も、だんだん気にならなくなった。

ＰＭ６：20。

会合場所は、いつもと同じく警察庁御用達の割烹料理店。

工藤と笹井のふたりは、もはや互いに注ぎ合うこともなく、手酌でそれぞれ勝手に盃を満たしている。

「――それで、お偉方の反応は、どうだったんですか？」

笹井に対して工藤は、以前のように敬語で話すようになった。

「正直、酷いもんでしたよ」

笹井は、めずらしく顔を顰めている。

「といいますと？」

「工藤さん、たまには僕にも愚痴らせてください。官僚や政治家どもの最大の関心事は責任の所在で、ともすれば、責任のなすり合いが始まる。そもそも劉 偉《リイウウエイ》の逮捕にブレーキをかけていたのは誰だと僕は言いたい。外務省の慎重論に同意していたのは、誰だと問いたい。あいつらのブレーキが無ければ、とっくに劉 偉《リイウウエイ》の身柄を確保できていたはずなのに……」

あんたも警察官僚だろうが。工藤はそう思ったが、口には出さなかった。

「外務省は、なぜブレーキをかけていたんですか」

「当然、中国がらみでしょう。ですが、詳しくは知らされておりません」

責任の所在――。それが一番の関心事か。

「その責任の所在というやつが決まり次第、おれの処分も決まるってわけか」

「僕たちの処分は、捜査班存続の可否のあとでしょう」

意識して努めていたはずの敬語が、早くもどうでもよくなった。

「笹井さん、他のメンバーはどう言っているんだ？　彼らも納得しているのか」

「仙台地検の方々は、劉 偉《リイウウエイ》を取り逃がした時点で、とっくに手を引いています。まあ、これは仕方がない、彼ら検察官の仕事がなくなったわけですから。マトリからの連絡は、今のところありません」

秘匿された合同捜査班のメンバーには、警察官のほか、仙台地方検察庁の検察官、また、東北厚生局麻薬取締部――すなわちマトリも含まれていた。あらためて大規模な捜査態勢だったのだと

21

工藤は忸怩《じくじ》たる思いに駆られる。ここで解散となれば、二度と同じ面子を揃えることは不可能だ。工藤は盃を置き、ウイスキーを頼んだ。運ばれてくると同時にストレートで一気に呷る。

何かが胸のなかで蝕《むしば》まれてゆく。プライドか。誇りか。良心を捨ててまで任務に励んだ結果は、取り返しのつかない大切な何かを奈落の底へ落としただけだった。二度とは見つからない闇の底に。

「……工藤さん、貴方、大丈夫ですか」

「何がだ」

「顔色……相当悪いですよ。どこか、お身体の具合が悪いんじゃないですか」

「身体じゃない。心だ、心が荒《すさ》んでいるんだ。だけどあんたには関係ない。あんたのせいじゃない。気にしないでくれ、たのむから」

先日、デスクの引き出しを開けると、ハンバーガーか何かの食いカスやらの生ゴミが入っていた。情けなかった。いまどきガキでもやらない陰湿な嫌がらせだと、工藤は失望した。翌日も、その翌日も引き出しの中のゴミは増えていった。たかがくだらない嫌がらせと思うやつもいるかもしれない。が、執拗に繰り返されると、いいかげん心も擦り減ってゆく。

三日目のそのとき、犯人を探し出して殺してやろうかと工藤は本気で考えた。しかし、やがてその怒りは、皮下深く沈み込んでいった。代わりに湧き上がってきたのは、あの男――高峰岳に対する、複雑な感情だった。

過去に高峰を内偵していたとき、今の自分同様の嫌がらせを彼が受けているのを工藤は目撃していた。そのとき工藤は、《ざまあみろ》としか思わなかった。要するに自分もまた、この子供染みた嫌がらせをおこなう連中となんら変わらないのだと覚った。結果、怒りを放出する機会を失い、工藤は、行き場のない怨念を腹の中で飼うようになった。

――高峰、おまえはいったいどこにいる。おれは今、少しだけおまえと話がしたい……。

「工藤さん、本当に大丈夫ですか？」

「大丈夫だ。気にしないでくれ。そう言ったじゃないか」

工藤はさらにウイスキーのストレートを呷る。

「……今日はここまでにしましょうか」

「あんたまでおれから逃げないでくれ。たのむから。そうだ、あんたが言っていた下請けの人間は、今も活動しているのか？」

笹井は工藤の心中を推し量るように、こちらを注視している。

「……一応は今も活動していますよ。ただ、前回お話ししたように命を狙われている危険性があるので、出来る限りこちらとのコンタクトを断ち、慎重に行動しているはずです」

「つまり、進捗状況は分からないわけだ。なら、投資コンサルティング会社〝60%〟の海外立ち上げの理由はどうだ？　なにか分かったのか」

「今、各国の捜査機関に協力を呼びかけています。こちらはやがて解明するでしょう」

「そりゃめでたい。じゃあ、麻薬の水揚げ場所の特定はどうだ？」

「……工藤さん、本当に今日はこれまでにしましょう。実は私はこれから用事があるのです」

笹井は、工藤の返事を待たずに帰り支度を始めた。

21

PM８：40。

工藤は、ふらふらと地下鉄を乗り継いで官舎へと辿り着いた。

風呂に湯を張っている間、いつものように靴を磨こうと思ったが、やはり面倒になってやめた。代わりに水を一杯飲み、工藤はデスクトップの電源を入れた。

しばらく放っておいたために、メールホルダーが迷惑メールや商業メールでいっぱいになっている。

工藤は、ほとんど機械的にメールの削除を繰り返しながら、ふと気づいて、その手を止めた。ちょっとは酔いが醒めてきたらしい。

そのメールの宛先には、しっかりと《工藤孝義様》と名前が打ち込まれていた。

基本的に重要なメールのやり取りについては、別のアドレスでおこなうようにしている。したがって、このメールホルダーに溜まっているのは、不特定多数に同時配信されているような、どうでもいいメールばかりだった。もちろんウイルスチェックも怠りなく実行している。

水をもう一杯飲んだ。今も風呂場から湯を張る音が響いている。まだ大丈夫だろう。

工藤は、メールにカーソルを合わせる。

自分の名前が宛先名に入っているそのメールには、動画データが添付されていた。形式はＭＰ４。

工藤は念には念を入れて、再度ウイルスチェックにかけてみる。やはり問題はなかった。

本文には一文字もなし。なんだこれはと訝しみながらも、工藤は動画を再生してみる。

金色の草原と、群青色の空に、白と黒の雲が流れている風景が映し出された。

金色の草原は風に靡《なび》き、果てしない地平をどこまでも揺らしている。白い雲と黒い雲がまるで早回ししているように形を変えて混じり合い、ときおり混じり合った雲の隙間から、稲妻が走った。星が見えるか見えないかの群青色の空に輝く稲妻は世界を二等分し、その光景はとても美しかった。

——たぶんCGじゃない。日本でもない。どこの国だ……。

そう思った直後、動画は唐突に終了した。わずか三十秒前後の短い動画。なにかしら世界の終わりの光景を連想させるような、不思議な映像だった。これが果たして何を意味しているのか、工藤にはまったく分からない。

何かを見逃しているのかもしれないと思い、工藤はもう一度最初から動画を再生してみた。やはり美しい風景だという以外、ほかに読み取れるものは何もなかった。

もう一杯水を飲む。酔いは醒めてきたが、代わりに眠気が襲ってきた。起きながら夢を見ているような気分になる。もう一度動画を再生すれば、今度はユニコーンでも現れそうで、工藤はなぜか怖くなった。

工藤はデスクトップの電源を落とし、そのあと風呂の湯を止めた。眠気に負けてシャワーも浴びずにそのまま床に就く。

そうして金色の草原で、何かを泣き叫ぶ夢を見た。

21

＊

東北厚生局麻薬取締部に所属している麻薬取締官、金子《かねこ》渉《わたる》から連絡がきたのは、工藤が非番の朝だった。

《会いたい》という金子の要望に応え、工藤は今、金子が待ち合わせ場所に指定した、小さな公園に来ている。

アパートを出る前に今日の気温を確かめ、薄手の春用ニットを着用してきた。どうやら約束の時間よりも、少し早く到着したようだ。

木漏れ日が揺れている。

工藤は、鉄棒の横に置かれたベンチに腰を下ろした。

就学前と思われる子供達がジャングルジムで遊んでいる。向こう側のベンチ周辺には、遊んでいる子供達の母親らしき女性達がいる。若々しい笑顔で立ち話をしている。

長閑な午前だった。自分がこんな景色に溶け込める日がくるのだろうかと、工藤はふと想像してみる。想像は難しかった。

やがて公園の西側の入口から、上下スポーツウェアの金子渉が入ってきた。

今までスーツ姿の金子しか見たことがなかった。金子のスタイルは、普段着のように自然体に見えた。向こう側のベンチにいる若い奥さん達の夫だと言ってもおかしくはない。金子は自分とは違い、この平和な景色に溶け込めるのだと工藤は思った。

「工藤さん、お久しぶりです」

「どうも」

工藤は一言返し、今一度、金子を見た。

短髪にシルバーフレームの眼鏡をかけ、その奥の瞳に知性が見え隠れしている。栄養士かスポーツインストラクターのようだ。麻薬取締官にはとても見えない。

金子渉は、秘匿合同捜査班のメンバーのひとりだった。

「工藤さん、非番の日に呼び出して申し訳ない。今日は貴方にお願いがあって参りました」

「そうですか。でも、なぜこんな遠い公園をわざわざ指定したんです？　電車を乗り継いで、なかなか苦労した」

「道中、貴方を追跡する人間がいないかを確認するとともに、我々が貴方に会っているところも、誰にも見られたくなかったからです」

「我々？」

金子は、すうっと視線を伸ばした。その先に、例の若い奥さん達がいる。なるほど、そういうことか。自分もヤキが回ったと工藤は苦笑した。彼女達もまた、マトリだ。

「うちのスタッフには、自分の子供達も連れてきてもらっています。まあ、仕事中に我が子を遊ばせることができて、一挙両得だと思っているかもしれませんが。工藤さん、座ってもかまいませんか？」

「気づかずに失礼。どうぞ」

工藤はベンチの隣を空けた。

21

金子はゆったりとベンチに掛け、涼しげに目を細めている。頭上から鳥の囀りが聞こえてきた。たしかに密談を交わすには最適な空間なのかもしれない。なんとなくマトリらしい指定場所だと思った。

「……それで、お願いとはなんでしょうか」

「では申し上げます。警察庁警備局外事情報部外事課第4係、笹井啓介警視正の内偵にご協力いただきたい」

「なんだって？」

金子の横顔には今も微笑みが浮かんでいる。仮に誰かがふたりの様子を窺っていたとしても、まさか重大な会話がなされているとは思わないだろう。いや、自分はどうか。ひょっとして顔が青ざめているのではないか。

「理由も聞かずに、そんな戯言に付き合えるか。まず理由を説明しろ。いやその前に、あんたが出張ってくるということは、あの合同捜査班はまだ存在しているのか？　マトリとうちは、まだ同盟関係にあるのか？」

「合同捜査班については、もうお聞き及びのことかもしれませんが検察組はいち早く抜けました。彼らは、この合同捜査班の職務が厳格な秘匿捜査であったことにほっとしていますよ。少なくとも、この大失態がマスコミや市民に漏れることにはなりませんから」

「検察組の件は知っている。あんたらはどうなんだ？」

「警察と我々がまだ同盟関係にあるのかと問われると、ちょっと微妙だと言わざるを得ない。ただ少なくとも、うちは単独でも捜査を続けます。合同捜査班が継続しようがしまいが、我々には関係ない。たしかにアジアの麻薬王〝劉偉《リイウウエイ》〟は取り逃がしたが、麻薬はまだこの街にある」

納得はできる。

彼らマトリは、どちらかと言えば犯人確保より、麻薬の押収、その量を問題視している。彼らの最大の関心事は、麻薬ルートの解明によって、どれだけの量の薬物を押収できるかだ。

「それで、うちとの関係が微妙だとは、どういうことだ」

金子は工藤を見つめてきた。メタルフレームの奥がキラリと光る。

「工藤さん、おかしいとは思いませんか。あれだけ完璧な包囲網を敷いていたのに、あの〝劉《リイウ》偉《ウエイ》〟含め、そのほかの捜査対象者にも全員逃げられた。過去の事例からいっても、こんなことはありえない。そしてこの包囲網を指揮していたのは、警察側——すなわち笹井警視正だ。工藤さん、いいですか？　彼が行確班のコントローラーだったのです」

それはたしかに工藤も常々不思議に思っていたことだった。

後日、失尾を重ねた理由について検証をおこなったが、現場行確班に落度や失態はなかったと工藤は断言できる。それなのに、対象者は煙のように姿を消した。つまり金子が言いたいのは——。

「あんたは、合同捜査班のなかに内通者がいたと思っている。そしてそいつは、笹井だと考えている」

「ビンゴです」

「根拠を示せ」

「あれから我々は、独自に合同捜査班メンバー全員の内偵をおこないました。検察はシロ、貴方

21

もシロ、笹井はクロ」

工藤は驚いた。

「おれも内偵されていたのか」

「全員におこなわないくらいなら、はじめから内偵などしないほうがいい。いずれにせよ、貴方の結果はシロ。……工藤さん、正直に言うが、我々はあんたと笹井が裏で繋がっているものだと考えていた。それがそうでないと分かるまで、これだけの日数がかかってしまった。しかし、私は間に合ったと考えている。笹井はまだ、この街にいる」

「内偵の結果、笹井の何が分かったんだ？」

「笹井警視正には、定期的に連絡を取り合っている相手がいます。残念ながら裁判所の許可が下りなかったために、通話履歴の入手や相手の電話番号までは判明できませんでしたが。しかし、うちの内偵班は、笹井警視正の通話内容の録音に成功している」

「……どんな内容なんだ」

「逃げ切れたか、とか街を出ろと――」

「まて、それだけなら理由はある。笹井は、警察職員以外の捜査協力者も操っている。自分の飼っている協力者に危険が迫っているとも言っていた。逃げろとか、街を出ろとか言ったのは、その協力者に対して言ったんだ。たぶん」

「最後まで聞いてほしい。いや――実際にこれを聴いてもらったほうが早い」

金子は、スマホを取り出した。

「うちが独力で録音した笹井の音声です。あんたなら声が分かるはずだ」

金子のスマホから、音声が流れ出した。

《劉《リイウ》、無事に逃げ切りましたか――》

《後藤の傷は癒えましたか――》

《粕谷さん、僕も近々出国するよ――》

たしかに笹井の声だった。信じられない。

「これだけじゃない。まだまだある。笹井が飼っているエスは、劉《リイウ》というのか。後藤というのか。粕谷という名前なのですか」

――なぜだ。

あの若さで警視正まで上り、キャリアの出世コースと呼ばれる警察庁警備局に所属しているのに、いったい何が不満で、犯罪組織と関わるというのか。やはりありえないと思う反面、数々の笹井の言動が工藤の鼓膜によみがえる。それはひとつふたつではなかった。《逃げろ》という台詞だけなら、実は工藤も過去に聞いたことがあった。

「工藤さん、よく聞いてくれ。笹井は、なんらかの手段で捜査情報をやつらに流し、結果、行確対象者全員を逃がすことに成功したんだ」

「しかし、笹井の動機が分からない。笹井が金に困っているとも思えない。もちろん劉偉《リイウウエイ》の魅力に囚われているなんて、もっと思わない」

「それは取調室でじっくりと追及すればいい。問題は、笹井があのアジアの麻薬王〝劉偉《リイウウエイ》〟の仲間だとして、しかしながら薬物犯罪には関わっていないケースだ。工藤さん、知っての通り、我々マトリは薬物事案以外には触れられない。だからあんたの助けが必要なんだ」

21

「なぜおれに」

「なぜおれに？　質問の意図が理解できない。あんた以外に誰か考えられるか？　秘匿捜査班のひとりとしてこの事案を共有していて、かつ万が一笹井が薬物事犯に関わっていない場合、もっとも笹井が関わっている可能性が高いのは、投資コンサルティング会社〝60％〟で行われている経済犯罪だろう。あんた、捜査二課だろう？　不正融資やマネーロンダリングなど企業犯罪の専門家だろうが。違うのか」

　金子の言う通りだった。

　工藤は、自分の本分を忘れていたことに今更気づいた。

　秘匿捜査中、はぐれていく正義を繋ぎとめようと努力しつつも結局は過ちを繰り返し、秘匿捜査が終われば、署内の人間関係に疲れ果て、そうしてあてもない未来から目を背けていた。そして忘れていたのだ。自分が知能犯を扱う捜査二課に所属しているということを。人も羨むエリート部隊の一員であるということを……。

「工藤さん、聞いてるか？　聞いてるならあんたも考えてみてくれ。我々が笹井を確保したとして、薬物事犯に関わっていなかった場合、逃げられる公算が高い。腐ってもやつは警察官僚、すなわち法律家に等しい。それに警視正といったら、幹部中の幹部だ。検察も裁判所もこっちの味方になるとは限らない。マトリだけで噛むのは正直、心細い。たのむ」

　工藤の答えは決まっている。

「金子さん、全部あんたの言う通りだ。劉偉《リイウウエイ》がいなくなったとしても、麻薬は存在しているし、投資コンサルティング会社〝60％〟も存在している。そして笹井が劉偉《リイウウエイ》の一味なら、必ず逮捕されなくてはならないと、おれは思う。たとえそれが身内の醜聞につながるとしても、だ。金子さん、おれは恥ずかしい……」

「恥ずかしい？」

「最近のおれは警察官の本分を忘れていた。ただ自分の処遇だけを気にしていたんだ。ついさっきまでもそうだった。おれは今、自分を殴り殺したい」

心のどこかで怯えていた。署内で孤立しているうえに上司を内偵するなんて恐ろしかった。これが発覚したならば、本当におまえは終わりだぞと、心の底から囁き声が聞こえていた。そしてそれだけじゃない。合同捜査班に在籍していた当時の悪行も暴かれるかもしれないと気づいていた。しかしそれがどうした？　自分は警察官だ。悪は裁かれなければならない。

気がつけば太陽が真上に昇り、ベンチ周辺にも、木漏れ日が差していた。その下で金子は、興味深そうにこちらを窺っている。

ふと目が合うと、金子はやわらかく微笑んだ。

「工藤さん、ところで貴方は煙草を吸いますか？」

突然何をと思った。

「……吸う。どうしてもやめられない」

「同じです。私もやめられない。ちょっと一服しませんか」

金子はそう言ってベンチを立った。公園に喫煙所があるはずはない。そう思いつつも工藤は金子のあとを追った。

公園に面した道路にセダンが停まっている。

21

金子は、工藤を車内へと促した。

「駐車違反の切符を切るのは勘弁してください。私はこの車を、《移動喫煙所》と呼んでます。どうぞ」

金子は、にっこりと微笑む。

そうしてセンターコンソールに灰皿を置き、金子は美味そうに煙を吐き出した。工藤も、深々と煙を吸い込む。

「……工藤さん、知っていますか。地方厚生局の麻薬取締部は、ときどき警察機構との統合論が持ち上がる。理由は、麻薬密売について、ほぼ１００％暴力団が関わっているからです。その暴力団の情報は警察が独占しているわけだから、最初から情報を共有したほうが捜査精度の向上につながると考えられているんです」

「なんで急にそんな話を？」

「……工藤さん、実は貴方の内偵中、現在の貴方の境遇も、知ることになった。くそだと思った。警察って、どんだけくだらない集団なんだと思った。幼稚ないたずらを繰り返して、ひそかにほくそ笑んでいる頭の足りないやつら。こんな連中と統合するなんて、絶対にお断りだと思った。……でも、工藤さんのような人もいるなら、統合も有りかなって、今ちょっとだけ考え直した」

彼を失望させてはならない――。工藤はそう決意した。

22

繁華街の喧騒に呑み込まれないように、工藤孝義は、神経を集中させている。

笹井啓介警視正の内偵を開始して、今日で丸十日目となる。

笹井の行動記録については、逐一マトリの金子に報告して共有している。が、今日に至るまで、笹井の動きに格別注意を要するところは見当たらない。

――いずれ馬脚を露わすまで、張りついてやる。

笹井啓介が携帯で連絡を取り合っている相手は、たしかに存在している。しかしそれがあまりに多すぎるのだ。いまの時点でその選別は難しく、なんとか行動で馬脚を露わさないかと、工藤は切に願っている。

笹井が公安の捜査幹部である以上、身元の怪しい情報提供者、身元不詳の情報提供者の数だって多いに違いなく、笹井は、歩行中でも絶えず携帯を耳に当てている。

内偵は、ケースによって長ければ数ヶ月、ときには、数年にも及ぶケースもあるが、笹井の場合は時間が限られている。彼が警察庁に戻る前に、ケリをつけなければならない。工藤にせよ、金子にせよ、捜査範囲という越えられない垣根がある。笹井が東京に戻ってしまえば、捜査を引き継ぐことぐらいしかできない。そう思えば休んでいる暇などなく、工藤は、毎日笹井の行動を

22

追っている。

ＰＭ10：10。

髪を短く刈り上げたその背中は、今日も例の風俗店がある方角へと舵を切る。工藤は、《またか》と思い、携帯を取り出した。

「工藤だ。金子さん、笹井は今日も例のところだ」

《分かりました。今日は私も合流します。今、どこにいますか》

所在地を伝えて電話を切ると、金子は意外なほどすぐに合流してきた。

ＰＭ10：50。

今日の金子は、スーツを着込んでいる。まるでこのあとパーティにでも参加するみたいにめかし込んでいる。それはそれで案外似合っていた。

「工藤さん、この先は人通りが減りますね。注意しなくては」

「分かっている」

工藤と金子のふたりは、対象者と十分な距離をとって、いかがわしいネオンが連なる裏通りを進んでいる。今のところ笹井の背中に変化はない。

「工藤さん、笹井の通っている風俗店、入ったことがありますか」

「いや、まだない」

「では、今日は潜入してみましょうか。工藤さん、領収書の出る店なら、こっちに回してください」

「悪い、助かる」

工藤と金子のふたりは、行確対象者、笹井啓介がいつもの風俗店に入った様子を見届けると、駆け足となった。

そうして地下一階に下りる階段の前で、一度立ち止まる。黒枠に金文字で書かれた店名の下には会員制とある。

「まさか、風俗店で誰かと会っているなんて、あるかな」

「ありえますすよ。劉偉《リィウウェイ》は国外に脱出しているとしても、麻薬ルートや〝60％〟が国内にある以上、やつの仲間はこの街のどこかに潜んでいる可能性が極めて高い。笹井は、たとえばここで粕谷一郎と会っているかもしれない」

「たしかに。じゃあ行くか」

そのとき、工藤の肩越しから、丸太のような腕が伸びてきたかと思うと、一瞬ですべてが闇に包まれた。

「――ごめんな、工藤」

暗闇の中でかすかに聞いたその声は、金子の声ではなかった。

＊

凄まじい頭痛があり、吐き気を催すと同時に目が覚めた。

手足が、いや、身体全体が痺れるように力が入らない。というか、身体の全部がまったく動かない。

22

工藤は、首を下に向けることすらできず、正面を向いたまま吐いた。どろどろになった胃の内容物が最悪の匂いを放ち、それが無様にジャケットに飛び散った。

工藤は椅子に座らせられている。しかし、格別拘束バンド等で縛りつけられているわけではなかった。ただ全身に麻酔を打たれたかのように身体が動かないのだ。

身体の硬直から辛うじて逃れている眼球だけを動かし、工藤は、見られる範囲まで、辺りを見回してみた。

薄暗いなにかの倉庫――。コンクリート打ちっぱなしの狭い立方体。

だが奇妙なことに、その冷たいコンクリートの目の前には、なぜか真紅のカーテンがある。それが古い映画館のように今は幕が閉じられている。

――なんだこれは……。

工藤は、必死に思考を巡らしてみた。

言うまでもなく、生命の危機に瀕《ひん》している。警察官相手にここまでやってのけたわけだから、最悪の結果も十分に有り得る。

記憶が混沌としている。

意識を失う直前に聞いた声――。それはとなりにいたはずの金子の声ではなかった。ではいったい誰の声なのか。その声に聞き覚えがあるはずなのに、工藤はなぜか声の主を思い出すことができなかった。頭に霧が掛かったように鈍くなっている。

――金子はどうした……。

自分がこうして拘束されているのなら、同じく笹井を内偵していたマトリの金子も無事であるはずがなかった。

工藤は、助けを呼ぼうと、叫び声をあげたつもりだった。が、麻痺は身体全体から顔や口にまでおよび、手足同様、発声器官も動かない。動くのは眼球と、体内で息衝《づ》く臓器だけだった。

動かぬ身体とは裏腹に心臓が激しく高鳴っている。危機に瀕した信号を発している。ここはどこだ――誰がやった――目的はなんだ――恐怖が恐怖を呼び、正常な思考を妨げている。明晰な論理が少しも湧いてこない。

「身体、まったく動かへんやろ？　ドイツ製の薬やそうや……」

この関西弁――。粕谷か！

田臥組構成員粕谷一郎。その声は、自分のすぐ背後から聞こえてきた。だが、うしろを振り向きたくとも身体が動かずに振り向けない。工藤は今一度見られる範囲まで眼球を動かしてみる。真うしろにいると思われる粕谷のほかは、やはり誰も見当たらない。

「ああ、金子か？　金子なら帰ったで。今日は奥さんの誕生日なんやと。どこぞでディナーやそうや」

――帰った……？

「さて、ショウの始まりや」

その掛け声と同時に、目の前の真紅のカーテンがゆっくりと開かれてゆく。カーテンの隙間から眩い光が溢れ出し、その先に、驚くべき光景があった。

映画のスクリーンのようにガラス一枚で隔てられたその先に、猥褻《わいせつ》な黒い下着を着けた若い女が蹲り、艶めかしく喘いでいる姿がある。その女の背中を足で踏みつけ、鞭《むち》を振り回している男

22

は、笹井啓介警視正そのひとだ。その背後、中世の拷問部屋をイメージしたような煉瓦造りの壁には、様々な淫猥な道具が吊りかけられている。

部屋の隅々で灯る蠟燭《ろうそく》の灯りに照らされ、笹井啓介の顔は、恍惚に輝いていた。

ガラスの向こうの壁に掛けられた卑猥な道具に、店名が入っている。それはさきほど、笹井の
あとに次いで入店しようとした風俗店の名称と同じだった。

やがて笹井は、自身のパンツをずり下げ、自らの部位を引き出し、女に咥えさせようとした。

同時にまた鞭を激しく振り回す。まるで子供だ。覗いている工藤に気づいている様子はない。

これはマジックミラーだ。工藤はそう思った。

ときおり笹井はこちら側のあらぬほうへと目を向け、そこに映し出されていると思わしき女を
見つめる。鏡だ、やはり鏡だ。間違いない。

ふと笹井は、マジックミラーの先に目を凝らし始めた。今日は観客がいるのかと、探っている
ようにも見える。他人に行為を見せたいという、ねじ曲がった欲望だ。

笹井は、あきらかに興奮して楽しんでいる。ひょっとしたら笹井のいる向こう側からも、こち
ら側をほんの少しは覗けるのかもしれない。今日は観客がいる。誰かは知らないが、今日は観客
がいる。そう気づいて興奮してきたのではないか。

この会員制ＳＭクラブは、他人に行為を見せることを売りにしている店だ。

「さて、交替らしい……」

工藤の背後で、粕谷一郎が呟く。

笹井は女の舌で果てたらしく、醜く弛緩した顔を晒している。やがて女はおもむろに立ち上が

り、笹井の服を脱がせ始めた。工藤は、粕谷の台詞を理解した。SとMの交替ということだ。

女は、笹井に拘束着を着せ始める。若いくせに無様に突き出た腹に鎖のついた鍵が掛けられる。そして黒いアイマスクで、目隠しをされた。

笹井の視界は、今、奪われている。

女はそっと扉を開け、なぜか部屋の外へと出ていく。

まるでこのマジックミラーの向こう側で、なにかの芝居が演じられているように見えた。主演女優不在のなか、舞台には男がひとり取り残されている。笹井啓介がひとり、取り残されている。

やがてまた扉が開かれた。しかし現れたのは先程の女ではなく、長身の男だった。

工藤は気絶しそうになった。

柴崎純也――いや、〝劉偉《リイウウエイ》〟がいる。

劉偉《リイウウエイ》は、このガラスの向こう側で、裸に黒いジャケットを着込み、同じく黒いパンツを穿いて、なんと踊っている。高度な技巧のステップを踏み、今、この工藤の目の前で踊っている。ときおりジャケットの隙間から、見事な腹筋が見え隠れしている。

やがて劉偉《リイウウエイ》のオープニングダンスは終了し、手品師のように両手を広げ、優雅に挨拶をしてみせた。工藤にだった。

今、ガラスの向こう側に立つアジアのエル・チャポこと、麻薬王〝劉偉《リイウウエイ》〟が、そのブラウンの瞳でこちらを見つめている。

ぞわりと鳥肌が立ってきた。アイマスクをしている笹井はまったく気づいていない。それどころか、口元に笑みを浮かべて、ときおり何かをしゃべっている。先程の女だと勘違いして、卑猥

22

な台詞を吐いているに違いない。

劉 偉《リイウウエイ》は、不敵に微笑んだ。

工藤は戦慄した。

——笹井、逃げろ！　そう絶叫したつもりだった。が、呼吸がわずかに荒くなっただけだった。劉 偉《リイウウエイ》は、壁に掛かった淫猥な道具をにこやかに指差した。その動作は、明らかにこちらを意識したものであり、その長く細い指先で劉 偉《リイウウエイ》は大きな注射器を取った。浣腸替わりの注射器。それを躊躇なく笹井の肛門に突き入れる。一瞬、笹井の白く弛んだ尻が跳ね、しかし笹井は恍惚に微笑み、舌まで出しておどけている。笹井の爆ぜたはずの性器がまた硬くなっている。笹井は弛緩した表情で何事かを口走ったようだが、それも読み取ることができない。

工藤は今、凄まじい悪寒と恐怖が入り交じる大混乱に陥った。

まさに手品師のように、いったいどこから取り出したのか、劉偉の手にはいつの間にかナイフが握られていた。それは黄金色に輝き、柄の部分にはエメラルドか何かの美しい宝石が埋め込まれている。ナイフと言うより、中世の短剣と言ったほうが相応しい代物だった。

「目を瞑るな、しっかりと見ておくんやで」

心臓が激しく乱舞するなか、うしろから伸びてきた鎌のような手が工藤の瞼を無理やり開かせる。粕谷の仕業だ。

絶叫した、つもりだった。今度は、少しだけ声が出た。

「や……め……ろ……」

「やめろ、だと？　おまえらは、後藤が拷問されることを知っていながら見過ごしたんや。後藤はな、おまえらのせいで心のバランスを崩したままや。柴崎さんがおまえらを許すとでも思ったんか？」

固定された工藤の目が、劉偉《リイウウエイ》の手に収まったナイフに釘付けになる。目を逸らせない。劉《リイウ》偉《ウエイ》は、その細い指先で髪を掻き上げる。そうして現れたふたつの瞳が工藤を射る。透き通るような、ブラウンの瞳——。やつは微笑んでいる。妖しく微笑んでいる。

劉偉《リイウウエイ》はステップを踏んで回転した。

笹井の尻に突き刺されていた注射器が取り出される。劉偉《リイウウエイ》は楽しんでいる。注射器の替わりに、ナイフを尻にあてがった。今なおＳＭプレイが続いていると思っている笹井は、恍惚の表情でペニスを硬く勃起させたまま、くすぐったそうに口を尖らしている。工藤は声なき絶叫を続けている。頭の中で、何かの糸が切れそうになる。

劉偉《リイウウエイ》は、ナイフで笹井の尻を切った。予測していなかった痛みに笹井の背中がエビ反りになった。そして苦悶の表情で暴れもがく。しかし、ＳＭ用の拘束着はびくともしない。

劉偉《リイウウエイ》は不意に笹井のアイマスクを剝ぎ取った。

女ではなく、劉偉《リイウウエイ》がいることに気づいた笹井は、その大きな目が飛び出るほど驚き、そして恐怖に震えた。笹井の恐怖がガラス越しに伝わってくる。すでに粕谷の手は工藤の瞼から離れている。が、工藤はなおも見続けている。もう目を逸らすことができない。

劉偉《リイウウエイ》の唇がそっと、笹井の耳元に近づいた。何かを話している。会話がなされている。工藤はそう思った。内容は分からない。話しながらも劉偉《リイウウエイ》の右手はなめらかに動いている。黄金のナイフが笹井の尻から背中へと、血の帯をつくりながら移動してゆく。笹井の背中にナイフが埋

22

まってゆく。血飛沫がマジックミラーにまで飛び跳ねる。その血は、この真紅のカーテンよりも濃く、そして鮮烈だった。

笹井の目から、光が失われてゆく。

〝劉偉《リイウウエイ》〟は、工藤に向けてウインクをした。美しく――。


ショウが終了し、劉偉《リイウウエイ》は工藤に向かって丁重な一礼をして見せた。その姿が、動き始めた真紅のカーテンに隠れてゆく。工藤は今なお指一本も動かせぬまま、硬直している。その頬に、涙が伝わった。

「おまえら警察も、案外、アホやな……」

煙草の匂いが漂ってきた。粕谷が一服している。カーテンは完全に閉まり、むきだしのコンクリートが戻ってきた。

「劉偉《リイウウエイ》やと？　おれはな、柴崎さんほど生粋のやくざを見たことないで？　まさにやくざの中のやくざや。あんたらはなんも分かっとらん」

この男のほうこそなにも分かっちゃいない――。工藤はそう嘆いた。

柴崎純也などという男は、存在しない。アジア中にその名を轟かせた〝劉偉《リイウウエイ》〟は、どこまでも緻密で用意周到で、かつ残酷な男だった。身内にも架空のストーリーを信じ込ませているに違いなかった。

「でもまあ、しゃあないやろな。柴崎さんの周到さは、人間業やないと思うときがある。おれもよう分からんけど、与党の幹事長は公安委員長と繋がっていて、そのふたりは大の中国シンパなんだって？　柴崎さんは、やつらに信じ込ませたんや。自分を中国共産党と繋がっている大物だと。たとえそれが得体の知れないやつだとしても、政府としては中国との関係をこじれさせたくない。アホやで、ほんま」

なんだ、そのストーリーは。はじめて聞いた。この男のほうこそ分かっていない——でいいのか？　本当に？

工藤は今、別種の恐怖を抱いている。まさか、自分のほうが間違っているのか。いや、そんなはずはない。粕谷のほうこそ劉偉《リイウウエイ》にたぶらかされているのだ。

「麻薬を密輸する中国の大悪党ならば、逮捕やら中国に抗議やらするにしても、与党の幹事長としては、確実な証拠を摑み、中国に対して自分の正当性をしっかりと示す必要があると考えたわけや。そりゃ間違いで中国の大物を拘束するわけにはいかんわな。そこで、政界お馴染みの慎重さが生まれ、簡単には手を出せなくなる。そこが柴崎さんの狙いや。あんたらはいちいち上に報告し、上はその上に報告し、そうしてまた上から下へ下へと長い伝言ゲームが始まる。結果的に膨大な時間を柴崎さんは得たんや。その間に、法でがんじがらめにされたやくざ組織を一新し、新しいやくざをつくることに成功した。工藤、柴崎さんがつくったニュータイプのやくざはな、もうおまえらの手の届かんとこまでいっとるで。もう、完成したんや」

——違う！

工藤は心中で絶叫した。

この男のほうこそあの伝説の麻薬王〝劉偉《リイウウエイ》〟に騙されているのだ。劉偉《リイウウエイ》からすれば、こんな日本のチンピラひとりに架空のストーリーを信じ込ませるのは、造作もないことに違いない。

22

「まだ信じてないな？　ならあんたらの言う通り、柴崎さんがもし劉偉《リイウウエイ》とやらなら、なんで株取引に精を出す必要があるんや？　あんたらが言うには、劉偉《リイウウエイ》の目的は、日本に麻薬を蔓延させることなんやろ？　柴崎さんは株取引の天才やって、後藤が言ってたで？」

——なぜそれを知っている？　やはり笹井が裏で情報を流していたのか？　しかしそれではなぜ笹井は殺されなければならなかったのか。

そのとき、ガタリと音がした。

「あ、お疲れ様です！」

視界の隅で、直立不動となった粕谷が見える。

「やあ工藤さん、こんばんは」

目の前に現れた男の胸といい腹といい、その褐色の肉体には、赤黒い返り血の痕跡がある。だが、揺れる前髪から覗く鳶色の瞳は無垢《むく》に透き通っている。アジアのエル・チャポこと、麻薬王〝劉偉《リイウウエイ》〟——。こうして向かい合っているだけで、背筋が凍りついてくる。

すでに火の点いた煙草を粕谷は差し出し、劉偉は、手を使わずに唇で咥える。

「ありがとう」

無機質なコンクリートの部屋に淡い煙を漂わせつつ、劉偉《リイウウエイ》は携帯を取り出す。

「やあ、和彦、やっとチャオズの居場所を吐かせたよ」

口頭で東京らしき住所を伝え、そして電話を切った。

「粕谷、ひとつ間違っている。この彼に打った薬は、ドイツ製じゃない。中国製だ」

中国製——。工藤の心は揺れている。柴崎、劉偉《リイウウエイ》、いったいどっちなんだ。

「ひとり、取り逃がしたやつがいてね……。そいつには兄がいるんだが、かわいそうに兄弟そろって病気でね。正確には、殺人嗜好症といって、血を見たくて見たくてしょうがなくなる病気なんだ」

煙草を吹かしながら、独り言のように語る。

「……兄と弟は手を組み、兄は警察幹部で、弟を残酷なマフィア組織に潜入させて殺人の欲求を叶えさせ、そのときの殺戮《さつりく》画像を兄が受け取って、今度は兄の欲求を叶えさせるわけだ。そして互いに情報を流し合って助け合う……。弟が間一髪で逃げ切ったのは、そういうわけだ。おもしろいだろう」

工藤の脳裏で笹井啓介の顔と〃羅林《ルウオリイン》〃の殺し屋だったチャオズの顔が重なる。似ている。

笹井は劉偉《リイウウエイ》の一味ではない。笹井の仲間は、チャオズのほうだ。工藤は、いまさらながらに自分の捜査能力の乏しさを痛感した。チャオズと笹井が兄弟であったのなら、笹井の言動にも頷ける。《逃げろ》。あれは弟との会話だったに違いない。

――いやまて。

違う、違う、違う。やはり違う。工藤は混乱している。金子から聴かせられた笹井の音声がよみがえる。

《劉《リイウ》、無事に逃げ切りましたか――》《後藤の傷は癒えましたか――》《粕谷さん、僕も近々出国するよ――》。

あきらかに笹井は劉偉《リイウウエイ》一味の名前を発していた。これを自分に聴かせたのは、金子だ。

――金子。

22

《金子なら帰ったで。今日は奥さんの誕生日なんやと――》

粕谷の台詞。なぜそれを粕谷が言う。

工藤の頭の中で思考の束が複雑に絡み合い、フラッシュバックする記憶と幻覚が混じり合ってゆく。蝕まれていく思考の中で、気づけば有りもしない一縷《いちる》の望みを探している。

ガタリと音がした。また誰かが入ってきたのだ。

「――工藤、許してくれ。おれもいずれ貴様と同じ場所へいくさ。おれはもう、どう生きていけばいいか自分では分からない。そのときがくるまで、この男に導いてもらうことに決めたんだ」

あらたに姿を見せた男は、中央警察署暴力団対策課の高峰岳だ。この風俗店の入口で、自分を絞め落としたのはこの男だ。

いったいこいつらはどうやって合同捜査班の包囲網を逃げ切ったのか。まるで分からない。この仲間達にはどんな絆が存在しているのか。まるで分からない。

柴崎が口を開く。いや違う、劉偉《リイウウエイ》が。

「……工藤さん、あんたの上司は、おれたちを探っていた警察の下請け、つまり自分の弟の名とその居場所を、最後には吐いてくれたよ……。おれの大事な後藤の耳を噛みちぎったやつを、逃がすわけにはいかないからな。だから、いずれ賑やかになる。あまり寂しがらないでくれ」

劉偉《リイウウエイ》は、工藤の靴を脱がして、耳元で振ってみせた。

工藤は自分の愚かさを呪った。盗聴器。なんということだ。こちらの戦略がすべて筒抜けだったわけだ。失尾の理由も分かる。しかし、いったいどうやってこれを仕掛けたのか。

「これも中国製、さ。金属探知機にもひっかからないし、X線にも反応しない。あんたの靴のほか、捜査員全員の――彼らのすべての靴に仕込んである。ああ、そういえばあんたの上司もなかなかの技術者だったな。まさか〝60％〟のセキュリティーが破られ、後藤のパソコンが弟のもとへ運ばれるとは、さすがに想定していなかった。……ところで、粕谷が話したことを補足すると、違法薬物を密輸するにあたっての究極の隠れ蓑は、この街の《東北厚生局麻薬取締部　行き》っていうレッテルなのさ。彼らは、麻薬を所持する許可を持っている。実に簡単さ――」

――金子！

貴様か、裏切り者は貴様か！　貴様が捜査員の靴に盗聴器を仕込んだのか。そして劉偉《リイウウェイ》に情報を流していたのも貴様だったか。なにが《警察との統合も有りかな――》だ……。すべては自分の胸襟を開かせるための、まやかしの言葉だったのか。さらには、麻薬の密輸ルートも、貴様のところが関わっていたのか――！

工藤は今、絶望の淵に立っている。

笹井啓介警視正の殉職は、自分のせいなのだと工藤は覚った。金子は言葉巧みに近づき、結果、愚かにも自分は、笹井の行動パターンをすべて金子に伝えていた。それが今日の惨劇に繋がったのだ。あの笹井の音声記録も、偽造されたものに違いなかった。やつを失望させまいと努めていた自分が、あまりにも、あまりにも惨めだった。

「工藤さん、あんた、この街のどこから麻薬が入ってくるのか知りたがっていたろ？　これがあんたに贈る最後のプレゼントだ……。すっきりとして旅立つといい。そうさ……あんたの思っている通り、この街の麻薬取締官の多くは、おれたちの仲間さ。彼らには、十分すぎるほどの報酬も与えている。彼らは一日たりとも北京に足を向けて眠れまい……」

22

粕谷の息を吞む気配が伝わってくる。分かったか。自分のボスの正体が。

工藤は、劉 偉《リイウエイ》の手にあるナイフを見る。もういい、殺《や》ってくれ。早く殺ってくれ。たのむ、劉 偉《リイウエイ》――。

「ああ、これか？　綺麗だろう。ご存じ最後の皇帝、溥儀《ふぎ》に献上された芸術品だ。素敵だと思わないか」

溥儀――。中国のラストエンペラーだ。もう間違いようがない。

「ああ、もうひとつおもしろいことを教えようか。礼はいいさ。気にするな。死にゆく者へ満足感を与えるのは、おれの流儀なんだ」

もういい。これ以上、何がある。工藤は、すでに絶望の中にいる。目の前にいる劉 偉《リイウエイ》は死神と同じだ。その鎌が振り下ろされることを工藤は望んでいる。

「あんたが内偵していた投資コンサルティング会社〝60％〟は、特殊法人に様変わりして、今や世界中にあることは知っているな？　スウェーデンにも、スイスにも、ノルウェーにも……。来月にはいよいよアメリカにも設立される。あんたは、その理由も知りたがっていたな」

これから笹井の元へ旅立つというのに、どうしても耳を澄ましてしまう自分がいる。

「〝60％〟は、マネロンの換金率の意味じゃない。得た収益の60％が、人道支援、紛争地域や恵まれない子供達の支援金に充てられることを意味している。分かるか？　人道支援だよ。特殊法人〝60％〟は、今後、ユニセフ、赤十字と並び、世界有数の人道支援団体となる。我が国は貧困や紛争を憎み、世界平和のために人道支援を惜しまないってことを、アピールする材料になるってわけさ。世界は……この支援団体の収益金の大部分が、麻薬によって支えられていることに二十年は気づかないだろう。工藤さん、これからはアメリカと我が国の、二強国時代に入るんだ……」

身動きのとれない視界の隅で、粕谷の顔色が青ざめているのが分かる。ようやく気づいたおのれのボスの正体に、震えるか。

人道支援か――。工藤は納得する。ならばたしかに医師の存在も必要だ。そしてその運営資金は、株や為替取引による収益だと偽るつもりなのだろう。

「さて、おとぎ話はここまでだ……。さよなら、工藤さん、粕谷、着替えを持ってきてくれ。そろそろ帰るぞ」

「はい、柴崎さん、いや……あの、あなたを何と呼べば……」

劉《リイウ》偉《ウエイ》は、くだらない質問をするなと言わんばかりに肩を竦めた。

「粕谷、名前なんてどうでもいい。日本では柴崎純也、中国では劉《リイウ》偉《ウエイ》だ。キンタマと名乗ってりゃ、キンタマだ。好きなように呼べばいい。呼び名なんかで人間の本質が変わることなんてない」

頷いて駆け出す粕谷を尻目に、劉《リイウ》偉《ウエイ》は、工藤に向かってウインクした。

「……あんな困ったやつでも、付き合ってみるとなかなか可愛いやつなんだ。でも、あんまり甘やかすと、和彦に怒られる」

やがて粕谷は尻尾を振って戻ってくる。目が眩《くら》むほど真っ白なワイシャツと、黒のセットアップらしき一式を抱えている。

劉《リイウ》偉《ウエイ》は、ワイシャツの袖口をカフスで留め、ひらりとジャケットを纏う。そんな仕草ひとつ

22

で、このコンクリート作りの味気ない立方体の空気が変わる。

劉偉《リイウウエイ》は工藤の足元に、そっとナイフを置く。

「やるよ、あんたへのプレゼントだ」

琥珀色の瞳が目前にあった。

「いずれ薬の効果も薄れて、身体が動くようになる。そのあと、自分で始末をつければいい。さあ行くぞ粕谷。高峰さんよ、あんたもいつまでもメソメソしてんな」

よく分かっている。人の心が読めるらしい。

一度去りかけた劉偉《リイウウエイ》は、なにかを言い忘れたように、ふと立ち止まった。

「……なあ工藤さん、おれたちはこれから後藤の療養を兼ねて、モンゴルに行こうと思っているんだ……。広大な自然をバックに、美しい記録映画を撮るなんて、素敵だと思わないか」

――モンゴル。

工藤の脳裏に、この世の終わりの光景が現れる。

それは果てしなく続く金色の草原が風に靡き、星が見えそうなほど大気の薄い群青色の空に雲が流れ、ときに稲妻が世界を二等分する世界だ。そうか、あの動画を送りつけてきたのは、劉《リイウ》偉《ウエイ》、おまえか。おまえがどんな意図で、あの動画を送りつけてきたのかは分からない。が、そうか、あれはモンゴルの大地だったのか――。

劉偉《リイウウエイ》のそばに薄汚れたトレンチコートの男が寄ってきた。高峰岳。彼はいつも着た切り雀《すずめ》だ。

「なあ工藤、モンゴルへいっしょに来ないか。こんな男でもいつかは死ぬだろう。それをおれたちとともに、見届けないか」

琥珀色の瞳が寂しげに伏せられる。それに気づかずに、高峰は続ける。

「工藤、こいつがおまえに送りつけた動画は、きっと《招待状》なんだとおれは思う。工藤、こいつはとんでもない天邪鬼《あまのじゃく》なんだ。自ら死のうと思っているやつは殺さない。そうだろう、柴崎、なあ、そうだろう」

縋る高峰に劉偉《リイウウエイ》は答える。

「好きにすればいいさ……」

工藤の脳裏で描かれているモンゴルの光景に、粕谷の姿を加筆する。後藤の姿を加筆してみる。高峰と劉偉《リイウウエイ》が馬に跨って黄金の草原を疾走している姿を描き足す。ひょっとしたら高峰の言う通り、劉偉《リイウウエイ》は自分を呼んだのかもしれない。工藤はそんな気がしていた。

こんな男でもいつかは死ぬだろう。それを見届けないか——。高峰はそう言った。

彼らは人を殺す。麻薬を売る。不法な為替取引もする。人道支援団体〝60%〟では、人の命を救うかもしれない。

楽しみも苦しみもない世界から、楽しみと苦しみしかない世界へ行こうと、高峰は言ったに等しい。

自分の目の前で笹井を殺した男達とともに過ごす苦しみ。

いつか訪れる、劉偉《リイウウエイ》の死を待つ楽しみ。

高峰——。おまえとゆっくり話がしたい。そう思っていた時期がたしかにあった。

今は、もう、思わない。

22

「……高峰……おれは、モンゴルへは……行かない……」

高峰が項垂《うなだ》れ、顎を落として俯く。

粕谷も俯く。

——劉偉《リイウウエイ》、おまえは分かっている。

「さよなら、工藤。やすらかに」

劉偉《リイウウエイ》は、工藤の頬にそっとキスをする。


（了）

第26回日本ミステリー文学大賞新人賞・選考経過

日本ミステリー文学大賞新人賞は、二十一世紀に活躍する新鮮な魅力と野心に満ちた才能を求めて、広義のミステリー小説を公募、優秀作品を選出するために、一九九六年に創設された賞である。

第26回の募集は、二〇二二年五月十日に締め切られ、応募作品は総数百四十七編に達した。一次予選通過作品二十一編を、予選委員（円堂都司昭、佳多山大地、杉江松恋、千街晶之、西上心太、細谷正充、吉田伸子の七氏）により選考、左記の四編が最終候補作として決定した。

「第一号法廷の死」　伊藤信吾
「60％」　柴田祐紀
「残叫」　榛葉丈
「夜明けの篝火」　山本純嗣

二〇二二年十月十九日、有栖川有栖、恩田陸、辻村深月、薬丸岳の四氏選考委員による選考会において、この四編について討議を重ねた結果、柴田祐紀「60％」が第26回日本ミステリー文学大賞新人賞受賞作として選出された。

光文文化財団

本書は日本ミステリー文学大賞新人賞受賞作に加筆、修正を加えたものです。

日本ミステリー文学大賞新人賞　歴代受賞作品

第1回（1997年）『クライシスF』井谷昌喜
第2回（1998年）『パレスチナから来た少女』大石直紀
第3回（1999年）『サイレント・ナイト』高野裕美子
第4回（2000年）該当作なし
第5回（2001年）『太閤暗殺』岡田秀文
第6回（2002年）『アリスの夜』三上洸
第7回（2003年）該当作なし
第8回（2004年）『ユグノーの呪い』新井政彦
第9回（2005年）該当作なし
第10回（2006年）『水上のパッサカリア』海野碧
第11回（2007年）『霧のソレア』緒川怜
第12回（2008年）『プラ・バロック』結城充考
第13回（2009年）『ラガド』両角長彦
第14回（2010年）『煙が目にしみる』石川渓月
『大絵画展』望月諒子
第15回（2011年）『茉莉花　サンパギータ』川中大樹
『クリーピー』前川裕
第16回（2012年）『ロスト・ケア』葉真中顕
第17回（2013年）『代理処罰』嶋中潤
第18回（2014年）『十二月八日の幻影』直原冬明
第19回（2015年）『星宿る虫』嶺里俊介
第20回（2016年）『木足の猿』戸南浩平
第21回（2017年）『沸点桜（ボイルドフラワー）』北原真理
第22回（2018年）『インソムニア』辻寛之
第23回（2019年）『暗黒残酷監獄』城戸喜由
第24回（2020年）『馬疫』茜灯里
第25回（2021年）『青い雪』麻加朋
『クラウドの城』大谷睦
第26回（2022年）『60%』柴田祐紀

※この作品はフィクションです。
実在の人物、団体、地名、事件などとは一切関係ありません。

柴田祐紀（しばた・ゆうき）
１９７４年、秋田県生まれ。
現在、秋田県由利本荘市に在住。会社員。
『60％』で第26回日本ミステリー文学大賞新人賞を受賞しデビュー。

著者　柴田祐紀《しばたゆうき》

発行者　三宅貴久
発行所　株式会社 光文社
〒112-8011 東京都文京区音羽1-16-6
電話　編集部　03-5395-8254
書籍販売部　03-5395-8116
業務部　03-5395-8125
URL　光文社 https://www.kobunsha.com/

組版　萩原印刷
印刷所　萩原印刷
製本所　ナショナル製本

60%

2023年2月28日　初版1刷発行

落丁・乱丁本は業務部へ
ご連絡くだされば、お取り替えいたします。

ISBN978-4-334-91511-7